再見，吾愛

FAREWELL, MY LOVELY

Raymond Chandler

雷蒙·錢德勒

卞莉——譯

經典推理小說家雷蒙·錢德勒②

CONTENTS

目錄

關於作者

雷蒙・索恩頓・錢德勒（Raymond Thornton Chandler 1888－1959）

雷蒙・錢德勒，素有「洛杉磯桂冠詩人」的美譽，一八八八年七月二十三日出生於美國芝加哥，父母都是貴格會教徒。七歲時父母離異，錢德勒隨盎格魯——愛爾蘭籍的母親遷居英國，童年在倫敦郊區外祖母嚴格的維多利亞式家庭中度過。中學就讀於英國傳統頂尖私立預備學校德威學院（Dulwich College），他在那裡接受了古典教育並表現出對語言的特殊天賦，這種天賦後來派上了用場。錢德勒曾說：「我必須像學習一門外語那樣學習美式英語。」之後，他在法國和德國留學兩年。返回英國後，他通過了嚴苛的公務員考試，在海軍部擔任文職，但不久便辭去工作。一九〇八年至一九一二年期間，他以自由記者的身分，間或為《西敏公報》（*Westminster Gazette*）和《學院報》（*Academy*）撰寫詩歌、文章及評介，也試過在《每日快報》（*Daily Express*）擔任記者，但並不成功。

自感無望成為一名成功記者，錢德勒於一九一二年離開英國，他向舅舅借了五百英鎊（錢德勒一絲不苟地記錄下來：「每一分錢都已償還，包括百分之六的利息。」）啟程來到美國尋求發展，最後在洛杉磯落腳。接下來的幾年間，他做過各種奇怪的工作，譬如採摘杏子、替網球拍穿線等等，還自學了簿記課程。「從那時起，我的發展就像紅杉樹生長那般迅速。」錢德勒回憶道。第一次世界大戰期間，他曾跟隨加拿大，之後在法國加入了英國皇家飛行隊（R.A.F.）。戰後，錢德勒重返南加州居住。一九二二年，他被達布尼石油聯合公司（Dabney Oil Syndicate）聘為簿記員，最後成為多家獨立石油公司的董事。一九二四年二月六日，他與西西·帕斯卡（原名為珀爾·優吉尼婭·赫爾波特）結婚。

大蕭條結束了錢德勒發達的商業生涯，一九三三年，年屆四十五歲的他再次提筆寫作。「汽車在太平洋沿岸徘徊，我開始閱讀廉價雜誌，」他回憶道，「那是《黑面具》（*Black Mask*）的全盛時期……我發現其中一些作品相當有說服力，也很誠實，儘管有些內容未免粗製濫造；我認為這可能是嘗試小說創作並同時從中賺取收入的好方法。我用了五個月的時間寫了一部一萬八千字的小說，賣了一百八十元。此後我再也不回頭看，儘管前方還有許多不安定的時期等著我。」一九三三年至一九四一年期間，他在《黑面具》、《一角偵探》（*Dime Detective*）和其他廉價小報總共發表了二十一篇作品。

一九三九年，錢德勒僅用三個月的時間就寫出第一部推理小說《大眠》（*The Big Sleep*），為讀者引介了菲力普・馬羅這個角色。接著，又相繼出版了三部以這位多情的硬漢私家偵探為主角的小說——《再見，吾愛》（*Farewell, My Lovely*, 1940）、《高窗》（*The High Window*, 1942）、《湖中女子》（*The Lady in the Lake*, 1943）。此時，錢德勒已經有足夠資本去嘲弄那些把這個備受歡迎的偵探視為他化身的人，「是的，我和書中角色極其相似。我進行了大量研究，特別是在高䠷金髮女子的公寓裡。」同一時期，他還撰寫了多部劇本，著名的有《雙重賠償》（*Double Indemntiy*, 1944）、《藍色大麗花》（*Blue Dahlia*, 1946）和《火車怪客》（*Strangers on a Train*, 1951）。錢德勒早期廉價短篇小說集《謀殺巧藝》（*The Simple Art of Murder*）出版於一九五〇年，這本書收錄了著名文章〈謀殺巧藝〉，其中作者表達了對古典推理小說和偵探故事的不屑一顧。隨後幾年裡，他創作了三部最終的馬羅小說——《小妹》（*The Little Sister*, 1949）、《漫長的告別》（*The Long Goodbye*, 1954）和《重播》

（*Playback*, 1958）。「錢德勒不寫犯罪或偵探，正如他堅稱的那樣，」查爾斯・威・希金斯指出，「他寫的是人性的腐敗，他以菲力普・馬羅為他的否決天使，並且洞悉其中，深入骨髓。」

一九五四年，妻子離世，錢德勒深受打擊，頻繁返回英國，依然享有盛譽。雷蒙・錢德勒於一九五九年三月二十六日在加利福尼亞的拉霍亞去世，死因是支氣管性肺炎，死後被安葬在聖地牙哥的希望山公墓。一些未發表的論文和筆記作品在他去世後陸續被出版，其中以《雷蒙・錢德勒談話》（*Raymond Chandler Speaking*, 1962）、《雨中殺手》（*Killer in the Rain*, 1964）、《馬羅之前的錢德勒》（*Chandler Before Marlowe*, 1973）和《雷蒙・錢德勒信件選集》（*Selected Letters of Raymond Chandler*, 1981）最為著名。

再見，吾愛

Farewell, My Lovely

1

中央大道上有幾個龍蛇雜處的街區，事情發生時黑人還沒完全占據那個地區。那天，我剛從一家只擺了三把椅子的理髮店出來，我的客戶認為一個名叫狄米崔·阿萊迪斯的理髮師可能在那家理髮店代班。不是什麼要緊的事，無非是他老婆願意付點小錢找他回家。

我一直沒找到他，反正阿萊迪斯太太一毛錢也沒付。

那天很暖和，將近三月底，我站在理髮店外，仰頭望著二樓一家叫馥羅安的賭場餐館懸在外面的霓虹燈招牌。有個男人也和我一樣仰頭看著，他心醉神迷地望向二樓灰濛濛的窗戶，彷彿東歐移民初次見到自由女神像一般。他是個十足的大傢伙，不過六呎五吋高，卻跟裝啤酒的卡車差不多寬。他離我約十吋遠，手臂鬆弛地垂在兩側，巨大的手指夾著一支被遺忘的雪茄，指縫間冒出煙來。

街上來來往往的盡是些乾瘦安靜的黑人，每個人經過他身邊時都不禁側目一瞥。他確實惹人注意，頭戴一頂粗毛博爾薩利諾呢帽，身穿一件粗劣的灰色運動夾克，上面掛著白色高爾夫球充當鈕釦，裡面是褐色襯衫，配黃色領帶，下面一條打褶的灰色法蘭絨褲子，腳踩一雙鱷魚皮鞋，鞋尖裂著大縫，胸前口袋垂下一條裝飾用的手帕，顏色和領帶一般鮮黃。他的帽緣上還插著幾根彩色羽毛，其實根本沒有必要，那身打扮，即便在衣著算不上世界最低調的中央大道，也顯眼得像是一隻落在天使蛋糕上的大狼蛛。

他膚色蒼白，鬍子也該刮了，是那種常需要刮鬍子的人。他有一頭黑色鬈髮，兩道濃眉擰在大鼻子上方。對於這樣的大傢伙而言，他的耳朵算是小巧勻稱，眼睛裡閃著灰眼珠常有的霧光。他立在那裡一動也不動活像一尊雕像，過了好一陣子才露出微笑。

他慢條斯理地穿過人行道，走到那扇通往二樓的對開彈簧門前。他把門推開，朝街上左右兩邊面無表情地冷冷一瞥，走了進去。若他只是個小個子，而且穿著較為低調的話，我可能會以為他是去搶劫的。但瞧他那套裝扮、那頂帽子，還有那身大骨架，絕無可能。

門彈向街外又擺回來，就在它漸漸靜止不動時，砰地一聲又被猛然撞開，有個什麼東西掠過人行道，摔在兩輛停在路邊的車子中間。那東西手膝著地，發出刺耳的叫聲，像是隻被困在牆角的老鼠。那東西慢慢爬起來，搆回一頂帽子，然後溜上人行道；是一個瘦削窄肩的年輕人，棕色皮膚，穿著紫丁香色西裝，上面別著一枝康乃馨，一頭黑髮梳得油光滑亮。他張著嘴哀叫了一陣，路人們不明所以地瞪著他，然後他把帽子在頭上擺好位置，側身蹭到牆邊，撇著外八字靜悄悄地走開了。

一片沉寂，然後車聲又起。我踱步到那扇雙開門前，站定。現在它一動也不動了。這不關我的事。於是我推開門，朝裡面張望。

昏暗中，一隻大如椅子的手向我伸來，像捏一把爛泥般捏住我的肩膀，然後這隻大手把我拎進門內，輕而易舉地將我提上一層台階。一張巨臉正盯著我，一個低沉柔和的聲音輕輕對我說：

「裡面冒煙了嗎，嗯？來幫個忙，老兄。」

門內很黑，也很安靜，上面隱約傳來人聲，不過樓梯上只有我們兩人。大傢伙一臉嚴肅地瞅著我，那隻大手繼續摧折著我的肩膀。

「一個黑人，」他說，「我剛剛把他丟出去了，你看到了嗎？」

他鬆開我，肩骨似乎還沒碎，可整條手臂痠麻無力。

「這種地方向來如此，」我邊揉肩膀邊說，「你指望會怎麼樣？」

「別這麼說，老兄，」大傢伙輕輕地發出咕嚕的喉音，活像是才飽餐一頓的老虎，「薇瑪以前在這兒上班，小薇瑪。」

他又把手伸向我的肩膀，我奮力躲閃，但他動作快得像貓一樣，用鋼鐵般的手指揉捏起我的肌肉。

「是啊，」他說，「小薇瑪，我已經八年沒見過她了。你說這裡現在成了黑人的地盤？」

我啞著嗓子說了聲是。

他又把我往上拽了兩級台階，我拚盡全力想要掙脫。我沒帶槍，找阿萊迪斯這檔事似乎不需要槍。老實說，我懷疑就算有槍可能也對我沒什麼好處，大傢伙說不定會一把奪走，然後吞下肚去。

「你自己上樓看看就知道了。」我說道，聲音勉強掩飾著痛苦。

他再次放開我，用那雙帶著憂傷的灰眼珠看著我，「我現在心情很好，」他說，「可不想有什麼人來煩我。你跟我一起上樓去，或許我倆可以喝上幾杯。」

「他們不會招呼你的，告訴過你了，這裡是黑人的地盤。」

「我八年沒見到薇瑪了，」他悲傷地低聲說道，「自從說再見以後，到現在已經八年了。她有六年沒寫信給我，可是一定有她的理由。她以前在這裡工作，可愛得很。你跟我上樓，嗯？」

「好吧，」我喊道，「我跟你上去，但別拎著我，讓我自己走。我很好，發育健全，可以自己上廁所，料理一切。別拎著我。」

「小薇瑪以前在這裡工作。」他溫存地說道，根本沒在聽我講話。

我們一起爬上台階，他讓我自己走。我的肩膀疼痛不堪，脖頸後直冒冷汗。

2

樓梯頂端又是一扇對開的彈簧門，緊閉的門遮掩住裡面的狀況。大傢伙用拇指把門輕輕推開，我們走進屋內，空間狹長，不太乾淨，不太明亮，氣氛也令人不太愉悅。角落裡，一群黑人圍在一張賭桌前，罩著一道錐形燈光吆五喝六的。右側牆邊有一座吧台。此外，屋裡還擺著幾張小圓桌，疏疏落落地坐著幾名顧客，男男女女，清一色是黑人。

賭桌上的聲音戛然而止，桌頂上的燈光也瞬間熄滅。屋內倏地靜得像船進了水一般沉重。一雙雙眼睛轉向我們，栗色的眼睛，嵌在灰色到深黑不等的臉孔上，還有一顆顆腦袋慢慢地轉過來，嵌在上面的眼睛在一片死寂中閃著光，像看外星人般冷冷地瞪著我們。

一個大塊頭、粗脖子的黑人正靠在吧台尾端，他襯衫袖子上纏著粉紅袖箍，寬闊的背脊上交叉著粉白相間的吊帶褲，渾身上下都在示意他是保鏢。保鏢把翹著的腳慢慢放下，緩緩轉過身盯住我們。他雙腳輕輕叉開，大舌頭舔了舔嘴唇。他有一張飽經風霜的臉，看起來好似經受過全套擊打，就只差挖土機的挖斗了。這張臉滿是傷疤，這裡扁一塊，那裡腫一坨，坑坑窪窪，瘢痕交錯，一張無所畏懼的臉，只要你能想到的摧殘，它都經歷過。

這黑人的一頭小鬈髮夾雜著一綹灰白，有隻耳朵的耳垂不見了。他身形魁梧，雙腿粗壯，略有些弓，這在黑人中並不常見。他又用舌頭舔舔嘴唇，微笑著活動了一下身體。他放鬆地微微屈膝，拳擊手般朝我們走過來。大傢伙一言不發地等著他。

手臂上纏著粉紅袖箍的黑人將棕色大手掌抵在大傢伙的胸前，那麼大的手掌，此刻看起來卻像是一枚鈕釦。大傢伙文風不動，保鏢溫和地笑了笑。

「白人不准進，兄弟，只招待有色人種，對不起了。」

大傢伙轉動著他那對憂傷的灰色小眼睛掃視了屋內一圈，雙頰微微泛紅。「臭癟三，」他壓著嗓子憤怒地說，隨即又提高聲調問那保鏢，「薇瑪在哪兒？」

保鏢收斂起笑容，上下打量起大傢伙的衣著，褐襯衫和黃領帶，粗劣的灰夾克和上面的白色高爾夫球。保鏢小心翼翼地轉動著厚實的頭顱，從各個角度觀察著大傢伙，然後他低頭看了看那雙鱷魚皮鞋，低低地笑出聲來，像是被逗樂了般。我有些為他感到難過。他再次開口，輕聲說：

「你說薇瑪嗎？這裡沒有薇瑪，兄弟。沒酒、沒女人，啥都沒有。快滾吧，白人老兄，快滾。」

「薇瑪以前在這裡工作。」大傢伙說，語氣像是在做夢，彷彿他正在森林中獨自採著紫羅蘭。我掏出手帕，又擦了擦脖頸後的汗。

保鏢突然笑了。「當然，」他邊說邊飛快地扭頭瞄了一眼背後的觀眾，「薇瑪以前在這兒工作，可薇瑪現在不在這兒了。她退休了，呵呵。」

「還請把你那隻該死的手拿開。」大傢伙說。

保鏢皺了皺眉，他不習慣有人這麼對他說話。他從大傢伙的襯衫上移開手，攥起拳頭。那拳頭又大又紫，活像顆大茄子。他得顧慮自己的飯碗、強悍的名聲以及公眾威望。他顧慮了一秒鐘之後，犯下一個錯誤。他手肘猛地往外揚起，狠命迅疾地揮出一拳，擊中大傢伙的下顎。屋裡響起一片低呼聲。

這一拳真不賴。出手時肩膀下沉，身軀隨之擺動，而且力道十足，看得出受過充分訓練。只是大傢伙的頭動了還不到一吋的距離。他根本沒打算招架，他捱了這一拳，微微抖了抖身體，輕哼一聲，隨即一把掐住保鏢的咽喉。

保鏢掙扎著想踢他的下體，卻被大傢伙拽著脖子在半空中掄了一圈，他那雙花稍鞋子滑落到粗糙的油氈毯上。大傢伙把保鏢的背向後一彎，換右手抓住他的腰帶，那腰帶就像屠夫的綁肉繩般斷裂了。接著，大傢伙伸出巨掌抵住保鏢的脊梁將他托起，用雙臂旋著他的身體奮力一拋，將他直接飛擲過整個屋子，驚得那一頭的三個顧客趕忙跳開。保鏢的身體撞翻了一張桌子，轟然砸在護壁板上，聲音響亮得恐怕在丹佛也聽得到。他兩腿抽搐了幾下，然後就躺著不動了。

「有些人，」大傢伙說，「耍狠總是搞不清楚狀況。」他轉向我。「對了，」他說，「跟我去喝一杯。」

我們走向吧台，那些顧客們全變為不作聲的影子，三三兩兩無聲地飄過地板，再如草地上的暗影般無聲地溜出樓梯口的彈簧門，出去時甚至連門都沒晃一下。

我們倚在吧台上。「威士忌酸酒，」大傢伙說，「你叫你的。」

「威士忌酸酒。」我說。

我們都拿到了威士忌酸酒。

大傢伙沿著厚矮酒杯的杯壁，面無表情地舔著威士忌。他神情嚴肅地盯著酒保，那是一個瘦瘦的、面帶憂容的黑人，穿著一件白色外套，走起路來好像腳痛似的。

「你知道薇瑪在哪兒嗎？」

「你說薇瑪嗎？」酒保帶著哭腔說，「我最近沒見過她。最近沒有，沒有，先生。」

「你在這兒幹了多久？」

「我算算，」酒保放下毛巾，皺著額頭，掰起指頭來，「大約十個月，我想，一年吧，還是……」

「算清楚了。」大傢伙說。

酒保瞪著眼珠子，喉結就像隻沒頭的小雞拍翅抖動著。

「這鳥地方什麼時候變成了黑人娛樂場所？」大傢伙粗聲逼問。

「什麼？」

大傢伙握緊拳頭，他手中的那只威士忌酒杯幾乎消失於無形。

「至少五年了，」我說，「這傢伙不會知道叫薇瑪的白人女子的，這裡沒人會知道。」

大傢伙看著我，彷彿我是剛孵化出來的什麼東西。威士忌似乎並沒有平緩他的脾氣。

「到底是哪個混蛋讓你來管閒事的？」他問我。

我咧開嘴，臉上掛起一個大大、溫暖、友善的笑容，「我是跟你一起進來的，記得嗎？」

他也朝我咧嘴一笑，笑容平淡而毫無意義。「威士忌酸酒，」他對酒保說，「把你褲子裡的跳蚤抖乾淨，調你的酒去。」

酒保慌手慌腳地走來走去，滴溜溜地翻著白眼。我背靠吧台，環顧著整個房間，現在空盪盪的，只剩下酒保、大傢伙和我，還有那個一頭撞在牆上的保鏢。那保鏢正緩慢地挪動身體，好像忍受著巨大的痛苦，極為費力。他悄悄地沿著護壁板爬行，活像只剩下一邊翅膀的蒼蠅。他在桌子後面挪動，疲憊不堪的樣子就像一個人瞬間衰老、心灰意冷。我看著他爬動。酒保這時又端來兩杯威士忌酸酒，我轉身朝向吧台。

大傢伙漫不經心地瞥了一眼爬行中的保鏢，之後便再沒理睬。

「這地方什麼都沒留下，」他抱怨道，「以前這裡有一個小舞台，有樂隊，還有一些可以找樂子的可人小房間。薇瑪在這裡唱歌，那時她一頭紅髮，像蕾絲短褲一樣可愛。我們本來要結婚的，結果他們設計陷害了我。」

我喝起第二杯威士忌酸酒，開始覺得今天的這場冒險差不多可以告一段落了。

「怎麼陷害的？」我問。

「你以為我八年不在都去哪兒了？」

「捉蝴蝶去了。」

他伸出粗大如香蕉的食指戳戳自己的胸膛。「蹲大牢去了。大名馬洛，人稱巨鹿馬洛，因為我個兒大。大彎銀行搶案，搶了四萬美金，我單槍匹馬幹的。厲害吧？」

「你現在打算花掉這筆錢？」

他銳利地瞪了我一眼。這時，我們身後傳來一陣響動。那保鏢掙扎著站了起來，身子東搖西晃的。他伸手握住賭桌後面一扇黑門的門把，門開了，他幾乎半跌了進去。接著，門哐一聲關上，喀噠上了鎖。

「那門通向哪裡？」巨鹿馬洛質問道。

酒保眼神游移，費了好大氣力才把目光聚到方才保鏢跌撞而入的那扇門上。

「那……那是蒙哥馬利先生的辦公室，先生。他是這裡的老闆，他的辦公室就在後面。」

「他或許會知道，」大傢伙說。他把杯中酒一飲而盡，「他最好也不要跟我講笑話。再來兩杯同樣的酒。」

他慢悠悠地穿過房間，步履輕盈，毫無顧忌，厚實寬大的背脊把整扇門都遮住了。門鎖著。他扯住門把晃了晃，眼見著一塊門板飛脫出去，他徑直走進去，把門帶上。

一片沉寂。我看著酒保，酒保看著我，眼神變得若有所思。他擦抹著櫃台，嘆了口氣，探出右手俯著身子。

我伸手越過櫃台，抓住他的手臂。那條手臂細瘦脆弱，我捏著它，對他微笑。

「在下面搞什麼鬼，小子？」

他舔舔嘴唇，沉在我的手臂上，沒有搭腔。一抹灰暗漫上他黑亮的臉。

「這傢伙可不好惹，」我說，「而且很容易發狠，他喝了酒就會這樣。他在找一個過去認識的女孩，這裡原來是一家白人的店。懂了嗎？」

酒保又舔舔嘴唇。

「他離開這裡很久了，」我接著說，「整整八年。他似乎沒有意識到八年到底有多久，雖然我寧可他覺得那就像一輩子。他以為這裡的人應該知道他的女孩在哪裡。懂了嗎？」

酒保慢條斯理地說，「我以為你跟他是一夥的。」

「我是身不由己。他在樓下問了我一個問題，然後硬是把我拽了上來。我之前從沒見過他，不過我可不想被扔到房間那頭去。你在下面藏著什麼呢？」

「一把鋸短的霰彈槍。」酒保說。

「嘖，那可是違法的。」我低聲說道，「聽著，你和我才是一夥的。你還有別的嗎？」

「還有一把槍，」酒保說，「在雪茄盒裡。放開我的手。」

「好，」我說，「移過來一點。小心了，靠邊站，現在可不是放鞭炮的時候。」

「誰說的，」酒保揶揄道，把疲憊的身體壓在我的手臂上，「誰……」

他忽地打住，眼珠翻起來，頭猛然一抬。

賭桌旁緊閉的門後傳來一聲直直的悶響。可能是摔門的聲音，但我覺得不是，酒保也認為不是。

酒保僵住了，嘴角淌出口水。我傾聽著，再無別的聲音。我快步走去櫃台尾端，已經聽得太久了。

這時，後面的門砰一聲開了，巨鹿馬洛從裡面一個箭步衝出來，接著猛然煞車，腳像被釘住般，咧開大嘴蒼白一笑。

一把柯爾特點四五口徑的手槍捏在他的巨掌中，就像玩具一樣。

「誰也不許摸褲子，」他懶洋洋地說，「把手老老實實地放在吧台上。」

酒保和我都把手放在吧台上。

巨鹿馬洛迅速把屋子掃視了一圈，他的笑容緊繃，像是被釘在了臉上。之後他邁開步伐靜靜地穿越屋子，看起來完全是個可以單槍匹馬打劫銀行的人——即便是這身打扮。

他來到吧台前。「手舉起來，黑鬼。」他輕聲說。酒保將兩手高高舉在空中。大傢伙走到我的身後，用左手仔細地把我摸了個遍，他呼出的熱氣噴在我的脖子上。然後，走開了。

「蒙哥馬利先生也不曉得薇瑪在哪裡，」他說，「他想要用這個告訴我。」他用硬實的手掌拍拍手槍。我緩緩轉過身，看著他。「是啊，」他說，「你們會知道我的，也不會忘記我的，老兄，告訴那些人當心一點。」他搖了搖槍，「好了，掰掰了，小子們。我得去趕電車了。」

他開始朝樓梯口走去。

「你還沒付酒錢。」我說。

他停下腳步，仔細端詳著我。

「或許你說得對，」他說，「但如果我是你的話，就不會這麼咄咄逼人了。」

他往前邁步，穿過那扇對開的彈簧門，腳步聲漸行漸遠，下樓去了。

酒保俯下身，我跳到吧台後面，將他一把推開。一把短筒霰彈槍蓋著毛巾，擺在吧台下方的架子上。它旁邊放著一個雪茄盒，裡面有一把點三八口徑的自動手槍。我把兩把槍都拿了起來。酒保背靠在吧台後的一排玻璃杯上。

我從吧台盡頭繞回去，穿過屋子，走到賭桌後面那個房門豁開的房間前。裡面是一條呈「L」形的走廊，黑咕隆咚的。保鏢仰面朝天地躺在地上，不省人事，手裡還握著一把刀。我彎下腰抽出刀，把它從後樓梯上扔了下去。保鏢喘著粗氣，手綿軟無力。

我跨過他的身子，推開一扇標識著「辦公室」字樣的門，字樣上的黑漆部分已經剝落。

木板半封起來的窗戶旁放著一張破舊的小辦公桌。一個男人的軀體直挺挺地戳在椅子上，椅背很高，剛好抵到這男人的後頸。他的頭往椅背後面仰翻，鼻子正好對著那扇半封的窗戶。頭和身子就是這麼對折著，像是一條手帕，或是一條鉸鍊。

男人右邊的抽屜打開著，裡面有張沾了油污的報紙，槍應該是從那裡來的。掏槍出來在當時可能是個不錯的點子，但現在這位蒙哥馬利先生，頭懸掛著的位置證明那點子其實糟透了。

辦公桌上有部電話，我放下霰彈槍，鎖上門，然後才打電話報警。這樣做讓我比較有安全感，而且蒙哥馬利先生似乎也不介意。

當巡邏車裡的那些小子們踩上樓梯時，保鏢和酒保早已溜之大吉，屋裡只獨我一人。

3

一個叫老迪的警察接手了這案子，他是個尖下巴討人厭的傢伙，跟我說話的大部分時間，都把那雙又長又黃的手疊放在膝蓋上。老迪是七十七街分局的副隊長，我們在一個簡陋的房間裡談話，房間靠著牆對稱擺了兩張小書桌，剩下的空間就只有桌子之間的通道了，窄到一次只能容一人通過。地板上鋪著骯髒的褐色油氈毯，空氣中瀰漫著陳年雪茄菸蒂的味道。老迪的襯衫已經磨破，外套的袖口向內挽起，他看起來窮得夠正直了，但光靠這副模樣還不足以對付巨鹿馬洛。

他點燃半截雪茄，順手把火柴丟到地上，已有許多夥伴在那裡等著它了。他用苦澀的聲音說：

「黑人，又是黑人凶殺案。我在這個分局幹了十八年，淨是這樣的案子。不會刊登照片，也不會刊登消息，甚至連在分類廣告欄登上四行字也不可能。」

我一言不發。他把我的名片撿起再讀一遍，然後把它丟到一邊。

「菲力普・馬羅，私家偵探。幹那行的，嗯？天哪，你看起來真夠硬的。那段時間你都在幹什麼？」

「哪段時間？」

「馬洛扭斷這黑鬼脖子的時候。」

「噢，那是在另一個房間發生的，」我說，「馬洛可沒通知我要扭斷誰的脖子。」

「你在耍我，」老迪悻悻地說，「行，盡量耍吧，反正每個人都耍我，多一個又有什麼關係？可憐的老迪，讓我們輪番耍耍他吧，老迪總是能引人發笑的。」

「我並不想耍任何人，」我說，「實情就是如此，我當時在別的房間。」

「喔，當然，」老迪噴出一團難聞的雪茄煙霧說，「我也在場，都親眼看到了，是吧？你沒帶槍嗎？」

「那種工作不需要帶槍。」

「什麼工作？」

「我在找一個逃離老婆的理髮匠，他老婆以為我可以說服他回家。」

「你是說黑人？」

「不，是個希臘人。」

「好吧！」老迪說著，往字紙簍裡啐了口痰，「好吧！說一下你是怎麼遇見大個兒的？」

「我告訴過你了，我只是碰巧在那裡。他把一個黑人丟出馥羅安的門外，而我很不明智地探頭進去，想看看怎麼回事，結果就被他抓上了二樓。」

「你是說他拿槍抵著你？」

「沒，他那時還沒有槍，至少，他沒亮出槍，他的槍很可能是從蒙哥馬利那裡搶來的。他就是挑上我了，我有時候挺討人喜歡的。」

「這我可不知道了，」老迪說，「你似乎也太容易被挑上了吧。」

「好吧，」我說，「何必做口舌之爭呢？我見過那傢伙，你又沒見過，他是可以把你我掛在表帶上當飾物的。直到他離開之後，我才知道他殺了人。我聽到一聲槍響，不過我認為是有人因為害怕，朝馬洛開了一槍，然後馬洛才把槍搶了過去。」

「你何以如此認為？」老迪近乎溫和地問道，「他曾持槍搶過銀行，不是嗎？」

「考慮到他那身打扮，他不是去那裡殺人的，穿成那樣不可能。他是去找一個叫薇瑪的女孩，她在馬洛搶銀行被捕之前是馬洛的馬子，在那個叫馥羅安或之前還是白人地盤時叫其他什麼名字的餐館工作。馬洛就是在那裡被捕的。你總會抓到他的。」

「當然，」老迪說，「那樣的塊頭和那身打扮，簡直手到擒來。」

「他可能還有別的衣服吧，」我說，「也許還有輛車，有個藏身之處，有些錢，有朋友。但你肯定會抓到他的。」

老迪又朝字紙簍裡吐了口痰。「我抓得到他，」他說，「恐怕到那時我的第三副假牙也裝好了。你猜有多少人會參與這個案子？就一個！聽好了，知道為什麼嗎？因為報紙不會報導這種新聞。有一次，五名黑人在哈林區東八十四街惡鬥，用刀子砍得昏天暗地，像是在彼此身上比拚畫上哈林區的落日，其中一個人已經無氣息了，搞得到處是血，家具上、牆上，甚至天花板上都是血。當時我去了現場，在屋外撞見一個《紀事報》的新聞記者正從門廊走出去準備上車，他朝我們扮了個鬼臉，說了句『啊，該死，黑人凶殺案』，就鑽進他的車子開走了。他甚至連門都沒跨進去。」

「或許馬洛還在假釋期，」我說，「你可以找人調查一下。不過，你抓人前要先計畫妥當，否則他非把你們那些巡邏車拆了不可，到時候案子就有機會見報了。」

「真到那時怕是也輪不到我辦這個案子了。」老迪揶揄道。

辦公桌上的電話響了。他接起來聽了一陣，笑容有些沮喪，之後他掛上電話，在便箋本上匆匆寫著什麼，眼中閃出一絲微光，就像積滿灰塵的走廊深處的一抹光亮。

「見鬼，他們找到他了。電話是檔案處打來的，他們找到他的指紋、照片以及別的什麼。老天，總算有點頭緒了。」他從便箋本上讀著，「老天，是這麼一個傢伙。六呎五吋半，二百六十四磅，沒打領帶。老天，好傢伙！好吧，讓他見鬼去吧。他們現在把他的名字通報下去了，很可能是在被竊車輛清單之後。現在除了等，沒什麼可做的。」

「你可以找找那個女孩，」我說，「薇瑪。馬洛會去找她的，她是整件事情的起因。試試去找薇瑪。」

「你去找吧，」老迪說，「我已經有二十年沒進過那些找樂子的地方了。」

我站起身。「好吧。」我說著朝門口走去。

「嘿，等等，」老迪說，「我開玩笑的。你不是很忙吧？」

我手指捻著一根香菸，站在門口看著他，等他把話說完。

「我是說你有沒有空去找找這位女士。你剛才這主意不賴，或許能找到些線索，你可以便衣行事。」

「我從中能得到什麼？」

他遺憾地攤開那雙黃手，笑容狡猾地像一只壞掉的捕鼠器。「你以前和我們局裡弟兄處得不好，別否認，我聽說了。下次記得多交幾個朋友，對你沒壞處。」

「這樣對我有什麼好處？」

「聽著，」老迪力勸道，「我只是個小人物，但局裡的任何一個人都可能給你不少好處。」

「我這是為了愛，還是說你們會付我點錢？」

「沒有錢，」老迪說，皺了皺他那隻哀傷的黃鼻子。「不過我眼下需要一點功績，自從上次大改組後，日子就一直不太好過。我不會忘記你的好處，老兄，絕對不會。」

我瞧了一眼手表，「好吧，如果我想到什麼線索，會奉送給你。你抓到那傢伙後，我會幫忙指認。要找我等午餐後。」我們握了握手，隨後我穿過泥漿色的走廊，步下樓梯，走到大樓正門前我停車的地方。

這時，距離巨鹿馬洛握著那把軍用柯爾特手槍離開馥羅安大約有兩個小時了。我在藥房雜貨店吃過午餐，買了一品脫波本威士忌，然後驅車向東開到中央大道，再沿著大道往北走。我的直覺虛緲得就像人行道上的裊裊熱氣。

除了好奇，我沒有任何理由去理睬這起案子。只是嚴格來說，我已經一個月沒有生意上門，哪怕是樁無酬生意也算是個改變吧。

4

馥羅安當然已經關門大吉。一個顯然是便衣警察的男人坐在門前的一輛車裡，用一隻眼睛讀著報紙。我不明白他們為何要浪費這種時間，這裡根本沒人認識巨鹿馬洛。保鏢和酒保還是下落不明，那片街區沒人知道他們的消息，至少沒人肯透露。

我慢慢地駛過餐館，把車停在街角，坐在車上看著一家黑人旅舍。這家旅舍名為忘憂，位於馥羅安所在街區的斜對角，在離我最近的交叉路口後方。我下車往回穿過交叉路口，走進旅舍，裡面兩排空盪盪的硬木椅子隔著一長條淺褐色地毯彼此相望。前廳尾端昏暗處有張書桌，書桌後面一個光頭男人正閉著眼，一雙柔軟的棕色手掌安然地交握在面前的桌上。他在打盹，或者看起來像在打盹。他打著一條阿斯科特式領帶[1]，看起來像是一八八〇年左右就繫在那裡了，領帶夾上的綠石頭沒比蘋果小多少。他鬆弛柔軟的大下巴堆在領帶上，交疊的雙手平和而乾淨，指甲修剪過，一渦渦新月形嵌在紫色指甲上。

他手肘旁擱著一塊金屬招牌，上面浮雕著「本旅舍受國際統一代理有限公司保護」。

這個平和的棕色男人睜開一隻眼，若有所思地看著我，我指了指那塊招牌。

「我是H.P.D.派來檢查的。這裡有什麼麻煩嗎？」

H.P.D.指的是「旅館安全部」，隸屬於一家大型代理機構，負責照料那些開空頭支票以及從後樓梯溜走、留下一堆未付帳單和裝滿磚塊的二手皮箱的客人。

「麻煩，老兄，」這名職員用高亢宏亮的聲音說，「我們這兒最近剛好缺麻煩。」他隨即降低了四、五度聲音問：「你叫什麼名字來著？」

「馬羅。菲力普．馬羅……」

「好名字，老兄，清爽悅耳。你今天看上去氣色真不賴，」他再次壓低了聲音，「可你不是什麼H.P.D.的人，那單位好幾年來一個人影都沒見過。」他攤開雙手，倦怠地指了指那塊招牌，「二手貨，老兄，買來充門面的。」

「好吧。」我說。我倚著櫃台，掏出一枚五毛錢的硬幣，在光禿禿、滿是劃痕的櫃台上旋著。

「馥羅安今天早上的事情聽說了嗎？」

「我忘了，老兄。」現在他兩隻眼睛都睜開了，瞪著那枚硬幣旋轉時閃出的朦朧亮光。

「那裡的老闆被幹掉了，」我說，「就是那個叫蒙哥馬利的，有人扭斷了他的脖子。」

「願上帝接納他的靈魂，老兄。」他的聲音又降低一些，「條子？」

1 因英國皇家雅士谷賽事（英語：Royal Ascot）而得名的一種寬領帶，通常由淺灰色的絲綢製成。這款正式的領帶通常帶著花紋圖案，繫好之後以領帶大頭針或領帶夾固定住。

「私家偵探……這次是祕密行動。不論什麼人，我一眼就可看出他能否保守祕密。」

他研究著我，然後閉上眼睛想了一陣，再次小心睜開時，仍盯著那枚旋轉中的硬幣不放。他似乎無法克制自己不去看它。

「誰幹的？」他輕聲問，「誰把山姆幹掉了？」

「一個剛從監獄出來的狠角色，發現那裡不再是白人據點就惱了。那裡曾經看起來是屬於白人的，也許你還記得？」

他沒搭腔。那枚硬幣呼噹倒下，躺著不動了。

「接下來看你的了，」我說，「要我為你朗讀一章聖經，還是請你喝一杯？你說。」

「老兄，我可是那種只在家人旁邊讀聖經的人。」他的眼睛明亮而穩定，像青蛙一般。

「你大概吃過午餐了？」我問。

「午餐，」他說，「對於我這種身材和脾氣的人來說通常是省掉的事。」他又降低聲音說，「繞到桌子這頭來吧。」

我繞過桌子，從口袋裡掏出那瓶波本威士忌，放在他面前，然後又繞過桌子回到這一頭。他彎下腰研究那瓶酒，看起來很滿意。

「老兄，這酒根本收買不了我，」他說，「不過我很樂意陪你喝一杯。」他拔開瓶塞，放了兩只小酒杯在桌子上，默不作聲地把兩杯酒斟得滿滿的。他舉起一杯，仔細嗅了嗅，然後翹著小指頭咕嚕一聲倒進喉嚨。

他咂咂嘴品了一陣，終於點點頭說：「這酒對了，貨真價實，老兄，要我怎樣替你效勞呢？這條街上沒一道裂縫是我不知道的。說真的，這真是瓶好酒。」他又斟滿了一杯。

我把馥羅安發生的事從頭至尾地說了一遍。他嚴肅地瞪著我，搖了搖那顆大光頭。

「山姆那地方原本還是塊淨土，」他說，「一個月沒人在那裡動傢伙了。」

「六年還是八年前，馥羅安還是白人地盤時，叫什麼名字？」

「那塊電招牌掛得那麼高呢，老兄。」

我點點頭，「我就猜到原來可能也是同一個名字，不然馬洛會吭聲的。不過當時的老闆是誰？」

「你還真讓我有點兒吃驚啊，老兄，老闆的名字就是馥羅安呀。麥克・馥羅安……」

「這位麥克・馥羅安後來怎麼了？」

這黑人攤開他那雙柔軟的褐色手掌，用高昂而哀傷的聲音說，「他死了，老兄，蒙主寵召啦。那是一九三四年還是一九三五年的事，我有些記不清了。揮霍掉的生命，老兄。聽說他喝酒喝到腎都壞掉了。這人成天像一頭無角的公牛那樣到處亂撞，老兄，上帝已經很照顧他了。」他的聲音又恢復正常，「天曉得是怎麼回事。」

「他家裡還有什麼人嗎？再倒一杯酒。」

他堅定地塞上瓶塞，把酒推回我這頭，「兩杯足矣，老兄，日落之前只喝兩杯。謝謝你。你問話的方式很順應人的尊嚴。他留下了一個寡婦，名叫潔西。」

「她後來怎麼樣了？」

「老兄，追求知識就是不懈地提出問題。我後來沒聽說了，你試一下電話簿吧。」

有個電話間位於旅館前廳一個昏暗的角落裡，我走進去關上門，電話間的燈光亮起。電話簿用一條鍊子拴著，破破爛爛的。我查遍了整本電話簿，就是沒找到馥羅安這個名字。我又走了回去。

「沒找到。」我說。

黑人懊悔地彎下腰，托出一本厚厚的城市行政區電話簿，放在桌上推到我面前。他閉上眼睛，開始有點不耐煩了。我在冊子裡找到了一位潔西・馥羅安，寡婦，住址是西五十四街一六四四號。我實在懷疑我的腦子都長到哪裡去了。

我在紙上抄下她的地址，把電話簿推了回去，黑人把冊子放回原處，和我握了握手，然後雙手又交握起來，放在桌子上，和我進門時一模一樣。他的眼皮緩緩垂下，似乎是睡著了。

這段插曲對他而言已經結束了。我往外走，走到一半時又回頭瞥了他一眼。他的眼睛完全閉上了，呼吸輕柔、均勻，吐氣時從嘴唇微微呼出，他的光頭閃閃發亮。

我步出忘憂旅舍，過街回到車上。這一切來得太容易，實在是太輕而易舉了。

5

西五十四街一六四四號是一棟乾巴巴的褐色房子，前面有一片同樣乾巴巴的褐色草坪。在一塊光禿禿的空地中央，孤零零地立著一株粗獷乾硬的棕櫚樹。門廊上寂寞地擺了一張木質搖椅，午後的微風吹著去年的聖誕紅，未經修剪的新枝啪嗒啪嗒地拍打著裂縫累累的灰泥牆。邊上的院子裡，一排半洗好泛黃硬挺的衣服橫掛在一條生鏽的鐵絲上，在風中抖動著。

我往前開了四分之一個街區，把車停在對街再步行回來。

電鈴是壞的，於是我敲了敲紗窗門的木櫺。裡面傳來拖拖拉拉的腳步聲，然後門開了。昏暗中站著一個蓬頭垢面的女人，她一邊開門，一邊大聲地擤著鼻子。那張臉灰暗且腫脹，一頭雜草般的亂髮分不出是黃是灰，既缺乏薑黃色的活力，也全無灰色的純淨。她的體型臃腫，裹在一件鬆垮的法蘭絨浴袍裡，浴袍的顏色和樣式已經過時了，只不過是塊遮羞布罷了。她的腳趾肥大，趿著一雙破舊的棕色男士皮拖鞋。

我問：「馥羅安太太嗎？潔西．馥羅安太太嗎？」

「嗯哼。」她的聲音就像病人從床上爬起般費力地從喉嚨裡掙扎出來。

「你就是馥羅安太太，你先生曾經在中央大道上經營過一家娛樂場所？他是麥克．馥羅安嗎？」

她豎起拇指把一綹頭髮撥到大耳朵後面，眼中閃出詫異之色。她用低沉含混的聲音說：

「什……什麼？我的老天啊，麥克已經死了五年了。你剛剛說你是幹什麼的？」

紗窗門仍關著，門釦也還搭著。

「我是個偵探，」我說，「想問點消息。」

她瞪著我，沉悶了足有一分鐘。之後她費力地拔開門搭釦，轉身朝屋裡走去。

「進來吧，我還沒時間整理房子，」她發著牢騷，「條子，嗯？」

我跨進門內，把紗門的搭釦勾好。門左邊的屋子角落裡，一架龐大而美麗的箱形收音機正嗡嗡低吟，這是整間屋子裡唯一一件像樣的家具。它看上去還是簇新的，其他東西則破爛不堪——骯髒而鼓囊囊的坐墊以及一把與門廊上的那把配成一對的搖椅；擺在方形拱門後面飯廳裡的餐桌污漬斑斑，通向廚房的彈簧門上滿是髒手印；幾盞破損得不成樣子的檯燈頂著花稍俗麗的燈罩，猶如年老色衰的妓女仍在不甘心地搔首弄姿。

女人坐進搖椅，把拖鞋甩到地上，兩眼盯著我。我看了看那架收音機，在長沙發的一頭坐下。她發現了我在看收音機，一絲淡如中國茶般的虛偽熱情爬上她的臉，滲入她的聲音。「那是我唯一的陪伴，」她說，隨後嗤嗤笑了起來，「麥克沒又犯什麼罪吧？警察現在不常來找我了。」

她的嗤笑中滿著一股懶散的酒意。我向後靠去，身子抵到一個硬邦邦的東西，於是伸手去摸，摸出一個一夸脫裝的空琴酒瓶。女人又嗤笑起來。

「只是開個玩笑，」她說，「不過我真希望老天現在多安排些金髮妞在他身邊，他在這裡的時候總嫌不夠。」

「我倒是想到一個紅髮女孩。」我說。

「我猜他也可以要幾個紅髮的。」她的目光此刻在我看來似乎不那麼模糊了，

「我記不起來了，有哪個特別的女孩嗎？」

「有，一個叫薇瑪的。我不曉得她以前用什麼姓，不過那肯定不是真名。我在替她的家人找她。你們在中央大道上的店現在變成黑人的地盤了，雖然店名沒改，但那裡的人必然都沒聽說過她，所以我就想到了你。」

「她的家人隔了這麼久才想要找她。」女人若有所思地說。

「這裡面牽扯到一筆錢，金額不大。我猜她的家人得先聯絡上她才能動用那筆錢。金錢有利於增強記憶力。」

「酒精也一樣。」女人說，「今天有點熱，是吧？不過，你剛才說你是警察？」她的目光狡詐，神情沉著專注，那雙踩著男士拖鞋的腳文風不動。

我舉起那支陣亡的酒瓶搖了搖，把它丟到一邊，然後從身後掏出那瓶我和旅舍黑人只喝了一丁點的波本威士忌。我把酒放在膝上，女人難以置信地緊盯著它不放，狐疑之色爬滿了臉，像小貓一樣，只不過沒那麼頑皮。

「你根本不是警察，」她輕輕地說，「哪個警察會買那種玩意。你到底在玩什麼把戲，先生？」

她又擤了下鼻涕，用的是一條迄今為止我還沒見過比它更髒的手帕。她還盯著酒瓶，懷疑和飢渴在臉上交戰，而飢渴勝利在望。結果向來如此。

「這薇瑪是個舞女或歌手之類的。你恐怕不認識她吧？我猜你不常去那裡。」

海草色的眼睛仍盯著酒瓶，覆滿舌苔的舌頭舔著嘴唇。

「嘿，那可是瓶烈酒。」她嘆息道，「我他媽的才不在乎你是誰呢。把它給我拿穩了，先生，現在可不是打翻瓶子的時候。」

她站起身，蹣跚地走出房間，帶回兩只髒兮兮的厚玻璃杯。

「不摻別的，就喝你帶來的。」她說。

我給她倒了一大杯，那份量足夠讓我飄上牆頭的。她迫不及待地拿過去，像吞阿司匹靈般，順著喉嚨一口灌下，隨後又盯著酒瓶看。我又給她倒了一杯，也給自己倒了一小杯。她端著酒杯走到搖椅旁，眼裡的棕色已比之前暗了兩分。

「嘿，這玩意毫無知覺地就下了肚。」她邊說邊坐下，「它從不知經歷了什麼。我們剛才在聊什麼來著？」

「說到一個叫薇瑪的紅髮女孩，她之前在你們中央大道的店裡工作過。」

「對，」她喝下第二杯酒。我走過去，把酒瓶立在搖椅旁的小茶几上，她伸手拿起來，「對，你說你是做什麼的？」

我掏出名片遞給她。她咂嘴弄舌地讀了讀，然後把它丟在旁邊的桌子上，用空酒杯壓住。

「噢，私家偵探，你剛才可沒說，先生。」她開玩笑般地晃著手指數落我，「不過你的酒告訴我你是個好人。敬犯罪吧！」她替自己倒了第三杯酒，然後一飲而盡。我坐下來，在指間轉著一根香菸，等著她開口。她要麼知道些什麼，要麼什麼都不知道。若是知道，她可能會告訴我，也可能什麼都不說。事情就是這麼簡單。

「可人的小紅髮，」她緩慢沉重地說，「嗯，我記得她，能歌善舞，有雙美腿，而且不吝於炫耀。她跑到別的地方去啦。我怎麼會知道那些婊子的下落？」

「好吧，我也不覺得你會知道，」我說，「不過很自然地就來找你打聽一下，馥羅安太太。威士忌你請自便，不夠的話，我還可以出去再買。」

「你都沒喝。」她突然說。

我端起玻璃杯，慢慢地把酒吞下肚，彷彿杯中裝了很多似的。

「她的家人在哪裡？」她突然問。

「這有什麼關係？」

「好吧，」她冷笑道，「所有警察都一樣。好吧，帥哥，反正請我喝酒的都是我的朋友。」她伸手拿起酒瓶，倒滿了第四杯。「我不應該跟你胡扯的，但當我喜歡一個人時，就百無禁忌了。」她諂笑著說，那模樣像一個洗衣盆。「規規矩矩地在椅子上坐著，別亂跑，」她說，「我想起來了。」

她從搖椅上站起身，打了個噴嚏，浴袍險些滑落。她把它往上扯了扯，蓋好肚皮，冷冷地看著我。

「不許偷看。」她說著走出房間，肩膀還撞了門框一下。

我聽到她拖著笨拙的腳步走到屋後去了。

聖誕紅的新枝啪嗒啪嗒地拍打著屋前的泥牆，一副無精打采樣。曬衣繩隱約在院子一側吱嘎作響，賣冰淇淋的小販搖著鈴沿街走過。屋子角落裡，那架漂亮的大收音機正低沉、柔和地吟唱著舞蹈與愛情，微顫的音調彷彿是傷感歌手隱在歌聲中的心緒。

然後，屋後傳來各種碰撞聲。好像一把椅子翻倒，一個櫥櫃的抽屜飛出去砸到地上，踉蹌的沉重腳步聲，中間夾雜著抱怨的咒罵聲。接著，響起鑰匙慢慢開鎖的聲音，箱子打開的吱嘎聲，又一陣踉蹌的腳步聲和砰砰聲。一個盤子摔落地上。我從長沙發上站起身，溜進餐廳，再穿過一條短廊，躲在一扇敞開的門旁，往裡面窺看。她搖搖晃晃地站在一個箱子前，伸手在裡面掏翻了一陣子，然後憤怒地將額頭上的碎髮掃去腦後，她沒想到自己會醉成這樣。她俯身靠在箱子上穩住身體，又是咳嗽又是嘆氣。然後，索性彎起肥厚的膝蓋，跪倒在地，猛地把雙手插進箱子裡摸索起來。

她抖抖索索地拿出個東西來，是一個用粉紅帶子綁起來的厚包裹。她慢騰騰又笨拙地解開帶子，從包裹裡抽出一個信封，再度俯身把信封塞回箱子右邊藏起來，然後用不聽使喚的手指哆哆嗦嗦地把帶子重新綁好。

我順著原路悄悄溜回，在長沙發上坐好。女人呼吸沉重地回到起居室，搖搖晃晃地站在門口，手中拿著那個綁著帶子的厚包裹。

她咧嘴，揚揚得意地對著我笑，把包裹拋向我。小包落在我的腳邊，她一步一晃地走回搖椅旁坐下，又伸手抓起那瓶威士忌。

我從地上撿起小包，解開粉紅帶子。

「仔細瞧瞧這些東西，」女人咕噥著，「照片還有剪報。這些婊子只有被登在警察紀錄簿裡才上得了報，一幫上不了台面的人物。這就是那個死鬼留給我的。這些和他的一堆舊衣服。」

我逐一瀏覽著那疊花稍的照片，全是擺出職業化姿勢的男男女女。男人都是尖臉狡猾相，穿著賽馬服，或者塗抹著荒誕誇張的小丑式妝容，看樣子都是混跡在各個小城鎮的舞者和喜劇演員，很少有人能夠再往上爬。他們出現在小鎮的歌舞雜耍表演裡，之後被警察攆走，或者在廉價的滑稽劇場裡，表演些粗鄙淫穢的節目，蹭著法律允許的底線。有時實在不堪入目，警察便會來個突擊檢查，上演一場鬧哄哄的法庭審判，之後他們又會重回舞台，繼續嬉皮笑臉，猥褻地表演那些散發酸臭汗味的下流戲碼。那些女人都有雙美腿，展現私密曲線的尺度一定令威爾．海斯[2]頗為不喜，不過她們的臉孔如同會計師的大衣般俗套乏味。有金髮的、有褐髮的；有牛眼般大眼睛的，看上去土氣又遲鈍，若是小眼睛的，則機警中透著頑皮與貪婪。其中一兩張臉孔顯然很邪惡。有一兩個人可能是紅髮，不過照片上看不出來。我漫不經心地翻了一遍，興味索然，又用帶子綁上。

「這些人我一個也不認識，」我說，「為什麼要拿給我看？」

她從右手顫顫巍巍握住的酒瓶上方斜睨著我，「你不是要找薇瑪？」

「她在裡面嗎？」

濃濃的詭詐之色爬上她的臉孔，但沒找到樂子，便飄忽到其他地方去了。「你沒拿到她的照片嗎，從她的家人那裡？」

「沒有。」

這讓她頗為困惑。每個女孩都會有一兩張照片，即使只是童年時穿著短裙、頭上綁著蝴蝶結的。我應該要有一張照片。

2　威爾．海斯（1870-1954），美國著名的電影檢查官員。

「我不再喜歡你了。」女人幾乎安靜地說。

我拿著酒杯，走過去將它放在小茶几她的酒杯旁。

「在你還沒喝光整瓶酒之前，也給我倒一杯。」

她伸手去拿酒杯，我轉身快步穿過方形拱門，走進飯廳，從短廊奔入那間箱子敞開、盤子翻覆的凌亂臥房。一個聲音在我身後大吼著。我伸手徑直探入箱子右邊，摸到一個信封，飛快抽出。

我回到起居室時，她已經離開椅子，但只邁出了兩、三步。她的目光裡有種很奇特的木然，一種殺氣騰騰的木然。

「坐下！」我故意喝斥她，「你這次要對付的可不是像巨鹿馬洛那種頭腦簡單的笨蛋！」

這句話有些像黑暗中射出的子彈，未擊中任何東西。她眨了兩下眼睛，努力掀起上唇拱起鼻子，像兔子般齜出幾顆骯髒的牙齒，斜眼看著我。

「巨鹿？那個巨鹿？他怎麼了？」她倒吸了一口氣。

「他出來了，」我說，「從獄中出來了，現在手裡捏了把點四五口徑的槍正四處遊蕩。他今天上午在中央大道殺了個黑鬼，因為那黑鬼不肯告訴他薇瑪在哪裡。現在他正在到處找那個八年前陷害他入獄的傢伙。」

女人的臉上浮現出一抹蒼白的神色。她舉起酒瓶仰頭大灌，威士忌順著她的下巴流了下來。

「那麼警察正在找他囉，」她說著大笑起來，「警察，呀！」

可愛的老女人，我喜歡和她在一起。我喜歡出於自己的卑劣目的將她灌醉。我真是個不賴的傢伙，我喜歡做自己。幹這一行，你幾乎可以用各種手腕獲取需要的東西，但此刻我也不禁有些作嘔了。

我打開手中緊握的信封，抽出一張光面照片。它看起來和剛才那些照片很像，但又有些不同。這張有質感多了。照片上的女孩上半身穿著丑角戲服，頭上戴一頂白色錐形帽，帽頂掛著一個黑色絨球。她的頭髮蓬鬆披散，帶著一抹或許是紅的褐色。臉側著，不過看得出照片裡的眼睛透著歡樂的神采。我不敢說這張臉很可愛或是天生麗質，評判相貌並非我的強項，但它的確很漂亮。人們會喜歡這張臉，至少在她的那個圈子裡。然而它終究還是一張極為尋常的臉，漂亮得完全規格化，在任何城區的午餐時間，你都能看到一打這樣的臉孔。照片中她的下半身幾乎完全是腿，非常美麗的一雙腿。照片的右下角有個簽名：「你永遠的，薇瑪・魏蘭多」。

我把照片舉在馥羅安這個女人面前，停在她拿不到的地方。她猛撲過來，但失敗了。

「為什麼把它藏起來？」我問。

她喘著粗氣，默不作聲。我把照片塞回信封，然後把信封放進我的口袋。

「為什麼把它藏起來？」我又問她，「這張和其他照片有何不同？她人在哪裡？」

「她死了，」女人說，「她是個好孩子，但她已經死了。你這個條子，快滾吧。」

女人茶褐色的眉毛上下抽動著。她的手一鬆，那瓶威士忌滑落到地毯上，裡面的酒汩汩流出。我彎腰去撿，她伸出腳想要踢我的臉，我趕忙閃開。

「那也無法說明你為何要把照片藏起來，」我問她，「她什麼時候死的？怎麼死的？」

「我是一個又病又老的可憐女人，」她咕噥著，「離我遠點，你這狗娘養的。」

我站在原地一言不發地盯著她，腦中也想不出什麼特別的話。過了半晌，我跨過去，撿起幾乎空了的酒瓶，把它放在她身旁的桌子上。

她低頭盯著地毯，收音機在角落裡輕快地低吟，屋外有輛車駛過，窗上一隻蒼蠅嗡嗡作響。過了許久，她的嘴唇開始蠕動，對著地板自說自話，只是一堆構不成任何意思的雜亂詞語。然後，她又大笑起來，頭往後仰，嘴角淌出口水。接著她伸出右手抓起酒瓶，把剩下的酒一口喝乾，瓶口在她的牙齒上磕得咯咯直響。她舉著空酒瓶晃了晃，朝我扔了過來。瓶子飛落到屋子一角，在地毯上滾了幾滾，最後砰一聲撞在護壁板上。

她又斜眼看了我一眼，然後就闔上眼睛，打起鼾來。

說不定她在演戲，不過我已經不在乎了。突然間，我對這一幕受夠了，太多了，實在多得太過分了。

我從長沙發上拿起帽子，走去門邊，打開紗門走出去。收音機仍在角落裡低吟，女人仍坐在搖椅中輕輕打鼾。關門前，我又瞥了她一眼，關上門，又悄悄打開，再看了一眼。

她的眼睛仍是閉著的，不過眼皮下有什麼東西閃動了一下。我走下台階，沿著裂開的小道回到街上。

隔壁的一道窗簾被掀起了一角，一張窄臉正專心致志地貼在玻璃上朝外窺視。是一個老婦；白髮，尖鼻子。

愛管閒事的老太婆又在窺探鄰居了。每個街區總有這麼一個像她這樣的女人。我朝她揮揮手，窗簾馬上落了下來。

我回到停車的地方，鑽進車裡，開回七十七街分局，爬上通往二樓老迪那間臭不可聞的狹仄辦公室的樓梯。

6

老迪似乎完全沒動彈過。他仍然毫無耐心地坐在椅子上，只不過菸灰缸裡多了兩個雪茄菸蒂，地板上燃過的火柴又多了一層。

我在那張空桌子前坐下，老迪把他桌上一張正面朝下的照片翻過來遞給我。那是警察檔案照，被攝者的正面側面都有，下面還有指紋鑑定分類。照片中的人的確是巨鹿馬洛，因為拍照時打著強光，他的眉毛稀疏到幾乎看不到。

「就是這小子。」我把照片還給老迪。

「他服刑的奧勒岡州監獄打來電報，」老迪說，「服刑期滿了。事情現在有了轉機，我們圍堵到他了。一輛巡邏車向七路電車的司機調查情況，司機提到一個傢伙，體格和長相都與描述相符，他在第三街和亞歷山大街口下車。接下來就會闖入某棟主人不在的大空屋，那一帶有很多這樣的老式房子，離市中心太遠，很難租出去。只要他闖進去，就會成為我們的甕中之鱉。你剛才幹什麼去了？」

「他是不是戴著一頂花稍的帽子，身上的夾克還掛著高爾夫球？」

老迪皺眉，雙手在膝蓋上揉搓著，「不是，他穿的是藍色夾克，或者是褐色的。」

「你確定他穿的不是一條紗麗？」

「嗯？噢，沒錯，真好笑，記得提醒我在休假時笑上一會兒。」

我說：「那人不是馬洛。他不會搭電車的，他有錢。看看他那身衣服，他穿不了任何成衣，他的衣服都得訂做。」

「好吧，你要我吧，」老迪有些不悅，「你剛才幹什麼去了？」

「做你該做的事。馥羅安那個地方以前是白人地盤時，也叫這個名字。我問過一個熟知附近的開旅舍的黑人。因為招牌貴，所以黑人接管這間店的時候就保留下來了。原來的老闆叫麥克・馥羅安，他幾年前死了，留下個寡婦，住在西五十四街一六四四號，名叫潔西・馥羅安。電話簿裡沒她的名字，不過可以在大城市電話本裡找到。」

「那麼，我該怎麼辦，和她約會嗎？」老迪問。

「我替你約過了。我帶了一品脫威士忌去。她是個迷人的中年女士，臉就像是一桶泥巴，而且如果她在柯立芝總統第二任任期之後還洗過頭髮的話，我發誓我會把備胎連著輪圈一起吃掉。」

「別耍嘴皮子了。」老迪說。

「我向馥羅安太太打聽了薇瑪的事。你記得嗎，老迪先生，巨鹿馬洛正在找一個叫薇瑪的紅髮女孩？我說的讓你厭煩了嗎，老迪先生？」

「你在發什麼火呢？」

「你不會明白的。馥羅安太太說她不記得薇瑪。她家破舊不堪，除了一架新的收音機，價值七、八十美元吧。」

「你並沒告訴我任何值得我大叫的事情。」

「馥羅安太太，我叫她潔西，說她丈夫什麼都沒留下，除了舊衣服和一紮當年在他們店裡陸續工作過的那夥人的照片。我一直灌她酒，她是那種為了搶到酒瓶能把你撂倒的女人。第三還是第四杯酒下肚之後，她晃去小臥房，翻箱倒櫃地從一個舊箱子裡挖出一捆照片來。我偷看到她從那疊照片裡抽出一張藏了起來，所以過了一會兒，我就溜進去拿走了那張照片。」

我把手伸進口袋，掏出穿著小丑服的女孩照片放在他的桌子上。他舉起照片盯著看，嘴角抽搐了一下。

「可愛，」他說，「真是可愛。我也該找個這樣的女孩玩玩。呵，呵。薇瑪．魏蘭多，嗯？這妞兒後來怎麼了？」

「馥羅安太太說她死了。但這無法解釋她為何要藏這張照片。」

「的確解釋不了。她為什麼要把它藏起來？」

「她不肯告訴我。最後，我跟她說馬洛被放出來了之後，她好像整個人突然變了。聽起來挺不可思議的，是吧？」

「繼續說下去。」老迪說。

「就這些了，我已經把所有事情講給你聽了，照片也給你了。如果你憑這些線索還查不出什麼來，我也無能為力了。」

「我要去查些什麼呢？還不就是一起黑人謀殺案，等我們抓到馬洛再說吧。見鬼，他已經八年沒見過這女孩了，除非她去監獄探視過他。」

「好吧，」我說，「但可別忘了他正在找她，而且他是那種不會善罷甘休的人。還有，他是因為搶劫銀行而被捕的，那意味著有懸賞金。誰拿到了那筆錢？」

「不曉得，」老迪說，「也許我可以查出來。為什麼？」

「有人告發他，或許他知道是誰，那是他會花時間去辦的另一件事。」我站起身，「好了，再見，祝你好運。」

「你就這樣棄我而去了？」

我朝門口走去，「我得回家洗澡刷牙，修修指甲。」

「你沒生病吧，有嗎？」

「只是髒透了，」我說，「非常，非常髒。」

「哦，那你急什麼？再坐一會兒。」他把身子往後靠去，用拇指勾住背心，看起來比較像個警察了，不過並沒增添分毫魅力。

「不急，」我說，「一點兒也不急，但已經沒我的事了。顯然這個薇瑪已經死了，如果馥羅安太太所言屬實，而我目前也不知道任何她要撒謊的理由。我的興趣僅此而已。」

「是啊。」老迪的語氣帶著狐疑——這純粹是出於習慣。

「反正你們也掌握了巨鹿馬洛，就這樣了，所以我現在也得趕緊回家，找點事來維持生計。」

「我們也許會讓他溜掉呢，」老迪說，「有些傢伙逃得掉，即使是大塊頭。」他的眼睛也充滿狐疑，「她給了你多少？」老迪問。「什麼？」

「這個老女人給了你多少錢讓你罷手？」

「罷手什麼？」

「你現在打算罷手的任何事情。」他把兩隻拇指從腋窩下抽出，相互貼住抵在胸前。他露出笑容。

「噢，老天啊。」我說著走出辦公室，留他一人在那裡欲言又止。

我離開一碼遠後又折回，悄悄開門往裡看。他仍保持著那個坐姿，拇指相互抵著，不過他現在不笑了，看起來挺憂愁，嘴巴仍舊張著。

他沒動也沒抬眼。我不知道他有沒有聽到我的動靜。我又關上門離開了。

7

那年的月曆印的是林布蘭的畫，因為印刷套色不佳，使得這幅自畫像看起來髒兮兮的。畫中的林布蘭用髒兮兮的手指托著一個髒兮兮的調色盤，頭上戴著一頂無帽緣圓帽，也算不上乾淨。另一隻手拿著畫筆懸在半空，若有人付上一點訂金的話，彷彿過一會兒還會畫上幾筆。他的臉蒼老、鬆弛，充滿了對生活的嫌惡以及酗酒的惡果。不過，我喜歡它流露出那種苦中作樂的感覺，而且那對眼眸就像露珠般晶亮。

下午四點半左右，我正隔著辦公桌看著林布蘭，電話聲突然響起，我接起後，聽到一個冷酷、傲慢且自我感覺良好的聲音，那個聲音拖著腔調問：

「你是那個菲力普．馬羅，私家偵探？」

「答對了。」

「噢，你是說，你是。有人向我推薦你，說你口風緊，值得信賴。我想讓你今晚七點來我家，我們可以討論些事情。我叫林賽．馬瑞歐，住在蒙特馬好景區的卡碧婁街四二一二號。你知道在哪裡嗎？」

「我知道蒙特馬好景在哪裡，馬瑞歐先生。」

「是，好的，卡碧婁街不太好找。這裡的街道分布全是些別致卻錯綜複雜的彎道。我建議你從人行道上那家咖啡館步行爬樓梯上來。這麼走的話，卡碧婁街就是上來後的第三條街，而我的房子是那片街區唯一的住宅。那就七點見？」

「請問這件案子是什麼性質，馬瑞歐先生？」

「我希望不要在電話裡討論這件事。」

「能稍微透露一些嗎？蒙特馬好景並不算近。」

「我會很樂意支付你的開銷，即便我們沒有談成。你對接案性質有何特殊要求嗎？」

「只要合法都可以。」

那聲音突然變得冷冰冰的，「如果不合法，我現在就不該打電話給你的。」

一個哈佛生啊，講話都字斟句酌的。我聽得腳趾發癢，但又阮囊羞澀，於是我在語氣中摻了很多蜜，說：「萬分感激您打電話來，馬瑞歐先生，我會準時到的。」

他掛斷電話，通話到此為止。我覺得林布蘭先生臉上浮現出一絲鄙夷。我從桌子的深抽屜裡翻出一瓶辦公室的常備酒，淺酌了一杯。這杯酒瞬間就抹去了林布蘭先生臉上的鄙夷之色。

陽光的一隅曬過桌角，悄無聲息地落在地毯上。交通號誌燈在窗外大道上咚咚地變換著顏色，城際電車隆隆駛過，隔壁律師辦公室傳來單調的打字聲。我在菸斗裡填上菸絲，點燃，這時電話聲又響了。

這次是老迪打來的，聲音含混不清，聽起來像是塞了滿嘴的烤馬鈴薯。「好吧，我猜這次是我不太聰明，」知道是我接的電話後他說，「我漏了一件事。馬洛去見了馥羅安家的女人。」

我緊緊握住話筒，幾乎快要把它捏碎了，上唇感到一陣冰冷，「接著說吧，我以為你們把他圍堵住了呢。」

「那是另外一個傢伙，馬洛根本沒去那一帶。我們接到西五十四街一個好偷窺的老女人的報案電話，說有兩個傢伙去看過馥羅安家的女人。頭一個把車停在對街，行為鬼鬼祟祟的，觀察了那個鬼地方很久才進去，在裡面待了大約一個小時。六呎高，黑頭髮，中等結實的身材，出門時靜悄悄的。」

「他的嘴裡還帶著酒氣。」我說。

「噢，當然。那個人就是你，對吧？那麼，第二個人就是巨鹿了，穿著花稍，引人注目，塊頭大得像一座房子。他也是開車去的，不過老女人沒能記下車牌號碼，距離太遠了。她說大概是你離開一小時後去的。他行色匆匆，大概只在屋裡待了五分鐘，回到車上前掏了一把很大的槍出來，還轉了轉槍膛。我猜那個老女人就是看到這個才報警的，她倒是沒聽到屋裡傳出槍聲。」

「那一定讓她大失所望。」我說。

「是啊，你又在開玩笑了，提醒我休假時好好樂一樂啊。不過那老女人也漏了一件事。巡邏車到了現場，按門鈴無人回應，於是巡警便自行進入屋內，因為大門沒上鎖。沒有人死亡，也沒有人在家，那個女人早溜了。於是他們就順路拜訪了隔壁老女人，把這個情況告訴她，結果她因為沒看到馥羅安的女人出門惱怒到七竅生煙。巡警回報之後又繼續巡邏去了。大約一小時，也可能是一個半小時之後，那個老女人又來電說馥羅安太太回家了，於是他們把電話轉給我，我問她為什麼盯得這麼緊，她當即就掛了電話。」

老迪停下來喘了幾口氣，等著我發表評論。我不予置評，半晌之後他又嘟囔起來了。

「你怎麼看呢？」

「沒什麼好說的。巨鹿當然可能去那裡，他肯定和馥羅安太太很熟。他當然不會在那裡逗留太久，因為他擔心警察已經盯上馥羅安太太了。」

「我想，」老迪冷靜地說，「或許我應該去找她，查查她到底去了哪裡。」

「好主意，」我說，「只要你能找人把你從椅子上挖起來的話……」

「嗯？噢，又在開我玩笑了。不過現在已經無關緊要了，你還是省省吧。」

「也好，」我說，「你有什麼話就說吧。」

他咯咯笑了出來。「我們替馬洛安排好了，這次可真能逮到他了。我們在吉拉德發現了他的蹤跡，他正開著一輛租來的車往北走，在那裡加油時，被加油站的小子認出他就是我們不久前廣播通緝的那個人。那小子說所有特徵都跟廣播裡的描述相符合，除了馬洛換了套黑西裝。我們同時調派了州警和郡警辦案。如果他繼續往北開，我們會在范杜拉[3]抓到他；如果他轉至山嶺公路，一定得在卡斯塔收費站停下繳通行費；如果他過站不停，警方就會通知前方封路。如果可以避免的話，我們不想讓自己人挨槍子。這安排聽起來不錯吧？」

「聽起來很不錯，」我說，「如果那人的確是馬洛，而且他完全按你們所料行事的話。」

3　范杜拉郡，位於洛杉磯的西北邊。

老迪小心翼翼地清了清喉嚨，「是啊。萬一出事的話，你打算做點什麼呢？」

「什麼也不做。為什麼我得做點什麼？」

「你和那位馥羅安家的女人相處得挺好，說不定她還會有別的想法。」

「你只要帶瓶酒去就問得出來。」我說。

「你很會對付她，也許你應該在她身上多花些工夫。」

「我以為這是警察的工作。」

「噢，當然。不過找那女孩是你的主意。」

「那條線似乎已經斷了，除非馥羅安太太在撒謊。」

「女人什麼謊都說得出來，對她們而言，權當練習。」老迪陰著臉說道，「你不忙吧，嗯？」

「我有件案子要接。自我們分別之後，有錢賺的工作。抱歉。」

「要甩手走人了，嗯？」

「別這麼說，我只是得賺錢謀生啊。」

「好吧，朋友。既然你這麼想，那就算了。」

「我什麼也沒想，」我幾乎吼了出來，「我只是沒空替你或者別的什麼警察跑腿罷了。」

「好吧，儘管發火吧。」老迪說著掛斷了電話。
我對著斷了線的話筒繼續咆哮：「這城裡有一千七百五十個警察，居然還要我替他們跑腿！」
我憤然掛下話筒，又喝了一杯。
過了一陣子，我到樓下大廳買了一份晚報。老迪起碼有一件事是對的，蒙哥馬利謀殺案至今也沒登報。
我再度離開了辦公室，還趕得及吃頓早些的晚餐。

8

天色漸暗時，我抵達了蒙特馬好景，水面仍微波粼粼，浪頭在遠處碎裂，浪花迸濺著拍向岸邊又漸漸褪去，拉出一道道長而平滑的曲線。一群結集成轟炸機隊形的鵜鶘恰好從乳白色的海浪邊緣掠過，一艘孤單的小艇正向灣城的遊艇碼頭駛來，後面虛空無垠的太平洋一片紫灰。
蒙特馬好景指的是幾十座大小形狀各異的房子，這些房子沿坡排列下來，顫顫巍巍地垂掛在山脊上，好像有人狠狠打個噴嚏就會將它們震落到海灘上的那些午餐盒中間。

海灘上方，一條公路從一道其實是行人路橋的寬闊混凝土拱橋下穿過。橋內側的一端是一段裝有鍍鋅手扶欄杆的混凝土樓梯，像直尺般直通山頂。拱橋後面就是我的客戶所說的人行道旁咖啡館。咖啡館裡面燈光明亮，氣氛愉悅，但外面條紋遮陽篷下的幾張鐵腿磁磚桌子卻空盪盪的，只有一個穿著寬鬆長褲的深膚色女子孤零零地坐在那裡，面前擺著一瓶啤酒。她一邊抽著菸，一邊快快地瞪向大海。一隻獵狐犬把鐵椅當作街燈柱，對著它抬起腿來。那女子心不在焉地斥罵著那狗時，我開車經過，決定把車停在咖啡館的停車場。

我走回拱橋踏上樓梯。如果你喜歡氣喘如牛的感覺，那麼走這條路是個不錯的選擇，得爬二百八十級台階才能上到卡碧婁街。台階上滿是吹來的風沙，欄杆濕濕冷冷的，就像是青蛙的肚皮。

我爬到頂時，水面上的餘暉已經消失，一隻拖著傷腿的海鷗正艱難地迎風飛過海面。我在濕冷的最後一級台階上坐下，抖掉鞋中的沙粒，等著心跳降到較低的頻率。當喘息逐漸平息下來之後，我鬆了鬆黏在背脊上的襯衫，朝著唯一一棟在呼喊聲可及範圍內有燈光的房子走去。

這是一棟很不錯的小房子，一座被海水侵蝕的螺旋樓梯通向前門，門廊上掛著一盞仿驛車的廊燈。車庫在房子下方的一側，車庫門開著，向上捲起。廊燈斜射在一輛龐大如戰艦的黑色轎車上，車身鍍著鉻邊，引擎蓋上的勝利女神像身後翹著一條狼尾，原本的車標處刻著車主姓名的英文縮寫。駕駛座在右側，看樣子，它比整棟房子還值錢。

我走上螺旋樓梯，四處找門鈴，最後用一只虎頭形狀的敲門環拍了拍門。敲門聲似乎被初夜的霧靄吞沒了，屋裡並沒傳來腳步聲。潮濕的襯衫像冰袋一樣敷在我的背上。門悄無聲息地開了，眼前出現了一位高大的金髮男子，身穿白色法蘭絨西裝，脖上繫著紫羅蘭色絲巾。

一朵矢車菊別在他那件白色西裝翻領上，襯得他那對淺藍眼眸有些黯淡。紫羅蘭絲巾鬆鬆地搭在脖子上，看得出他沒打領帶。淡棕色的頸項粗壯，像是一個健壯女人的脖子。他的五官略顯粗獷，但很英俊，身高大概比我多一吋，約有六呎一吋。他的金髮不知是有意為之還是天生如此地精確分成三個層次，令我想起那些台階而徒生厭惡。不管怎樣，我是不會喜歡這種髮型的。反正，他就是會穿白色法蘭絨西裝，戴紫羅蘭色絲巾，領口別一朵矢車菊的那種人。

他輕聲清了清喉嚨，目光越過我的肩膀望向我身後逐漸變暗的海面。他以冷酷傲慢的聲音說：「是？」

「七點鐘，」我說，「準時。」

「噢，是的，讓我想想，你的名字是……」他頓住了，皺著眉頭努力回想，效果假得像偽裝名牌的二手車。我讓他裝了一陣，然後說：「菲力普．馬羅，和下午時沒兩樣。」

他蹙起眉，飛快地瞟了我一眼，好像對此應當採取一些行動似的，然後後退一步，冷冷地說：「噢，是的，的確是的。進來吧，馬羅，我的男傭今晚不在。」

他用指尖將門頂開，彷彿親自開門這件事會弄髒了手指。

我從他身邊走過，聞到一股香水味。他關上門。我們站在一個裝有金屬護欄的低矮樓廳上，樓廳三面環繞一間寬敞的大客廳，第四面牆上有一個大壁爐和兩扇門。爐火正燒得劈啪作響。樓廳周圍擺滿了書櫃，幾座泛著金屬光澤的雕像立在底座上。

我們往下走三級台階進入主客廳，地毯幾乎搔到了我的腳踝。客廳裡有架很大的演奏式鋼琴，琴蓋闔著。大鋼琴的一角，一尊高雅的銀質花瓶立在桃色的天鵝絨上，瓶內孤零零地插著一朵黃色玫瑰。客廳裡有很多美觀而柔軟的家具，到處都是地墊，有些綴有金色流蘇，有些則光禿禿的。挺不錯的房間，如果你的舉止不粗俗的話。另一個幽暗的角落裡，擺著一張鋪有花緞布的躺椅，好像試鏡用沙發。在這樣的房間裡，人們會把腳翹到膝蓋上，啜飲著擱著方糖的苦艾酒，用裝腔作勢的聲音高談闊論，甚至偶爾彼此尖叫一聲。在這樣的房間裡，任何事情都有可能發生，除了正經事。

林賽．馬瑞歐先生將自己安排在鋼琴的優雅弧線旁，他斜倚著琴，嗅嗅那枝黃玫瑰，然後打開一個法國琺瑯香菸盒，抽出一根長長的金色濾嘴褐色香菸點燃。我坐到一張粉紅椅子上，期望不會在上面留下任何印記。我點燃駱駝菸，從鼻子噴出煙霧，眼睛看著架子上的一個黑色泛光的金屬物件，它呈現出一道圓潤平滑的曲線，中間淺淺凹下，兩旁隆起。我盯著它看，馬瑞歐注意到我看它的目光。

「一件有趣的小玩意。」他漫不經心地說，「我前幾天才順手買的。阿斯達．戴爾的『破曉之靈』。」

「我還以為是柯拉普史汀的『屁股上的兩個瘤』呢。」

林賽．馬瑞歐的表情像剛吞下了一隻蜜蜂，他努力恢復平靜。

「你的幽默感有些獨特。」他說。

「不是獨特，」我說，「只是不受束縛。」

「是的，」他冷冰冰地說，「是的，當然。毫無疑問……好吧，我要見你，事實上，是樁微不足道的小事，幾乎不值得讓你跑這一趟。我今晚得見幾個人，付筆錢給他們，我想不妨也找個人陪我去。你帶著槍嗎？」

「有時會帶。」我說。我看著他寬厚下巴上的酒窩，深邃得可以藏下一顆彈珠。

「我不希望你帶槍。不是那樣的事情，只是一次純粹的商業交易。」

「我幾乎沒開槍打過誰，」我說，「被勒索了？」

他皺眉。「當然沒有。我不習慣給人們提供被勒索的藉口。」

「最正派的人也可能被勒索。或許該說，最正派的人尤其會被勒索。」

他晃了晃香菸，海藍色的眼睛透出一絲若有所思的神色，但嘴唇仍在微笑。這種笑容背後通常都藏著一個溫柔的陷阱。

他又吐了幾口煙，頭向後仰，這動作突出了喉部柔軟而堅實的線條。他緩緩垂下眼，仔細打量著我。

「我和這些人見面，很可能會在一個相當荒僻的地方。我還不知道在哪裡，等他們打電話來告知細節。我得時刻準備好動身。那地方不會太遠，這一點是確知的。」

「你們安排這筆交易已經有段時間了？」

「事實上，有三、四天了吧。」

「你這麼晚才考慮到保鏢的問題。」

他想了一會兒，彈掉一些黑色菸灰。「沒錯，我之前有些猶豫不決。隻身前去或許更好，不過，他們並沒明說我不能帶人赴約。再說，我也不是什麼大人物。」

「他們能憑相貌認出你，是嗎？」

「不確定。我會帶著一大筆錢，不是我自己的錢，我是替朋友辦事。出於道義，我應當要看好這筆錢。」

我掐滅香菸，靠向粉紅椅背，兩隻拇指搓來搓去，「多少錢？還有，為了什麼？」

「嗯，說真的……」他這會兒的笑容好看多了，不過我仍舊不喜歡，「這個我不能說。」

「你只要我跟去替你拿帽子？」

他的手又抖了一下，有些菸灰沾到白色袖口上。他撣掉菸灰，瞪著袖口的髒污處。

「我不太喜歡你的態度。」他尖聲道。

「的確有人向我抱怨過這一點，」我說，「不過似乎不太有用。讓我們來看看這個工作。你需要一個保鏢，但他不能帶槍；你需要一個幫手，但他又不能知道要幫什麼。你要我出生入死，但既不讓我知道為何冒險，也不讓我知道危險何在。那你打算為這些付多少酬勞呢？」

「我還沒來得及考慮這個問題。」他的臉頰泛出一層暗紅。

「你是否該抽時間考慮一下？」

他優雅地向前傾身，牙齒齜出一絲笑容，「你想要我賞你鼻子一拳？」

我咧嘴一笑站起來，戴上帽子，邁步穿過地毯走向前門，但步伐並不算快。

他的聲音在我身後驀地響起，「我付一百美元買你幾個小時，如果不夠，請直說。沒什麼危險。我的一個朋友被搶走幾件珠寶，我要把它們贖回來。坐下，別這麼容易生氣。」

我走回粉紅椅子，重新坐下。

「好吧，」我說，「說說看。」

我們四目相對了十秒鐘。「你聽過翡翠玉嗎？」他慢悠悠地問道，接著又點燃一根褐色香菸。

「沒有。」

「翡翠是唯一真正有價值的玉，其他玉石的材質多少值些錢，但主要還是靠雕工，而翡翠本身就價值不菲。所有已知的翡翠礦藏幾百年前就被挖盡了。我的一個朋友有一串項鍊，上面有六十顆精雕細琢的翡翠，每顆重達六克拉，值八、九萬美元。中國政府擁有一串稍微大一些的，價值十二萬五千美元。幾天前的夜晚，我朋友的項鍊被搶了，我當時在場，可無能為力。那晚，我開車送朋友參加一場晚宴，之後又去了卓卡德羅夜總會。在我們從夜總會開車回家的路上，一輛車擦撞了我車子左前側的擋泥板，然後停了下來。我起初以為對方是要向我道歉，哪知是搶劫。對方有三、四個人，我確實看到的只有兩個，但我肯定有一個人坐在駕駛座上等著，我似乎還瞥見後座也坐著一個人。他們搶了我朋友的那條項鍊，外加兩枚戒指和一只手鐲。看起來像是帶頭的那個人不慌不忙地用一個小手電筒照著，把搶去的東西查看了一遍，然後遞還我們一枚戒指，說這樣我們會知道自己在跟什麼樣的人打交道，讓我們在報警或通知保險公司前先等他們的電話。我們也就聽從照做，當然，這類事情司空見慣，要麼閉口不言，支付贖金，要麼就休想再見到那些珠寶。若你保了全險，大概不會在乎，但如果那些珠寶恰好是珍貴的收藏品，你就寧願付贖金了。」

我點點頭，「而且這條翡翠項鍊不是隨便就能買到的。」

他的手指劃過光亮的鋼琴表面，帶著一絲夢幻般的表情，彷彿光滑的觸感使他愉悅。

「絕對如此，它無可替代。她不該戴著那串項鍊出門的，永遠都不該。但她就是那種漫不經心的女人。另外幾件珠寶也是好東西，但還算尋常。」

「嗯哼。你要付多少贖金？」

「八千塊。已經很便宜了。不過我朋友如果找不到另一件像這樣的項鍊，那些劫匪也很難將它脫手。這一行的人大概對它是人盡皆知，全國聞名。」

「你的這位朋友，她有名字嗎？」

「我現在還不太想透露。」

「交易是怎麼安排的呢？」

他用那雙淺藍色的眼睛瞄著我，我感覺他有些害怕，不過我不太了解他，那可能只是宿醉。他夾著褐色香菸的手抖個不停。

「我們已經在電話裡談判了好幾天，透過我。所有事情都溝通好了，除了碰面的時間和地點。會是今晚的某時。我隨時會接到電話通知。他們說交易地點不會太遠，所以我必須做好準備隨時動身。這樣就不能做任何安排了，我是說，安排警察之類的。」

「嗯哼。鈔票上面做記號了嗎？你是給真鈔吧？」

「當然，付現。二十元票面的小額鈔票。沒做記號，為什麼？」

「記號能用黑光檢測出來。沒有理由，只不過警察會想抓住這些歹徒，如果能配合他們的話。有些錢或許會出現在一些紀錄不良的傢伙身上。」

他若有所思地皺了皺眉，「什麼是黑光？」

「紫外線，它會讓某些含有特定金屬的墨水在黑暗中發光。我可以替你做這件事。」

「恐怕已經沒有時間了。」他簡短地說。

「這也是讓我不安的一件事情。」

「為什麼？」

「你為何今天下午才打電話給我？為何選中我？誰跟你介紹的？」

他大笑，笑得相當孩子氣，只是這孩子年紀有點大了。「好吧，我得坦言，只是從電話簿上隨便挑中了你的名字。我本來打算獨自去的，今天下午又改變主意，想想為何不找個人陪呢？」

我點燃另一根壓扁的香菸，注視著他喉部的肌肉，「你的計畫是什麼？」

他攤開雙手，「無非是前往他們指定的地點，交出一包錢，把翡翠玉項鍊拿回來。」

「嗯哼。」

「你喜歡這種表達方式。」

「哪種表達？」

「嗯哼。」

「我要躲在哪裡，車子後座嗎？」
「我想是的。車子很大，你藏在後面輕而易舉。」
「聽好，」我慢慢地說，「你計畫今晚接到電話通知後，把我藏在車裡前往交易地點。你帶著八千塊現金，要去贖回價值十或十二倍的翡翠玉項鍊。假設你能拿到任何東西，恐怕會是一個不允許當場打開的袋子。如果他們慷慨仁慈的話，也有可能只是先拿走你的錢，在別處數一數，然後把項鍊寄還給你。沒有辦法防止他們使詐，也無法阻止他們，這些傢伙是強盜，都是狠角色，他們甚至會在你頭上敲上一棍，下手不會太重，讓他們有逃跑的時間就足夠。」
「好吧，事實上，我也有點擔心是這樣，」他輕輕地說，眼皮抽動了一下，「這就是我想要有人陪的真正原因吧。」
「他們行搶時，有沒有用手電筒照你？」
他搖搖頭，沒有。
「沒關係。他們事後有機會仔細觀察你的長相，或許在那之前他們就已經把你摸透了。他們出手前會事先探查情況，就像牙醫替你鑲金牙前要先檢查一樣。你經常和這女人出去嗎？」
「嗯，還算頻繁。」

「有夫之婦？」

「聽著，」他怒氣沖沖地說，「能不能別把這位女士扯進來？」

「好吧，」我說，「不過我知道道愈多，愈不容易出錯。我應該從這件工作抽身的，馬瑞歐，我真應該抽身。如果對方按牌理出牌，你根本不需要我；如果他們出爾反爾，我也無能為力。」

「我只要你陪著。」他飛快地說。

我聳聳肩，攤開雙手，「好吧，不過得由我開車、我拿錢，你躲在車後。我們身高差不多，如果出了什麼差錯，就實話實說，也沒什麼好損失的。」

「不行。」他咬住嘴唇。

「我什麼也不用做就平白賺到一百元，如果非得有誰被敲一記，也應該是我。」

他皺著眉，搖搖頭，過了很長一段時間之後，他的臉色逐漸清朗起來，露出了笑容。

「很好，」他慢慢地說，「我想這也沒什麼關係，反正我們會在一起。想來點白蘭地嗎？」

「嗯哼。你還可以把我的一百元拿來，我喜歡摸到錢的感覺。」

他像個舞者般挪開了，上半身幾乎沒動。

他走出客廳的時候，電話鈴響了。鈴聲從樓廳的一個小壁凹裡傳出來。不過並不是我們以為的那通電話，他的聲音聽起來太親熱了。

不久，他手上拿著一瓶五星馬爹利和五張嶄新的二十元鈔票舞了回來。這個晚上因此變得很美好——至少到目前為止。

9

屋裡非常安靜，遠處傳來某種聲音，像是波濤拍岸，又像是汽車呼嘯駛過公路，也像是風掃過松間林梢。當然，這是下方遠遠的海浪聲。我坐在那裡，傾聽著，久久地陷入縝密的思緒當中。

一個半小時內，電話響了四次，重磅的那個是十點零八分打進來的。馬瑞歐低聲而簡短地說了幾句，之後便一聲不響地掛回話筒，然後悄然起身，一臉倦容。這時，他已換了一身黑衣，默默地走回客廳，用白蘭地杯給自己倒了一杯烈酒。他舉起酒杯對著燈光，臉上帶著一絲詭異而不悅的笑容。他飛快地搖了下杯子，仰頭將酒灌下喉嚨。

「好了，一切就緒，馬羅。準備好了嗎？」

「整晚都準備好了。我們去哪裡？」

「一個叫匹瑞西瑪峽谷的地方。」

「沒聽過。」

「我去拿地圖。」他找來地圖，快速鋪開，彎下腰查看，燈光在他亮銅色的髮間閃爍。然後他用手指指著，那個峽谷是灣城北邊濱海公路轉進鎮裡的山麓大道旁不遠處諸多峽谷之中的一個，我只知道它大概的方位，似乎是在一條叫做卡米諾海岸街的街尾。

「從這裡過去最多十二分鐘，」馬瑞歐倉促地說，「我們最好馬上動身，他們只給我們二十分鐘。」

他遞給我一件淺色風衣，這使我成為一個顯眼的目標。風衣很合身，我戴上自己的帽子，腋下有把槍，不過我沒告訴他。

我穿風衣時，他還在用略嫌緊張的聲音講個不停，手指在那個裝了八千元現金的呂宋紙信封袋上撥來彈去。

「他們說，匹瑞西瑪峽谷最裡端有一塊平坦的台地，與公路隔著一道四乘四的白色柵欄，不過還夠讓車子勉強鑽過。然後有一條泥土路蜿蜒而下通向一塊小窪地，我們就在那裡熄燈等著。那附近沒有住家。」

「我們？」

「嗯，我是說『我』，理論上。」

「噢。」

他把那個呂宋紙信封遞給我，我打開往裡面瞧，確實是錢，一大筆現鈔。我沒數，重新箍好橡皮筋，把它塞進風衣的內層口袋裡。它幾乎要把我的肋骨抵塌了。

我們走到門口，馬瑞歐關掉了所有的燈。他小心翼翼地打開前門，朝屋外的霧氣瞥了一眼。我們跨到門外，沿著被海水侵蝕的螺旋梯走到平地，進入車庫。

空氣裡泛起一層薄霧，這一帶的夜晚總是這樣。我不得不打開雨刷清一清擋風玻璃。

這輛龐大的進口車可以自動駕駛，不過我仍舊握緊方向盤，擺出樣子。有兩分鐘的時間，我們在坡面上以八字形彎來繞去，之後突然就從人行道上的咖啡館旁鑽了出來。我現在明白為何馬瑞歐要我爬樓梯了，否則我很可能會在這些曲折迂迴的山路裡兜上幾個小時，也無法前進半碼，就像是誘餌箱裡的一隻蚯蚓。

公路上，來往車流的車燈幾乎匯成兩道連續的光束，那些大型汽車渾身掛滿綠色和黃色的小燈，像爆米花機般轟隆隆低吼著向北滾動。這樣行駛三分鐘之後，我們轉向內陸，經過一座大加油站，然後沿著山麓側翼逶迤前行。周圍霎時安靜下來，空氣中瀰漫著一股孤寂的感覺，以及海藻和山間野生鼠尾草的氣味。沿途間或冒出一扇透著黃光的窗戶，孤零零地獨自懸掛著，彷彿樹上的最後一顆柑橘。車輛駛過，在路面灑下冰冷的白光，然後又隆隆地消失在黑暗之中。一縷縷的霧氣正將星星逐出天際。

馬瑞歐從昏暗的後座向前探著身子，說：「右邊那些燈光是貝韋迪海灘俱樂部。下一個峽谷是拉斯普戈斯，再下一個就是匹瑞西瑪了。我們在第二個斜坡頂右轉。」他的聲音微弱而緊繃。

我嘟囔了一聲，繼續開車。「把頭壓下，」我朝肩膀後面說，「我們可能一路上都被人監視，這輛車就像出席愛荷華家庭野餐會的電影從業者一樣顯眼。也許那幫傢伙不樂意看到你是我的雙胞胎兄弟呢？」

我們往下開到一個峽谷盡頭的窪地，接著駛上高地，片刻之後又往下開，然後再上坡。馬瑞歐緊張的聲音又在我耳畔響起：

「右邊的下一條街。有方形塔樓的房子，在它旁邊轉進去。」

「你沒幫他們挑這個地方吧？」

「當然沒有，」他冷笑了一聲，「我只是恰巧對這些峽谷很熟悉。」

我將車子右轉，經過那座有方形塔樓、頂部覆蓋著筒瓦的大房子。車燈在一塊街邊路牌上一閃而過，上面寫著「卡米諾海岸街」。我們沿著一條寬闊的大街無聲地行駛，街道兩旁是未完工的枝形燈架以及雜草叢生的人行道。某位房產經紀人的美夢在這裡變成一場宿醉。人行道後面，蟋蟀和牛蛙在黑暗中盡情鳴唱。馬瑞歐的車子就是這麼安靜。

開始時一個街區一棟房子，後來是兩個街區一棟房子，再後來什麼房子也沒有了。一兩扇窗戶仍隱約透出光來，不過這一帶的人似乎是和雞同一時間就寢的。之後鋪砌的路面戛然而止，取而代之的是一條壓得像乾燥天氣裡的水泥一樣硬的泥土路。泥土路愈來愈窄，緩緩地夾在兩側灌木叢間向山下延伸而去。貝韋迪海灘俱樂部的燈光懸在右側的空中，再遠處便是粼粼水光。鼠尾草的辛辣氣味瀰漫在空氣中。又過了一會兒，一道漆成白色的柵欄赫然橫跨在泥土路上，馬瑞歐的聲音再一次在我的肩膀後響起。

「我覺得你無法穿過去，」他說，「那空間看起來不夠大。」

我熄掉車子無聲的引擎，調暗車燈，坐在那裡，凝神聆聽。沒有任何動靜。我索性關掉車燈，鑽出車子。蟋蟀的唧唧聲停了下來，有那麼一陣，四下一片闃然，我甚至能聽到一英呎外的懸崖下輪胎輾過公路的聲音。然後，蟋蟀又一隻接一隻地鳴唱起來，直到叫聲充盈了整個夜空。

「坐著別動，我到下面看看。」我對著車子後座低聲說。

我摸了摸風衣裡的槍柄，逕直邁步向前。灌木叢與白色柵欄之間的實際距離比從車上看還要寬一些。灌木被人砍過，泥土路上還有車痕，可能是年輕人在溫暖的夜晚開車過去耳鬢廝磨一番。我穿過柵欄繼續往前，道路陡然一個下坡，而且彎彎曲曲的，下方是一片黢黑，遠處隱約傳來海浪聲，還有公路上汽車的燈光。我繼續往前走，道路的盡頭是一塊被灌木包圍的凹地，上面空無一物。除了我剛剛來時的這條路，似乎並沒有別的路通向這裡了。我站在一片寂靜中，仔細聆聽。

時間分秒過去，但我仍在等待著新聲音的出現。沒有任何動靜，我似乎一個人擁有了這整片的空曠。

我朝亮著燈光的海灘俱樂部望過去。如果一個人在頂層用一副還不錯的夜間望遠鏡，或許可以把周遭的情況盡收眼底。他可以看到車子進出，看到誰從車裡下來，看到下來的是一個人還是一夥人。坐在黑暗的房間裡，拿著一副不錯的夜間望遠鏡，你能看到比你想像得還要多的細節。

我轉身往山上走去，灌木叢下傳來一聲蟋蟀叫，響亮得嚇了我一跳。我沿著曲折的小路爬上坡，穿過白色路障。還是毫無動靜。那輛黑色轎車在一片既非漆黑也非光亮的灰度中閃著微光。我走到車旁，一隻腳踩上駕駛座旁的踏板。

「看起來像是在試探你，」我壓低聲音，但足以讓後座的馬瑞歐聽到，「看看你是否會遵循指示。」

後面似乎小有動靜，但他並沒有回答。我繼續往前走，想看看灌木叢那邊有什麼。

不管是誰，他輕而易舉地在我的後腦勺上敲了結結實實的一記悶棍。事後回想，我覺得當時可能聽到了揮棍的嗖嗖聲。或許人們總是這樣覺得——事後諸葛。

10

「四分鐘，」有個聲音說，「五分鐘，說不定六分鐘。他們下手一定又快又輕，馬瑞歐甚至還來不及喊出聲來。」

我睜開雙眼，模模糊糊地望見一顆寒星。我正仰面朝天躺著，覺得一陣噁心。

那個聲音說：「也許更久些，也可能一共有八分鐘。他們一定是躲在灌木叢裡，就在車子旁邊。那傢伙很容易就被嚇住了。他們肯定只是用手電筒照在他臉上，他就昏過去了，完全因為驚恐。這個娘娘腔。」

一陣靜寂。我單膝跪地撐起身來，一陣刺痛從後腦勺直下腳踝。

「之後，他們其中一個上了車，」那個聲音說，「等著你回來。其餘幾個又躲起來。他們一定猜到他不敢單獨前來，或是他接電話的聲音讓他們起了疑心。」

我頭暈目眩地用手掌撐地，穩住身體，仔細聽著。

「沒錯，就是這麼回事。」那個聲音說。

那是我自己的聲音。我正在自說自話，漸漸清醒過來。我正下意識地想要釐清究竟發生什麼事。

「閉嘴，你這白癡。」我說，然後不再同自己說話了。

遠處傳來引擎的突突聲，附近是蟋蟀的唧唧聲和樹蛙特有的咿咿長鳴。我想我再也不會喜歡這些聲音了。

我從地上抬起一隻手，努力甩掉上面黏糊糊的鼠尾草汁液，然後又在風衣上蹭了蹭。幹得不錯，值這一百元。我一隻手猛地插進風衣的內層口袋。那個呂宋紙信封不見了，這是當然的。這隻手又插進我自己的西裝套裝裡，皮夾還在，但不知道我那一百元是否還在裡面，大概是沒了。有個東西沉甸甸地抵在我的左肋上，是腋下槍套裡的槍。

還算上道。他們把槍留給我，這手法有種奇特的意味——就像用刀子捅死一個人之後，再替他闔上眼睛。

我碰碰後腦勺，帽子還在，我把它取下來，備感不適地摸摸腦袋。這可真是顆好腦袋，我和它休戚與共很久了。它現在有一點軟，有一點漿糊，還有不止一點的嬌嫩。但這一棍敲得也算輕了，幸好帽子也幫了忙。這顆腦袋還堪使用，至少還能再用一年。

我用右手撐回地上，抬起左手，轉動手腕直到手表露出來。我盡可能聚焦分辨，看到發光指針顯示的時間是十點五十六分。

電話是十點零八分打來的。馬瑞歐大概講了兩分鐘，之後我們花了大約四分鐘準備出門。當你真正要做事的時候，時間總是過得很慢。我的意思是說，你能夠在短短幾分鐘內完成許多動作。我是這個意思嗎？我他媽的幹嘛要在乎我到底是什麼意思？好吧，許多比我厲害的人並不解釋。我的意思是說，出門時是十點十五分，算是。這個地方距離馬瑞歐家大約十二分鐘的車程。十點二十七分，我從車裡出來，走到下面的窪地，用了至多八分鐘閒蕩，然後爬回來讓腦袋吃了一棍。應該是十點三十五分。就算我用了一分鐘倒下，摔了個嘴啃泥，之所以說是嘴啃泥，是因為我的下巴擦傷了，很痛，感覺上是擦傷的痛，所以我知道它擦傷了。不，我沒辦法看到它，我也沒必要看到它，畢竟它是我的下巴，我知道它是不是被擦傷了，或許你還有其他解釋。

算了，閉嘴，讓我想想。因為……

手表上顯示的時間是晚上十點五十六分，這意味著我昏過去了二十分鐘。

二十分鐘的一覺，恰好舒舒坦坦打了個盹。在這段時間裡，我搞砸了一份差事，丟掉了八千元。好吧，有何不可呢？二十分鐘的時間裡，你可以擊沉一艘戰艦，打落三、四架飛機，執行兩起死刑。你可以死去，結婚，被解僱後找到新工作，拔一顆牙，割掉扁桃腺。二十分鐘裡，你甚至可以在早上從床上爬起，也可以在夜總會喝一杯水——或許。

二十分鐘的一覺，可真是很長的一段時間，尤其是這麼寒冷的夜晚，睡在戶外。我不禁發起抖來。

我還是跪著。鼠尾草的氣味開始令我煩躁。這黏糊糊的汁液就是野蜂擷取的蜜糖，蜜很甜，太甜了。我的胃裡一陣翻攪。我咬緊牙關，硬把衝到喉嚨的東西壓回胃裡，斗大的汗珠從額頭上滲出，我仍在打顫。我先用一隻腳撐著站起來，然後是雙腳，身子挺直，踉蹌地走了幾步。我覺得自己像是一條被鋸掉的腿。

我緩慢地轉過身，那輛車不見了，空盪盪的泥土路爬回矮丘，通向那條鋪了路面的卡米諾海岸街的街尾。左邊那道四乘四的白色柵欄仍默立在黑暗中，低矮灌木叢後的遠空隱隱亮著光，那裡應該是灣城。右邊的燈光則來自貝韋迪俱樂部。

我走到車子之前停著的位置，掏出別在衣服口袋上的鋼筆手電筒，用極其微弱的光照向地面。土是紅色的壞土，在乾燥的天氣裡會變得很硬實，不過，此時的天氣並非完全乾燥，空氣中還泛著一絲霧氣，使得黏在地表上的濕氣足以顯示出剛才停車的位置。儘管非常模糊，還是可以辨識出十褶強力胎紋的印子。我用手電筒照著，彎下腰，一陣疼痛使得我頭暈目眩。我開始追蹤這道車痕，它筆直向前延伸了十幾呎，然後向左偏去。車並未左轉，而是直奔白柵欄左邊的缺口，然後就消失了。

我走到柵欄邊，用那道微小的光束照著灌木叢，發現好多新折斷的細枝。我穿過缺口，向下走到那條彎路上。這裡的地面仍是軟的，有更多強力輪胎的胎痕。我繼續往下走，繞過那道彎來到那塊被灌木叢包圍的凹地邊緣。

那輛車就停在那裡，鑲著鉻邊和噴著亮漆的車身即使在黑暗中仍閃著微光，車尾的紅色反光玻璃反射著小手電筒的光。它就在那裡，靜靜的，車燈全熄，車門緊鎖。我慢慢地走向它，每跨一步都咬著牙。我打開一扇後車門，用手電筒往裡照。空的。前排座也是空的。車子已經熄火，車鑰匙用一條細鍊拴著掛在啟動器上。內飾沒有損毀，玻璃沒有破裂，沒有血跡，沒有屍體。一切都整潔有序。我關上車門，繞著車子慢慢走了一圈，想找出一點線索，卻一無所獲。

一個聲音傳來讓我僵住。

一陣引擎的轟鳴聲從上面的灌木叢邊傳來，我彈了起來，手上的小手電筒熄了，同時一把槍自動滑進手裡。我看到兩道車頭燈的光束斜著照向天空，接著又斜掃下來。聽引擎聲像是一輛小轎車，它發出那種在潮濕的空氣中心滿意足的聲音。

光束往下壓得更低了，而且愈來愈亮。整輛車從那道彎曲的泥土路上駛下，走了三分之二後停了下來。一盞探照燈啪地打開，晃到側面照了一陣，接著又熄滅了。車子繼續開下山坡。我從口袋裡掏出槍，彎腰蹲在馬瑞歐車子的引擎後面。

一輛形狀和顏色都沒什麼特別的雙門小轎車滑進凹地，然後車頭一扭，車頭燈把馬瑞歐的大轎車從頭到尾照了一遍。我急忙低下頭，燈光像劍一樣從我頭頂上空掃過。小轎車停下來，熄了引擎，車頭燈也滅了。一片沉寂。然後一扇車門打開，一隻腳輕輕著地。又是一陣沉寂，甚至連蟋蟀也都不叫了。這時一道光劈開黑暗，貼著距離地面只有幾英吋的距離平行射過來。光束掃射著，我的腳踝躲避不及。它定在我的腳上，又一陣沉寂，然後光束往上抬，再次掃過大轎車的引擎蓋。

然後傳來一陣笑聲，一個女子的笑聲，聲音緊張得像繃緊的曼陀林琴弦。這種地方出現這種聲音實在奇怪。那道白色光束又射向車底，然後停在我的腳上。

那聲音說話了，音調不算太尖：「好，你，舉起手走出來，別耍花招。我瞄準你了。」

我沒有動。

光束晃了一下，似乎是握著手電筒的手抖了一下。光束再次沿著引擎蓋緩緩掃過。那個聲音又刺向我。

「聽著，陌生人。我手上有一把十發的自動手槍，我的槍法很準。你的雙腳都暴露在外。你打算怎麼賭？」

「把槍舉起來，不然我就把它從你手裡轟掉。」我咆哮道。我的聲音聽起來像是有人正在扯開雞籠上的木條。

「噢，是位硬漢先生。」那聲音裡有一絲顫抖，一絲順耳的小小顫抖，然後它又強硬起來：「出不出來？我數到三。你自己衡量有多少勝算，十二發肥子彈，也許十六發。不過你的腳會痛，而且踝骨要好多、好多年才能復原，有時候它們根本不能真的……」

我慢慢地直起身，正對著手電筒的光束。

「我害怕的時候，話也會變多。」我說。

「別，別再移動一吋！你是誰？」

我從車子前端繞過，朝她走去，在距離那個纖細黑影六呎遠的地方停下。手電筒穩穩地射來刺目的光。

「你就站在那兒，」我停下腳步後，那女子怒喝道，「你是誰？」
「讓我看看你的槍。」
她把槍向前探進光束裡，槍口對住我的腹部。一把小手槍，看上去像是柯爾特袖珍背心型自動手槍。
「噢，那支，」我說，「只是個玩具。它也裝不下十發子彈，六發而已。只是支小手槍，蝴蝶槍，人家用來射蝴蝶的。你故意扯這樣的謊話，可真丟臉啊。」
「你瘋了嗎？」
「我？我被劫匪敲昏了，現在大概是有一點瘋傻。」
「那，那是你的車嗎？」
「不是。」
「你是誰？」
「你剛才在那裡用探照燈看什麼？」
「我明白了，你以問代答，男人都是這樣。我在看一個人。」
「是個有波浪金髮的人？」
「現在不是了，」她輕聲說，「或許他原本是，曾經。」
這讓我心裡一驚。不知為何，我完全沒料到。「我剛才沒看到他，」我生硬地說，「我用手電筒照著輪胎印痕一路追下坡來。他傷得嚴重嗎？」我又朝她靠近一步。小手槍猛地指向我，手電筒仍穩穩握著。

「別著急，」她輕聲說，「千萬別急。你朋友死了。」

我半晌無語。然後我說：「好吧，讓我們去瞧瞧他。」

「我們就站在這裡，哪兒也不去。你是誰，發生了什麼事。」聲音乾脆俐落，毫不懼怕，一副說到做到的架勢。

「馬羅。菲力普．馬羅。偵探，私家偵探。」

「這回答了第一個問題，如果你講的是實話。證明給我看。」

「我要把皮夾拿出來。」

「不必了，手舉在原處不要動，我們暫且不管證明的事。說說發生了什麼事？」

「那人可能還沒死。」

「他絕對死了，一臉的腦漿。發生了什麼，先生，快說。」

「正如我所說的，他可能還沒死，我們過去看看他。」我又向前移了一步。

「再動我就在你身上打一個洞！」她喝道。

我的另一隻腳也往前移了一步，手電筒的光略微跳動，我想是她後退了一步。

「你可真敢冒險，先生，」她平靜地說，「好吧，你走前面我跟在後面。你看起來像個病人，要不是因為這樣……」

「你早就給我一槍了。我被打了一棍，被打之後總會讓我生出黑眼圈。」

「不錯的幽默感，像是停屍間管理員。」她幾乎悲嘆一聲。

我轉身背對著手電筒，它立刻照亮我前方的地面。我經過那輛小轎車，一輛尋常小轎車，乾乾淨淨的，在夜霧的星光下閃著光。我沿著泥土路往上走，拐過彎道。腳步聲緊跟在我身後，手電筒光照亮我前方的路。除了腳步聲和女子的喘息聲，四下一片寂靜無聲。我沒聽到自己的呼吸聲。

11

坡爬到一半，我往右看去，看到一隻腳。女子晃晃手電筒，讓我看到他的全身。我剛才下坡時就應該看到他的，但我只顧著彎腰憑藉鋼筆手電筒那一塊二十五美分硬幣大小的光點查看地面上的輪胎印痕。

「手電筒給我。」我說著，把手伸向背後。

她把手電筒放進我手裡，一言不發。我單膝跪下，地上冰冷陰濕，寒氣透衫。

他癱倒在地，仰面朝天地抵在灌木叢腳下，這種好像一包髒衣服的姿勢通常只意味著一件事。他的五官已經無法辨認，頭髮被血污染成暗黑色，美麗的三階金髮被血和濃灰的黏稠液體糊成一團，就像是原始森林裡的爛淤泥。

女子在我身後喘著粗氣，不過仍是一言不發。我用手電筒照著他的臉，他已經被打得血肉模糊。一隻手僵直地伸出，手指蜷曲著，風衣的半邊捲在身下，看起來像是倒下時打了幾個滾。他雙腿交叉，嘴角淌出一道黑如污油的液體。

「替我照著他，」我說著把手電筒遞還給她，「如果這不會讓你作嘔的話……」

她接過手電筒，默默地舉起它，手穩得像個老練的殺人兇手。我又掏出我的鋼筆小手電筒，檢查他的口袋，盡量不去移動他。

「你不該這樣做，」她緊張地說，「警察沒到之前不應該碰他。」

「沒錯，」我說，「巡警在刑事警察沒到之前不能動他，刑警在法醫沒看過、攝影師沒拍過照、指紋未被錄下來之前也不能動他。你知道這些要花多久時間嗎？起碼幾個小時。」

「好吧，」她說，「你總是對的，我猜你就是那種人。有人一定恨他至極才會把他的頭砸爛。」

「我認為不是私人恩怨，」我低吼道，「有人就是喜歡砸爛別人的頭。」

「我不知道這一切是因為什麼，我也無從猜測。」她尖酸地說。

我翻遍了他的衣服。一邊褲子口袋裡裝著一些硬幣和紙鈔，另一邊口袋裡裝著壓花的皮鑰匙套，還有一把小刀。褲子左側後口袋裡有一個皮夾，裡面有更多鈔票、保險卡、駕照以及幾張收據。外套裡散著火柴夾、一支別在口袋上的金色鉛筆、兩塊輕薄細緻如乾燥雪粉般的細亞麻手帕。另外就是那個琺瑯香菸盒，我曾看過他從裡面取出褐色的金嘴香菸。那些是南美菸，來自蒙特維多[4]。在外套另一側的貼身口袋裡，還有一個我之前沒看過的菸盒，刺繡的錦緞，正反兩面各繡了一條龍，外面鑲著一層薄到幾乎透明的仿玳瑁邊框。我打開菸盒，發現裡面有三支用橡皮筋綑在一起的超大號俄國香菸。我捏了捏，感覺年代久遠，乾癟鬆散，菸嘴都是空心的。

「他抽的是另一盒菸，」我朝著肩後說，「這些一定是給一位女性朋友預備的，這傢伙應該是有很多女性朋友的那種人。」

女子彎下腰，呼出的氣息拂著我的脖子，「你不是認識他嗎？」

「我今晚才見到他。他僱我當保鑣。」

4 烏拉圭首都兼蒙特維多省首府。

「了不起的保鏢。」

我沒搭腔。

「對不起，」她幾乎是在耳語，「當然，我並不了解情況。你覺得這些會是大麻捲菸嗎？我可以看看嗎？」

我把刺繡菸盒遞給她。

「我曾經認識一個抽大麻菸的傢伙，」她說，「三杯高球加三支大麻，就得用扳手才能讓他離開枝形吊燈了。」

「手電筒拿穩了。」

一陣窸窣聲，她沉默了片刻，然後又開口。

「對不起。」她遞還了菸盒，我把它塞回他的口袋裡。看起來就是這些了，它們只證明了他沒被洗劫一空。

我站起身，拿出自己的皮夾。那五張二十元的鈔票還在。

「高級劫匪，」我說，「他們只拿大鈔。」

手電筒垂向地面。我收好皮夾，把自己的小手電筒別在口袋上，然後突然伸手去奪她手上那把和手電筒握在一起的小手槍。手電筒掉到了地上，不過我搶到了槍。她立刻後退一步，而我俯身撿起手電筒。我往她臉上照了一會兒，然後啪地關上手電筒。

「你沒必要動粗，」她說著，將雙手插入身上那件粗呢寬肩長外套裡，「我認為你沒有殺他。」

我喜歡她聲音裡透出的冷靜和從容。我也喜歡她的大膽。我們就這樣在黑暗裡站了半晌，面對面，一句話也沒說。

我照著她的臉，她眨眨眼睛。一張小巧精緻、充滿活力的臉孔，臉上一雙大眼睛。這張臉骨架勻稱，線條優美得像是克雷莫納[5]小提琴。一張極為漂亮的臉孔。

「你有一頭紅髮，」我說，「像愛爾蘭人。」

「而且我姓瑞爾丹。那又怎樣？關掉手電筒。我的頭髮不是紅色，是金褐色。」

我關了手電筒。「那你的名字呢？」

「安。別叫我安妮。」

「你在這裡做什麼？」

「我有時晚上會開車出來逛逛，只是睡不著。我一個人住，是孤兒。我對這個街

5 義大利北部城市，小提琴的發源地之一，其傳統小提琴製作工藝被列為非物質文化遺產。

區瞭若指掌。我正好開車經過，注意到窪地那邊閃著燈。這天氣對小情侶而言冷了點，而且他們也不用開燈，是吧？」

「我從來都不用。你很敢冒險啊，瑞爾丹小姐。」

「我也對你說過同樣的話。我有槍，我並不怕。沒有哪條法律禁止我下去那裡。」

「嗯哼。除了自我保護的法則。這個給你，今晚我不適合鬥嘴。我猜你有持槍許可。」我把槍遞還給她，槍把朝前。

她接過槍，塞進口袋，「奇怪，人有時就是這麼好奇，對吧？我也寫點東西，特稿之類的。」

「有稿費嗎？」

「少得可憐。你剛剛在找什麼，在他的口袋裡？」

「沒什麼特別的東西，我就是喜歡東看西看。我們帶了八千美元，打算替一位女士贖回幾件被搶走的珠寶。我們被搶了。我不清楚他們為什麼要殺他。我覺得他不像是個會激烈抵抗的傢伙，而且我也沒聽到打鬥聲。他遇襲時，我正在下面的窪地，而他在上面的車子裡。我們本該把車開進窪地，但那裡似乎沒有足夠空間讓車子通過，除非把車子刮傷。於是我步行下去，他們一定是趁這個時候偷襲他。然後其中一人鑽進車子，又下來在暗中襲擊我。當然，我那時以為他還在車上呢。」

「這說明你也沒有特別笨。」她說。

「這工作從一開始就不對勁。我感覺得到，但我需要錢。現在我得去警察那裡忍氣吞聲了。你能開車送我去蒙特馬好景？我的車還停在那兒，他住那裡。」

「當然，但不是該留個人守在這裡嗎？你可以開我的車，或者我去叫警察。」

我看看手表指針，微微發光的指針顯示已快接近午夜了。

「不用。」

「為什麼不用？」

「我不知道為什麼，直覺罷了。這事我一個人應付。」

她沒搭腔。我們走下山坡，鑽進她的小轎車。她發動引擎，熄燈繞過彎道往上開回山坡，接著緩緩駛過白色柵欄。車子開出一個街區後，她才打開車燈。

我的頭很痛。我們都沒有說話，直到車子駛上那段鋪了路面的街道，見到第一棟房子，她才開口道：

「你需要喝一杯。不如去我家？你也可以用我家的電話報警。反正他們得從西洛杉磯過來，這附近除了一個消防站，什麼也沒有。」

「就一路往海邊開。我來唱獨角戲。」

「但這是為何呢？我又不怕他們。我的證詞或許能幫到你。」

「我不需要任何幫助。我得想想，我想獨處一會兒。」

「我……那好吧。」她說。

她喉間含糊不清地咕噥了一聲，然後將車轉上大道。我們在海岸公路邊的那座加油站轉北向蒙特馬好景開去，來到那家人行道旁咖啡館前。咖啡館裡面燈光璀璨得如同一艘豪華郵輪。女子將車停在路旁，我走下車，扶著車門站著。

我摸索著從皮夾裡抽出一張名片遞給她。「或許你將來會需要一個強有力的支撐，」我說，「通知我。不過如果是腦力勞動就算了。」

她拿著名片在方向盤上敲了敲，然後慢悠悠地說：「你可以在灣城電話簿中找到我的名字，二十五街八一九號。哪天過來坐坐，獎勵我沒有多管閒事。我想你頭上挨的那一棍到現在還讓你頭暈腦脹呢。」

她隨即在公路上將車子掉頭，我注視著兩盞尾燈逐漸消失在夜色中。

我走過拱橋，從咖啡館來到停車場，上了自己的車。前面有家酒吧，而我又打起顫來。不過，此刻走去西洛杉磯警察局似乎是更聰明的作法。二十分鐘後，我走進警局，渾身冰冷如青蛙，臉孔綠得如一張嶄新美鈔的背面。

12

一個半小時後，屍體被移走了，現場被勘察過了，我的故事也講了三、四遍。我們一共四個人，坐在西洛杉磯警察局值日警官辦公室裡。整棟大樓很安靜，只有看守所裡一個醉漢不斷地發出澳洲叢林野人般的嚎叫，等著明天清晨進城出席庭訊。

一盞裝有玻璃反光罩的燈射出刺眼的白光，照著攤在桌上的物件。這些物件都是從林賽・馬瑞歐的口袋裡掏出來的，它們現在躺在那裡，就和它們的主人一般死氣沉沉，無家可歸。和我面對面隔桌而坐的警官名叫藍道，是洛杉磯總局刑事組的。他人瘦削，沉默寡言，年約五十，一頭滑順的奶油灰髮，目光冷淡，一副拒人於千里之外的樣子。他打著一條帶黑斑點的暗紅色領帶，那些黑斑不停地在我眼前晃來晃去。在他身後，圓錐形燈光之外，兩個看起來像是保鏢的壯漢懶洋洋地歪坐在椅子上，一人瞪著我的一隻耳朵。

我笨拙地用手指轉過香菸，然後把它點燃，結果發現它的味道不討喜。我坐在那裡，看著它在我的指間燃燒，感覺自己已經八十歲，而時光還在加速飛逝。

藍道冷冷地說：「這件事你講愈多次，就愈顯得荒謬。這個叫馬瑞歐的人與對方交涉贖金有好幾天了，這一點不用懷疑，但在最後會面前的幾個小時，突然打電話給一個徹頭徹尾的陌生人，僱他做保鏢一同赴約？」
「不完全是保鏢，」我說，「我甚至沒告訴他我帶著槍。只是陪他而已。」
「他是從哪裡知道你的？」
「起初他說是透過一個共同的朋友，後來又說是從電話簿中隨便挑中了我的名字。」
藍道伸手輕輕地撥了撥桌上的那堆物件，嫌髒似地捏出一張白色卡片，沿著木質桌面推過來。
「他有你的名片，業務名片。」
我瞥了一眼那張名片，那是從他的皮夾裡拿出來的，夾在一堆名片當中，我之前在匹瑞西瑪峽谷的那個窪地沒費神查看。沒錯，的確是我的名片。對於馬瑞歐那樣的人而言，它顯得有點髒，名片一角有塊圓形污漬。
「當然，」我說，「平時一有機會我就會派發名片，很自然啊。」
「馬瑞歐讓你拿著錢，」藍道說，「八千美元。他可真能相信別人。」
我吸了一口菸，朝天花板吐出煙圈。強光讓我眼睛刺痛，後腦勺也抽痛起來。
「我現在沒有這八千美元了，」我說，「對不起。」
「不會有，有的話你就不會在這裡了。你說是吧？」這時，他的臉上掛著一絲冷笑，但看起來像是裝的。

「為了八千塊我願意做很多事情，」我說，「但如果我要用一根棍子殺人，最多打他兩棍就夠了，往腦後敲。」

他略微點點頭，背後的一個傢伙朝字紙簍裡啐了一口痰。

「這是疑點之一。作案手法看起來非常外行，但當然可能是故意製造假象。錢不是馬瑞歐的，對吧？」

「不曉得。我覺得不是，但那也只是一個印象而已。他不願意讓我知道涉案的女士是誰。」

「到目前為止，我們對馬瑞歐還是一無所知，」藍道慢慢說道，「我猜至少有種可能是他打算吞掉那八千塊。」

「啊？」我心中一詫，說不定這詫異也顯露在臉上，可是藍道平靜的面容絲毫沒受影響。

「你數過那些錢嗎？」

「當然沒有。他只遞給我一個信封，裡面裝著錢，而且看起來有很多。他說是八千塊。他為什麼要從我這裡偷走這筆在我未參與之前就已在他手上的錢？」

藍道望向天花板的一角，嘴角向下一撇，聳了聳肩。

「再略微倒推一點，」他說，「有人打劫馬瑞歐和一位女士，搶了這串項鍊和別的東西，之後開出相對於項鍊實際價值而言低得多的價碼讓他們把項鍊贖回去。馬瑞歐負責支付贖金。他原本打算單獨赴約，我們不知道劫匪對這一點是否有明確要求，或是否提過，通常這種情況下劫匪是很挑剔的。但馬瑞歐顯然認定與你一同前去也沒問題。你們倆都以為打交道的是幫派份子，會遵守行規，按規矩辦事。馬瑞歐很害怕，這是很自然的，他要人陪，而你就是那個陪他的人。可你對他而言是個徹頭徹尾的陌生人，只是不知什麼人，據他說是一個共同的朋友給他的一張名片上的一個名字。之後，出門前，馬瑞歐決定由你拿著錢出面交涉，而自己則躲在車裡。你說這是你的主意，可他也許正巴望你會如此建議，如果你沒提出，他自己也會提。」

「他一開始不怎麼喜歡這個主意。」我說。

藍道又聳聳肩，「他裝作不喜歡，可是他還是妥協了。所以，最後接了通電話，你們就出發去他描述的那個地方。這一切都是馬瑞歐說的，沒有一件事是你親自得知的。你們到達目的地以後，發現附近似乎沒人。你們本來應該開車下去那塊窪地的，但柵欄空隙太窄，車子好像無法通過，事實也的確如此，因為那輛車子左側後來被刮得很厲害。所以你就下車，步行到下面那塊窪地，觀察了一陣，發現毫無動靜，幾分鐘後就回到車旁。這時，車裡有人衝著你後腦勺猛擊了一棍。現在，假設是馬瑞歐想要這筆錢，想讓你當替死鬼，他不正該如此行事嗎？」

「很了不起的假設，」我說，「馬瑞歐悶了我一棍子，拿走了錢，然後他覺得很愧疚，就把自己的腦袋敲碎了，在此之前還先把錢埋在了灌木叢下面。」

藍道木然地看著我，「他當然有一個同謀。你們倆本該都被敲昏的，那個同謀者應該捲錢先跑。只不過那同謀背叛了馬瑞歐，把他殺了。他不必殺掉你，因為你不認識他。」

我用欽佩的目光看著他，在一個木質菸灰缸裡把菸摁滅。菸灰缸裡原有一層玻璃內壁，可如今已不見了。

「這假設符合事實，就我們目前掌握的情況而言，」藍道沉著地說，「此時此刻它不比任何能想出的其他理論更無稽。」

「只有一件事不符。有人從車裡偷襲了我，對吧？按道理，我會懷疑是馬瑞歐幹的，在其他條件相同的情況下。雖然他被殺之後，我就沒有懷疑了。」

「你被偷襲的方式最符合這假設，」藍道說，「你沒有告訴馬瑞歐你帶著槍，但他或許看出你腋下凸起一塊，或者至少懷疑你有槍。那樣的話，他就會在你未起疑心前對你下手，而你也不會對車子後面有任何防備。」

「好吧，」我說，「你贏了。這是個很好的假設，前提是錢不是馬瑞歐的，他想偷走這筆錢，而且他有個同謀。所以他的計畫是，我們倆頭上都腫著大包醒來，發現錢不翼而飛，我們說了聲真糟糕，然後我打道回府，把這件事置之腦後。就這樣結束了嗎？我是說他期望這件事是如此收場嗎？結局總得對他有些好處吧，對嗎？」

藍道笑著挖苦道：「我也不喜歡這個假設，只是試著推理看看。它符合事實，至少就我知道的事實而言，只是知道的並不多。」

「我們所掌握的事實還不足以展開任何假設，」我說，「為什麼不假設他講的都是實話，而他也許認出了其中的一個劫匪呢？」

「你沒聽到打鬥聲或喊叫聲？」

「沒有。但他很可能當場就被鎖喉，或者他們突襲他時，他嚇得叫不出聲。假設他們躲在灌木叢裡觀察我們，看著我走下山坡。我走了一段距離，你知道，起碼有一百呎。於是他們趁機去查看車內，發現了馬瑞歐。有人用槍抵住他要他下車，安靜地下車。然後他就被打倒了。只不過是他說的某句話，或是某個表情，讓他們相信他認出了他們其中的某個人。」

「在黑暗中？」

「是的，」我說，「肯定有類似的情況，有些聲音會在腦中留下印象，即使在黑暗中也能被辨認出來。」

藍道搖搖頭說：「如果是打劫珠寶的幫派歹徒，除非被嚴重挑釁，否則不會輕易殺人。」他突然打住，眼神有些茫然。接著極為緩慢、極為用力地抿緊嘴巴。他想出來了，「搶劫。」他說。

我點點頭，「很有可能。」

「還有一件事，」他說，「你是怎麼過來這裡的？」

「開自己的車來的。」

「你的車之前停在哪裡？」

「蒙特馬好景，人行道旁咖啡館的停車場。」

他盯著我不語，他身後那兩個傢伙也狐疑地望著我。牢房裡那醉漢想用假嗓唱歌，不過倒嗓了，這讓他非常沮喪，大哭起來。

「我走回公路邊，」我說，「攔了一輛車，一個女孩的自駕車。她停了下來，把我載下山。」

「好厲害的女孩，」藍道說，「深更半夜，在一條偏僻的公路上，她居然停車了。」

「是啊，有些女孩就是這樣。我還沒了解她，但她看起來是個不錯的人。」我瞪著他們，意識到他們並不相信，我自己也很納悶為何要扯這個謊。

「那是輛小轎車，」我說，「雪佛蘭雙門小跑車。我沒記下車牌號碼。」

「哈，他沒記下車牌號碼。」他身後的一個傢伙說，也朝字紙簍吐了一口痰。

藍道向前探探身子，仔細地盯著我。「如果你隱瞞了任何事情，打算私自調查這件案子出點風頭的話，最好打消這個念頭，馬羅。你故事中的所有關鍵點我都不喜歡，我讓你晚上好好想一想，明天可能會要求你做一份證詞。另外，我要提醒你一點，這是一樁凶殺案，歸警察管，就算你真能幫上忙，我們也不需要你的幫忙。我們只要你交代事實。明白嗎？」

「當然。我現在可以回家了嗎？我感覺不太舒服。」

「你現在可以回家了。」他的眼神冰冷。

我站起身朝門口走去，房間一片死寂。我走出四步以後，藍道清了清喉嚨，漫不經心地說：

「噢，還有一件小事，你注意到馬瑞歐抽的是什麼菸嗎？」

我轉過身：「記得，褐色香菸，南美貨，裝在一只法國琺瑯盒裡。」

他傾身從桌上那堆雜物中推出那只刺繡菸盒，然後把它撥到自己面前。

「之前見過這個嗎？」

「當然，我剛才就在看它。」

「我是說，今晚稍早的時候。」

「我想我見過，」我說，「放在什麼地方。怎麼了？」

「你沒搜他的身嗎？」

「好吧，」我說，「我搜了，我檢查了他的口袋，那菸盒也在裡面。我很抱歉，只是出於職業好奇，我沒弄亂任何東西。畢竟他是我的雇主。」

藍道雙手捧起刺繡菸盒將它打開，他坐在那裡往裡面看，菸盒裡空無一物。那三支香菸不翼而飛了。

我緊咬牙齒，努力維持住疲憊的神情。這並不容易。

「你看過他抽這裡面的菸嗎？」

「沒有。」

藍道冷漠地點點頭：「你看到了，這是空的，不過還是在他的口袋裡。菸盒裡有一點碎屑，我打算讓他們用顯微鏡檢查一下。我不確定，但我懷疑那是大麻。」

我說：「如果他有那玩意，我想他今晚一定抽了幾根。他需要來點東西振作一下。」

藍道小心地闔上盒子，把它推開。

「就這樣吧，」他說，「還有，別多管閒事。」

我走了出去。

外面的霧氣已經散了，星辰明亮得像是鉻打造的金屬裝飾掛在黑天鵝絨的天空中。我把車開得飛快。我迫切需要喝上一杯，而酒吧已打烊了。

13

九點鐘，我起床，連喝了三杯黑咖啡，用冰水沖了後腦勺，讀了兩份丟到門口的晨報。報上有一段文字輕描淡寫地提到巨鹿馬洛，在第二版，但上面沒有看到老迪的名字，也沒有關於林賽·馬瑞歐的消息，除非登在社交版上了。

我穿好衣服，吃了兩枚煮得很嫩的水煮蛋，喝下第四杯咖啡，然後在穿衣鏡前端詳自己。依舊眼圈發黑。我開門正要出去時，電話鈴響了。

是老迪，他聽起來心情不太好。

「馬羅？」

「是。你們抓到他了？」

「哦，當然，抓到了，」他頓了一下，接著又怒氣沖沖地說，「在凡杜拉公路上，如我所料。好傢伙，可真刺激！六呎六的大塊頭，壯得像是圍堰，正駕車去舊金山趕集呢。車子是租來的，前座放了五夸脫的烈酒。他邊開邊喝，車速飆到七十哩。我們當時能派去對付他的只有兩個帶槍和警棍的郡警。」

他停頓了一會兒，我腦中閃過好幾句俏皮話，但這會兒似乎都不太有趣。老迪接著往下說：

「於是，他和那兩個警察做起了運動，等他們累得快要趴下時，他乾脆把車子停在警車旁，搶過對講機往水溝裡一丟，再開一瓶酒把自己灌倒，呼呼大睡起來。過了一陣子，那兩個警察回過神來，掏出警棒在他頭上乒乒乓乓地敲了十分鐘，他才醒過來。待他要發怒時，已經被銬起來了。過程很簡單。現在他已經被收押，酒醉駕駛、酒後駕駛、警察辦公務時襲警、惡意破壞公共財產、羈押時企圖逃脫、故意傷害、擾亂安寧，以及在州際公路上停車，罪名一堆，好玩吧？」

「你在耍什麼噱頭？」我問，「你跟我說這麼多難道只是自鳴得意？」

「抓錯人了，」老迪惡狠狠地說，「抓到的那傢伙叫史托洋諾夫斯基，住在漢默市，是聖傑克隧道的開挖工人，才下工，有老婆和四名子女。老天，他老婆氣壞了。你那邊有馬洛的消息嗎？」

「沒有。我的頭很痛。」

「你要是能抽出一點時間……」

「我沒有時間，」我說，「不過還是謝謝。什麼時候要審訊黑鬼的案子？」

「你操心這個幹嘛？」老迪冷笑一聲，掛斷了電話。

我驅車前往好萊塢大道，把車停在大樓旁的停車場，上樓來到我的辦公室，打開那間小接待室的門。這扇門我通常不上鎖，以防有顧客上門，而且還願意等待。

安．瑞爾丹小姐從一本雜誌抬起頭來，微笑著看我。

她穿了一件菸草黃的套裝，裡面是一件白色高領毛衣。日光下，頭髮是很純的金褐色。她戴著一頂帽子，帽頂如威士忌酒杯般大小，帽緣卻大到可以裝下一整個禮拜要洗的衣服。她以四十五度角斜戴著帽子，這樣帽緣剛好碰不到肩膀，這頂帽子看上去倒是很時髦，或許那種戴法恰好是時髦的原由吧。

她看起來約二十八歲左右。前額很窄，顯得過高而不夠優雅。鼻子小巧，一副好奇模樣。上唇略長了點，整張嘴則寬了些。眼眸是藍灰色的，閃著金色的光。她的笑容很好看，似乎昨晚睡得很好。這是張不錯的臉孔，討人喜歡的臉孔。漂亮，但又沒漂亮到讓你每次帶出門都得戴上手指虎[6]的程度。

「我不清楚你的營業時間，」她說，「所以在這裡等著。我猜你的祕書今天不在。」

「我沒有祕書。」

我穿過小接待室打開內門，然後接通外門上的蜂鳴電鈴，「到我的私人冥想空間來吧。」

她從我面前走過，帶著一股乾爽的淡淡檀香味，站在那裡看著眼前的五個綠色文件櫃、破舊的鏽紅色地毯、沾著灰塵的家具，以及不怎麼乾淨的網布窗簾。

「你需要有人替你接電話，」她說，「還有，時不時地把窗簾布送去洗一洗。」

「等到聖斯威遜日[7]那天我會送洗的。坐吧。我可能會損失幾個無關緊要的工作，還有一大堆裸腿藝術品。但我可以省錢。」

「我懂了。」她認真地說，然後把一個大麂皮提包小心翼翼地放在辦公桌玻璃台面的一角。她將身子往後靠，拿了我的一支香菸。我用紙火柴替她點菸時灼到了手指。

她噴出一大口煙，透過煙霧向我微笑，一口好牙，牙型略大。

6　一種套在手指上的攻擊性武器。

7　英國的一個節日，為紀念斯威遜主教而設，為每年的七月十五日。人們普遍認為如果那天下雨，這場雨就會持續四十天。

「你大概沒想到這麼快又見到我。你的頭還好嗎？」
「糟透了。沒錯，我是沒想到。」
「警察待你好嗎？」
「一如既往。」
「我沒耽誤你什麼正事吧？」
「沒有。」
「不過，我覺得你不怎麼高興見到我。」
我在菸斗裡填上菸絲，伸手去拿那盒紙火柴，小心地點燃菸斗。她用讚許的眼光看著我。抽菸斗的男人是踏實的。不過，她要對我感到失望了。
「我努力地讓你置身事外，」我說，「我不曉得究竟是為什麼。不過這件事以後也與我無關了。昨晚我忍氣吞聲，灌了一整瓶酒倒頭就睡，現在這案子已經歸警察管了，他們警告我少管閒事。」
「你讓我置身事外，」她平靜地說，「是因為你覺得警察不會相信我昨晚僅僅是出於好奇跑去那塊窪地的，他們會懷疑我，會嚴刑拷打直到我屈服。」
「你怎麼知道我沒有想同樣的事情呢？」
「警察也是人啊。」她答非所問。

「他們一開始是人，我是這麼聽說的。」

「噢，一早就在憤世嫉俗了。」她用一種隨意卻犀利的目光環顧辦公室，「你在這兒做得不錯嘛？我是說，在財務上？我的意思是，你賺得多嗎？用這種家具。」

我哼了一聲。

「或者我應該少管閒事，不再問這種唐突的問題？」

「你辦得到嗎？」

「現在你也在問了。告訴我，為什麼你昨晚要替我掩飾？是因為我有一頭紅髮和一副好身材嗎？」

我沒搭腔。

「我們來換個問法，」她用愉悅的語調說，「你想知道那串翡翠項鍊是誰的嗎？」

我可以感覺到自己表情僵硬。我努力回想，但無法確切記得，然後突然想起來了。關於那串翡翠項鍊，我沒對她提過一個字。

我伸手拿起火柴，重新點燃菸斗，「並沒有很想，」我說，「為什麼？」

「因為我知道。」

「嗯哼。」

「你願意多說話的時候會幹什麼？蠕動腳指頭嗎？」

「好吧，」我吼道，「你來就是為了告訴我這件事的，有話快說吧。」

她的藍色眼睛睜得大大的，有那麼一陣子，我覺得它們似乎有一點濕潤。她咬住下嘴唇，低頭看著桌子。之後她聳聳肩，鬆開嘴唇，率真地朝我微笑。

「噢，我只是一個討厭的好奇鬼，可我天生有種偵探的本能。我父親是個警察，他名叫克里夫・瑞爾丹，當了七年灣城的警察局局長。我想這就是根源吧。」

「我好像記得了。他後來呢？」

「他被解僱了，心都碎了。一個叫賴德・布魯奈的男人率領一夥賭棍自行選了市長，然後把我爸調去負責只像一袋茶包那麼丁點大的灣城檔案鑑定局。於是我爸就辭職了，閒晃幾年後就去世了，我媽不久後也隨他而去。這兩年我都是一個人過的。」

「真抱歉。」我說。她摁滅了香菸，菸蒂上沒沾到一點唇膏。「我在這裡煩你只是想讓你知道我跟警察打交道毫不費力，昨晚就應該告訴你的。所以今早我弄清楚是誰在負責這個案子後就去見了他，他起初對你有些惱火。」

「沒關係，」我說，「即使我把真相一五一十地告訴他，他還是不會相信我，他只會一味地訓斥我。」

她看上去有些傷心。我站起身，打開另一扇窗戶，大道上的嘈雜車聲波浪般湧入，像是暈船時泛起的噁心。我感覺糟透了。於是，我拉開書桌的深抽屜抓出酒瓶，給自己倒了一杯。

瑞爾丹小姐不認同地看著我。我不再是個可靠的男人了。她一言未發。我喝下那杯酒，把酒瓶收好，坐了回去。

「你沒請我喝一杯。」她冷冷地說。

「抱歉，現在還不到十一點，你不像早上會喝酒的那種人。」

她的眼角一皺，「這算是恭維嗎？」

「在我的圈子裡，是的。」

她思量著，這話對她沒有多大意義。我也思量了一下，發現它對我而言也沒有意義。不過那杯酒讓我感覺好多了。

她向前傾著身子，手套緩緩摸過玻璃桌面，「你不打算僱一個助手吧？哪怕只需要偶爾講句好聽的話就可以僱到？」

「不。」

她點點頭，「我想也是。我最好還是把我的線索說出來就趕緊回家。」

我沒搭腔，又點起菸斗。抽菸斗使人看起來像在沉思，即使你什麼也沒想。

「首先，我想到那樣的翡翠項鍊可能是博物館收藏品，而且知名度很高。」她說。

我把仍在燃燒的火柴捏在半空，看著火焰向我的指尖愈爬愈近，然後我輕輕吹滅火柴，將它丟進菸灰缸。我說：

「我沒跟你提過翡翠項鍊的事情。」

「你沒有，但藍道警官說了。」

「應該有人去把他的嘴縫上。」

「他認識我爸。我答應他不說出去。」

「你現在就跟我說了。」

「你早就知道了，傻瓜。」

她突然揚起一隻手作勢要掩嘴，但半途又慢慢放下，把眼睛睜得大大的。演得不錯，不過我對她的一些了解使這戲碼大打折扣。

「你是知道的，對吧？」她輕呼道。

「我以為是鑽石。一只手鐲、一副耳環、一個垂飾、三只戒指，其中一只上面還鑲著祖母綠。」

「不好笑，」她說，「甚至連反應快也算不上。」

「翡翠玉，非常稀有，精雕細琢的玉珠，每顆約重六克拉，一共六十顆，值八萬美元。」

「你有雙如此漂亮的褐色眼睛，」她說，「而自認為是個硬漢。」

「好吧，項鍊是誰的，你又是怎麼查出來的？」

「很簡單。我猜城裡最大的珠寶商或許知道，於是我去問了布洛克珠寶店的經理。我告訴對方我是個作家，想寫一篇關於珍稀珠寶的文章，後面的話不說你也知道了。」

「所以他相信你的紅頭髮和好身材。」

她的臉唰地紅到耳根，「總之，他把情況告訴我了。那串項鍊的主人是一位闊太太，住在灣城峽谷區的一座莊園裡，名叫柳雯・柯拉里奇・葛萊兒。丈夫是投資銀行家之類的人，極其富有，家產起碼兩千萬。他在比佛利山擁有一個電台，KFDK，葛萊兒太太曾在那裡工作。他在五年前娶了她，她是個令人銷魂的金髮尤物。葛萊兒先生年事已高，患有肝病，成天待在家裡吃藥。葛萊兒太太則四處走動，享受美好時光。」

「這個布洛克店的經理，」我說，「消息可真靈通啊。」

「噢，情況當然不是都從他那裡打聽到的，傻瓜。他只知道項鍊的事，其餘的是從吉第・葛地・阿巴蘭斯那裡問來的。」

我把手探進深抽屜，又掏出了那瓶酒。

「你該不會也是那種酗酒的偵探吧？」她不安地問。

「有何不可？他們總能解決手頭的案子，甚至不會流汗。繼續講故事吧。」

「吉第．葛地是《紀事報》的社交版編輯，我認識他好多年了。他有兩百磅重，留著希特勒式的小鬍子。他從檔案中調出了葛萊兒的資料，你看。」

她從皮包裡拿出一張照片，從桌子那端推過來。一張五乘三的光面照片。照片裡是個金髮女郎，一個足以讓主教將彩色玻璃窗踢出洞的金髮女郎。她穿著黑白兩色的休閒服，戴著一頂相配的帽子，神情有一點高傲，但不太過。不管你身在何處、想要什麼，她都會有。年約三十歲。

我倒了一杯酒，迅速灌下肚，酒精燒灼著喉嚨。「把照片拿開，」我說，「不然我要跳起來了。」

「為什麼？我替你拿來的。你是想見她的，是吧？」

我又看了看照片，然後把它夾進記事簿。「今晚十一點如何？」

「聽著，這可不是在開玩笑，馬羅先生。我打了電話給她，她願意見你，純粹公事。」

「剛開始的時候可能是公事。」

她做了一個不耐煩的姿勢，於是我停止開玩笑，重新擺出身經百戰的皺眉表情，

「她見我，為什麼？」

「她的項鍊，當然啊。是這樣的，我打電話給她，費盡周折才跟她說到話，當然，但我還是說到話啦。然後我把跟布拉克經理說的那套又誇誇其談了一番，不過這次不管用。她聽起來像是在宿醉，嘟囔著讓我和她的祕書談，但我設法把她留住了，問她有關一串翡翠玉項鍊的傳聞是不是確有其事。過了半晌，她說有。我問她能不能讓我看一下。她說，為什麼？我又把剛才寫文章的故事說了一遍，效果並沒有更好。我聽到她在打呵欠，還大聲咒罵是哪個人接通了電話，於是我說我是替菲力普．馬羅工作的，結果她說『那又怎樣？』就像這語氣。」

「不可思議。不過，如今所有社交名媛說話都像蕩婦了。」

「不曉得呢，」瑞爾丹小姐甜甜地說，「也許她們其中有些人確實是蕩婦。於是我問她有沒有專線電話，她說這跟我有什麼關係。不過奇怪的是，她居然沒有掛我電話。」

「她心裡惦念著翡翠項鍊，又不知道你究竟在打什麼主意。而且，她或許已經從藍道那裡聽說了一些情況。」

瑞爾丹小姐搖搖頭，「不是的。我後來打電話給藍道，他不知道那串項鍊的主人是誰，還是我告訴他的。得知我打探出這件事，他還覺得很驚訝。」

「他會習慣的，」我說，「恐怕必須要習慣。然後呢？」
「於是我就問葛萊兒太太：『你還想找回項鍊吧？』就像這樣。我不知道還有什麼其他說法，我得說些話打動她。這招確實有效，她立刻給了我另一支號碼。我隨即打過去表示想跟她見面，她似乎很驚訝，所以我不得不告訴她事情的始末。她聽了不太高興，不過一直很奇怪為什麼馬瑞歐沒有消息，我猜她以為他捲款南逃了。我們約了下午兩點見面，到時候我會和她談談你，說說你有多出色、多謹言慎行，只要還有機會，你會替她找回項鍊，諸如此類的話。她開始感興趣了。」
我沒搭腔，只是瞪著她。她看起來有點委屈，「怎麼？我做錯了什麼嗎？」
「你難道不能理解現在這件案子歸警方管了嗎？我已經被警告過不准插手。」
「葛萊兒太太完全有權僱用你，只要她願意。」
「僱我來做什麼？」
她不耐煩地把提包啪嗒啪嗒打開又闔上。「噢，老天，那樣一個女人，那樣的容貌，你難道看不出嗎？……」她突然閉嘴，咬住嘴唇，「馬瑞歐是個什麼樣的人？」
「我幾乎不了解他，我覺得他有一點娘娘腔。我不怎麼喜歡他。」
「他是那種對女人充滿吸引力的男人嗎？」
「對有些女人會吧，其他女人會想吐口水。」

「好吧，不過他看起來對葛萊兒太太挺有吸引力的。她和他約會啊。」

「她可能跟上百個男人約過會。現在恐怕不容易找回那條項鍊了。」

「為什麼？」

我起身走到辦公室另一端，用手掌拍打牆壁，很用力。隔壁打字機停了一會兒，然後又咔噠咔噠響起來。我從打開的那扇窗戶俯視我這棟樓和梅遜大樓旅館之間的通道。咖啡館的香氣濃得不像話。我回到桌旁，把那瓶威士忌放回原處，關上抽屜再坐下。我第八次還是第九次點燃菸斗，目光越過沾黏灰塵的玻璃桌面，仔細地端詳瑞爾丹小姐那張嚴肅又誠實的小臉。

你會益發地喜歡這張臉孔。媚人的金髮女郎隨處可見，可這張臉孔才是持久耐看的，我向它微笑。

「聽好，安，馬瑞歐的死是個愚蠢的錯誤，策畫這起搶劫的幫派絕不會幹出這等事，一定是他們帶的哪個嗑藥的小嘍囉闖的禍。馬瑞歐亂動了一下，其中一個傢伙就把他打倒在地，恐怕發生得太快他們來不及阻止。這是一幫有組織的劫匪，對珠寶的內線行情以及珠寶女主人的動向清楚得很。他們索取少少贖金，而且遵守遊戲規則，可是這場黑巷凶殺卻完全與之不符。我的想法是，不管是誰下的手，幾個小時前已成為一具屍體，腳上綑著大石頭，沉到太平洋底了。那串項鍊，要不然跟著他沉了下去，要不然就是他們大概了解它的行情，把它藏在某個隱蔽處，等待好久也許是好幾年吧，才敢讓它再露面。或者，如果這幫歹徒勢力夠大，項鍊也可能出現在世界的另一端。八千元實在太便宜了，如果他們能了解它真正的價值，但現在太難出手。不過有一件事我很確定，他們絕非預謀殺人。」

安・瑞爾丹全神貫注地聽著，雙唇微啟，一副著迷的神情彷彿是看到了達賴喇嘛。

她慢慢地閉上嘴，點了一下頭。「你太棒了，」她輕輕地說，「可你是個瘋子。」

她站起來拿著提包，「你到底要不要見她？」

「如果她邀我的話，藍道也阻止不了我。」

「好吧，我現在就去見另一個社交版編輯，再蒐集多一點葛萊兒家夫婦的內幕消息，有關她的愛情生活。她應該會有的，對吧？」

鑲在金棕髮中的那張臉露出嚮往的神色。

「誰沒有呢？」我揶揄道。

「我就沒有，沒真正有過。」

我抬起手捂住嘴巴，她銳利地瞪了我一眼，朝門口走去。

「你忘了什麼。」我說。

她停下來轉過身。「是什麼？」眼睛掃過桌面。

「是什麼你清楚得很。」

她走回桌旁，誠懇地探過桌子，「既然他們不主張殺人，為何要把殺馬瑞歐的那個傢伙滅口？」

「一旦他們不供應他毒品的話，他是那種會被警察抓到又會乖乖招供的人。我的意思是，他們是不會殺客戶的。」

「你為什麼這麼肯定殺人兇手有毒癮？」

「我不確定，只是這麼說說罷了，大部分的小混混都有毒癮。」

「噢，」她挺直身子，點頭微笑，「我猜你指的是這個。」她邊說邊迅速地把手伸進包裡，掏出一個裹著衛生紙的小包放在桌上。

我伸手拿過來，小心地取下橡皮筋，把紙展開，三根帶過濾菸嘴的長支俄國香菸躺在裡面。我看看她，一言不發。

「我知道不該拿的，」她呼吸急促地說，「可是我知道這些是大麻，過去都用最普通的紙來捲，近來在灣城開始出現這種包裝，我曾經見過。我覺得讓人發現這個死掉的可憐蟲口袋裡還裝著大麻菸實在殘忍了些。」

「你應該連菸盒一起拿走的，」我低聲說，「那裡面還有碎屑，而且空菸盒令人起疑。」

「我不能啊，你當時在場。我……我幾乎想回去拿了，但沒有勇氣。給你惹麻煩了嗎？」

「沒有，」我撒了謊，「能有什麼麻煩？」

「那太好了。」她若有所思地說。

「你為什麼不丟掉它們？」

她思考了一下，抓起提包貼在身側，那頂荒謬的寬邊帽斜戴在頭上，遮住了一隻眼睛。

「一定是因為我是警察的女兒，」她終於開口，「你就是不會丟掉證物。」她的笑容顯得脆弱而心虛，雙頰緋紅。我聳聳肩。

「嗯……」這個字懸在空中，好像密閉屋中的煙霧一般。吐出這個字後，她的嘴一直未闔上。我沒搭腔，她的臉更紅了。

「真抱歉，我不該那麼做的。」

我還是沒接話。

她快步走到門口，離開了。

14

我用一根手指戳戳這幾根長支俄國菸，把它們整齊地擺成一排，一根挨著一根，然後把椅子搖得嘎吱響。你就是不會丟掉證物，所以說它們是證物，什麼事情的證物？證明有個人偶爾會吸吸大麻，證明有個人似乎會被任何帶異國風味的東西所吸引？不過，許多狠角色都吸食大麻，還有樂團成員、高中生、自暴自棄的好女孩。美國的大麻，在任何地方都可以生長。不過現在種植大麻不合法了，對於美國這麼大的一個國家而言，這意味著很多事情。

我坐在那裡抽菸斗，聽著打字機在辦公室隔牆後面發出的咔噠咔噠聲，交通號誌燈在好萊塢大道上變換時的砰砰聲，還有空氣中春風拂過的窸窣聲，像一口紙袋在人行道上一路翻滾。

這幾支菸相當粗大，不過俄國佬的塊頭也很大，況且大麻葉是粗葉。印度大麻。美國大麻。證物。老天，女人都在戴什麼帽子？我的頭很痛。瘋子。

我掏出折疊小刀，打開沒清過菸斗的那片鋒利刀刃，然後拿過一根菸，執行警局化驗師要做的事。沿著菸管中線劃開，把裡面的填塞物放在顯微鏡下檢驗，這是開始，接下來可能會碰巧發現一些不尋常的東西。這是小概率事件，可是管他的，化驗師每個月都有薪水可領。

我將一支菸從中間割開，過濾嘴部分非常硬，要劃開很困難。好吧，我也是條硬漢，我就是要割開，看你能不能攔得住。

幾截薄薄的硬質亮紙片從過濾嘴部分伸展開來，上面印著字。我坐直身子，撥弄那些紙片。我試圖把它們按次序在桌上展平，可它們總是滑來滑去的。我又抓起另一支大麻菸，瞇起眼往過濾嘴裡瞧，然後採用另一種切割法。我把菸身從上到下捏了一遍，這一部分的紙很薄，可以感覺到紙下的粗顆粒。然後，我小心翼翼地把過濾嘴切下來，接著加倍小心將過濾嘴縱向割開，點到為止。剝開過濾嘴後，裡面又出現一張包捲的卡片，這一次完好無缺。

我如獲至寶般地將它展開，是一個男人的電話號碼卡。非常接近白色的淺象牙色，字體精細地壓印在上面。左下角印著一個史蒂塢高地的號碼，右下角寫著「事先預約」，中間用較大號但仍娟秀的字體印著「朱爾斯・安瑟」，底下一行略小的文字「心理醫師」。

我拿起第三支菸。這次，我沒有動刀，而是花了很大工夫把卡片掏出來。是同樣的卡片。我又把它塞回去。

我看看表，把菸斗放進菸灰缸裡，再看看表到底是幾點。我用半張衛生紙將兩支割開的香菸和割壞的卡片包在一起，又用另外半張衛生紙將完好塞著卡片的香菸包好，然後把兩包都鎖進辦公桌抽屜。

我看著卡片，朱爾斯・安瑟，心理醫師，事先預約，史蒂塢高地的電話號碼，沒有地址。三張這樣的卡片捲在三支大麻菸裡面，裝在中國或日本的絲質鑲仿玳瑁邊的菸盒裡，這類外貿貨品大約值三十五到七十五美分，任何一家東方商店都買得到，不外乎什麼「胡福生」、「隆興堂」之類的地方，店裡總有一個彬彬有禮的日本人對你嗤笑，聽你說起那種叫阿拉伯之月的香料聞起來和舊金山應召女郎的氣味一樣時，他也會開懷大笑。

這些全在一個死人的口袋裡，而他還有另一個貨真價實的昂貴菸盒，裡面裝的才是他真正會抽的菸。

他一定把它忘了。這說不通。或許這根本就不是他的。或許是他在哪家旅館大廳撿到的，忘了還把它放在身上，又忘了把它上交。朱爾斯・安瑟，心理醫師。

電話鈴響了，我心不在焉地接起來。話筒彼端傳來一個冰冷堅硬、自以為是好警察的聲音，是藍道。他沒吼我，他是那種冷酷型的。

「這麼說，你不知道昨天晚上的那個女孩是誰？她在公路上讓你搭了便車，而你是自己走下大路的。這謊扯得不賴啊，馬羅。」

「若你有一個女兒，也不想讓一幫新聞記者從灌木叢跳出來，舉著閃光燈對她照個不停吧？」

「你騙了我。」

「備感榮幸。」

他沉默了半晌，好像在做什麼決定。「這件事就算了，」他說，「我已經見過她了，她來找我講了事情經過，她是我認識也很敬重的人的女兒，好巧。」

「她跟你說了，」我說，「而你也跟她說了。」

「我是跟她說了一點，」他冷冷地說，「我有我的考量，我打給你也是出於同樣的考量。這案子完全是暗中調查，我們有機會破獲珠寶搶劫集團，我們要一網打盡。」

「噢，今天早晨還是歹徒幫派謀殺案。好吧。」

「順便問一句，那上面有龍的滑稽菸盒中的碎屑是大麻，你確定沒見過他從裡面拿菸出來？」

「確定得很。我在場的時候，他只抽過另一個菸盒裡的菸，但我可不是每時每刻都在場。」

「知道了，好吧，那就這樣吧。記得我昨晚跟你說的，別在這件案子上自作主張。我們只需要你保持沉默，否則……」

他停頓了一下。我朝著話筒打著呵欠。

「我聽到了，」他厲聲說，「也許你認為我辦不到，告訴你，我可以。你只要亂動一下，我就把你當重要證人鎖起來。」

「你是說報紙不會報導這件事？」

「他們只知道這樁謀殺案，但不會知道背後的隱情。」

「你也不知道。」我說。

「我已經警告過你兩次了，」他說，「不會再有第三次。」

「你說得挺多，」我說，「對於手裡握有王牌的人而言。」

話一出口，他當即掛了我的電話。好吧，隨他，讓他去忙吧。

我在辦公室裡踱步讓自己冷靜下來，喝了一杯酒，又看了看表但也沒細看時間，於是又在辦公桌後面坐了下來。

朱爾斯．安瑟，心理醫師，事先預約。只要給他足夠的時間，付足夠的錢，他什麼都能治癒，從疲憊不堪的丈夫到一場蝗災。他會是一位專家，專治失戀、討厭獨居的女人、不寫信回家的浪蕩子，以及解答「究竟是現在就賣掉房產還是再等一年」？或是「這樣的角色是否會傷害我的公眾形象或是讓我顯得更多才多藝」之類的問題。男人也會偷偷去找他，那些強壯的大塊頭平時在辦公室裡如獅子般吼聲如雷，實際上卻脆弱無比。不過多半去找他的還是女人，氣喘吁吁的胖女人、精力耗盡的瘦女人、仍在作夢的老女人、自以為有厄勒克特拉情結[8]的年輕女人。這些人有不同的身材、不同的外型、不同的年紀，唯有一樣是共通的——錢。朱爾斯・安瑟可不去郡醫院輪週四的班，現鈔會排隊送上門來，那些有錢的娘兒們連牛奶帳單都要上門催討，卻樂意當場掏錢給他。

一個騙子、一個自吹自擂的大話王，一個死人身上的大麻菸裡捲著他名片的臭小子。

這可有趣了。我拿起電話，向接線生詢問了史蒂塢高地的區域號碼。

15

一個女人接的電話，聲音乾澀沙啞，聽上去有些外國口音。「阿囉？」

「請接安瑟先生。」

「啊，不，我粉（很）抱歉。粉（很）對不起，安瑟從不接電話。我是塔（他）的祕書，我和可以棒（幫）你轉達嗎？」

「你們的地址在哪裡？我想見他。」

「啊，你相（想）找安瑟做專業咨詢嗎？他費（會）粉（很）高興。但他粉（很）蠻（忙），你相（想）什麼時候見他？

「馬上，就是今天。」

「啊，」那聲音很懊惱，「今天不行。下星期也須（許）可以，我查一下預約本。」

「聽好，」我說，「別管預約本了，你手上有筆嗎？」

「我當然有筆，我……」

「記下來，我叫菲力普·馬羅，我的地址是好萊塢卡璜加大廈六一五室，就在艾佛爾附近的好萊塢大道上，我的電話是葛蘭景七五三七。」我特地把難念的字都拼給她聽，等她逐一寫下來。

「好的，馬羅先森（生），我記下了。」

「我想和安瑟先生聊一個叫馬瑞歐的人。」我也拼了馬瑞歐的名字給她，「這很急，事關生死，我想要盡快見他，盡……快……，就是很快的意思。清楚嗎？」

8 戀父情結，是指兒女親父反母的複合情結。

「你講話粉（很）奇怪。」那個外國口音說。

「不，」我抓過電話基座搖了搖，「一點也不奇怪，我一直這麼講話。這是件很古怪的事，安瑟先生一定會很想見我。我是私家偵探，但我想在見警察之前，先見他一面。」

「啊，」那聲音變得像自助餐廳裡的飯菜一樣冷，「你是警察，不？」

「聽著，」我說，「我是警察，不，我是一個私家偵探，祕密的。但這事情一樣很緊急。你會回電話給我，不？你記下電話號碼了，是嗎？」

「是，我記下電話號碼了。馬瑞歐先森（生），他病了？」

「嗯，他沒辦法起來走動了，」我說，「所以你認識他？」

「不。你說事關生死嘛，安瑟他治好了很多人……」

「這次他可砸鍋了，」我說，「我等你的電話。」

我掛上電話，向那瓶酒撲去，覺得自己好像在絞肉機裡被絞過一番。過了十分鐘，電話鈴響了，那個外國口音說：

「安瑟說費（會）在六點鐘見你。」

「可以，在哪兒見？」

「他費（會）派一輛車。」

「我自己有車，只要告訴我……」

「他費（會）派一輛車，」那聲音冷冷地說，然後話筒裡傳來咔嚓一聲，電話掛斷了。

我再看一次表，過了午餐時間好久了，胃被最後那杯酒灼燒得火辣辣的，不過我一點也不餓。我點起一根菸，那菸有股水電工人手帕的氣味，我朝著對面的林布蘭畫像點點頭，然後拿起帽子出去了。離電梯還有一半路程時，一個念頭突然冒了出來，沒有任何原因和道理，就像被一塊磚頭突然擊中一樣。我停下腳步，倚靠在大理石牆面上，轉轉頭上的帽子，突然笑出聲來。

一個女孩正從電梯出來走向她的辦公室，經過我身邊時瞥了我一眼，就是那種會讓你感受到背脊突然有長絲襪脫絲般不適的目光。我朝她揮揮手，然後回到辦公室，抓起電話，打給一個在地產登記公司做名冊的朋友。

「你可以根據地址查到產權嗎？」我問他。

「當然，我們有交叉索引。怎麼了？」

「西五十四街一六四四號，我想了解一下這裡的產權狀況。」

「我等會兒再回電給你。號碼是多少？」

大約三分鐘後，他就回電話了。

「拿出筆來，」他說，「地址是楓葉塢區地產四號上的卡拉狄增列物產十一街區的第八號地。根據紀錄，房主名叫潔西．皮爾斯．馥羅安，是個寡婦，產權受到某些條款限制。」

「嗯，什麼限制？」

「下半期的房產稅、兩份十年期的街道改進公債、一份雨水排放評估公債，也是十年期的，這些都沒有拖欠。她還有一份價值兩千六百元的第一信託基金。」

「你指的是他們在通知你十分鐘後就可以把房產賣掉的那種？」

「沒那麼快，但也比抵押快多了。這裡面沒什麼不尋常的，只是就那一帶而言，款項的數額大了些。除非是棟新房子。」

「那房子很舊，而且亟需維護，」我說，「我認為花一千五百塊就能買下它。」

「那可就異乎尋常了，因為這筆再融資是四年前才做的。」

「好吧，持有人是誰？某家投資公司？」

「不是，是個人，一個叫林賽．馬瑞歐的，單身。這些資料可以嗎？」

我記不清跟他說了什麼，或跟他道過謝了，總之聽起來還像話。我坐在那裡，只是茫然地瞪著牆壁。

胃部突然感覺舒服多了，也覺得餓了。我下樓走進梅遜大廈咖啡廳，叫了一份午餐，然後從辦公樓旁的停車場把車開了出來。

我驅車往東南方向行駛，直奔西五十四街。這次我沒帶酒。

16

這片街區看上去和前日差不多，街上空蕩蕩的，只有一輛運冰車和兩輛福特汽車停在車道上，還有一團塵土在街角翻揚打轉。我緩緩駛過一六四四號，把車停在前面更遠的地方，仔細觀察兩邊的房子。然後回身向那棟房子走去，在門口停下來，看著那棵強韌的棕櫚樹和那塊乾枯的褐色草坪。屋裡似乎沒人，但也可能不是這樣，只是看上去如此罷了。門廊上那把孤獨的搖椅仍待在昨天的地方。人行道上有一張報紙，我撿起來在腿上拍打了幾下，然後看到隔壁房子的窗簾動了一下，是靠近的前窗。

又是那愛管閒事的老太太。我打了個呵欠，把帽緣壓低。一隻尖鼻子貼在窗玻璃內側，幾乎快被壓扁了，鼻子上方是白頭髮和一雙平凡無奇的眼睛。我沿著人行道漫步，那雙眼睛緊跟著移動。我轉身走向她的房子，爬上木台階，按下門鈴。

門啪地一聲開了，彷彿裝在彈簧上一樣。老女人高高地站著，下巴活像隻兔子。

從近處看，她的眼睛犀利得像是映在平靜水面上的燈光。我脫下帽子。

「您是那位替馥羅安太太報警的女士吧？」

她冷靜地打量著我，沒放過一分一釐，說不定連我右肩胛骨上的胎記也被看透了。

「別指望我承認，年輕人，也別指望我否認。你是誰？」她的聲音又高又尖，打那種八戶派對線的電話[9]再適合不過。

「我是偵探。」

「老天爺，你怎麼不早說？她又幹了什麼了？我沒瞧見，可是我一分鐘也沒鬆懈。外出採買現在全由亨利代勞了，那裡沒傳出半點聲音。」

她拔下紗門的門栓，把我拉了進去。走廊上有股家具上過油的氣味，裡面擺著很多一度很時髦的深色家具，全都嵌著隔板，角上鑲著扇形邊框。我們走進一間前廳，但凡能按得進釘子的東西都釘上了白色蕾絲花邊的棉布罩巾。

「我見過你沒有？」她突然發問，聲音裡透著一絲狐疑，「我肯定見過，你就是那個……」

「沒錯，可我還是個偵探。亨利是誰？」

「噢，替我跑腿的一個小黑人。好吧，你想知道什麼，年輕人？」她拍著潔淨的紅白相間圍裙，眼睛圓溜溜地瞪著我。假牙發出咯咯聲，為開口做準備。

「警官們昨天去過馥羅安太太那裡後，有沒有來過您這兒？」
「什麼警官？」
「穿制服的警官。」我耐心地說。
「有，他們在這裡待了幾分鐘，他們什麼也不知道。」
「跟我說說那個大塊頭，就是那個讓您報警的帶槍傢伙。」
她分毫不差地描述了他的樣子，是馬洛沒錯。
「他開的是什麼樣的車？」
「一輛小車，感覺他幾乎很難擠進去。」
「就這麼點？那傢伙可是個殺人兇手哪！」
她嘴巴大開，但眼神中流出喜悅。「老天爺，真希望可以多告訴你一點，年輕人。但我一直都不懂車。殺人，是嗎？這城裡現在連一分鐘都不得安寧。二十二年前剛搬來這裡時，我們幾乎不鎖門。現在那些歹徒、壞警察還有政客們都抱著機關槍殺

9 派對線，即電話共線，美國20世紀中期到晚期的主要通訊手段，允許多個家庭或業務共用同一條電話線路，每個用戶都有自己的電話號碼，但他們可以同時聽到其他用戶的通話。這樣的設置讓人們在同一條線上可以參與彼此的通話，有點像「派對」。

來殺去，我都聽說了。這當真可恥啊，年輕人。」

「是啊。您知道馥羅安太太哪些事情嗎？」

她那張小嘴撇了撇。「她對鄰居不太友善，半夜三更把收音機開得震天響，還跟著放聲高歌。她跟誰也不說話。」她略微探身向前，「我不敢肯定，但我覺得她有酗酒的毛病。」

「她的訪客多嗎？」

「完全沒有。」

「您知道，當然，您的大名是……」

「莫里森太太。老天爺，是啊，我除了看窗外也沒有別的事情可幹了。」

「我敢說那一定很有趣。馥羅安太太在這裡住很久了嗎？」

「大約有十年了吧，我估計。她曾經有丈夫，對方看起來也不是個好東西，死了，」她停下來想了想，「我猜他是正常死亡，」她又補充道，「我從沒聽過別的說法。」

「有留下錢給她嗎？」

她的眼神閃避，下巴一縮。她用力嗅了嗅，「你喝酒了？」她冷冷地問。

「我剛剛拔掉一顆牙，牙醫讓我喝的。」

「我可不贊成喝酒。」

「酒的確不好，但藥用除外。」我說。

「用酒喝藥我也不贊成。」

「您說得對，」我說，「他有留下錢給她嗎？她丈夫？」

「我不曉得。」她的嘴巴噘如梅子般。顯然我已被拒了。

「在警官們之後還有其他人去過那裡嗎？」

「沒看到。」

「非常感謝，莫里森太太。不打擾您了，您很仁慈，幫了我很大的忙。」

我走出前廳，打開大門。她跟著我走到門口，清了清喉嚨，又咯咯咬了幾下牙齒。

「我應該打哪個號碼找你？」她問，語氣稍微緩和了一些。

「大學區四之五〇〇〇號，找老迪警官。對了，她靠什麼生活，救濟金嗎？」

「這裡可不是領救濟金的區域。」她冷冷地說。

「我敢打賭那件家具曾是讓整個蘇瀑市[10]眼紅的東西，」我一邊說，一邊盯著一

10 美國南達科他州人口最多的城市。

個擺在走廊的雕花櫥櫃，顯然飯廳對它而言太小了。弧形翹起的四角，纖細的雕花櫃腿，通體都是鑲嵌裝飾，正面還繪有一籃水果。

「梅森城。」她輕聲說，「是的，先生，我們曾經有個漂亮的家，我和喬治。最好的家。」

我打開紗門跨出去，再次向她道謝。她這回微笑了，笑容和她的眼神一樣犀利。

「她每個月的頭一天都會收到一封掛號信。」她突然說。

我轉身等待，她傾身向我，「我看見郵差到門口找她簽字。每個月的頭一天。之後她會打扮好出門，不到很晚不會回家，夜深了還唱歌，好幾次唱得太大聲，我差點叫警察。」

我拍了拍她那條瘦嶙嶙的陰險手臂。

「您這種人可真是萬中選一啊，莫里森太太。」我說著，戴上帽子，點了一下向她致意，然後離開。半路上，我想到什麼又回過頭去，發現她仍站在紗門後，房門在她身後敞開著。我爬上台階去找她。

「明天就是一號了，」我說，「四月一號，愚人節。替我留意她是否依然收到掛號信，好嗎，莫里森太太？」

那雙眼睛對我放著光，她大笑起來——老女人尖聲大笑。「愚人節，」她嗤笑了一聲，「也許她收不到了。」

我留下她一個人繼續笑，那笑聲活像是母雞在打嗝。

17

隔壁沒人理會我的按鈴聲或敲門聲，我試了又試。紗門並沒有上栓，我試著推了推房門，也沒鎖，於是我走了進去。

屋裡沒有任何改變，甚至還瀰漫著一股琴酒味。地上仍然沒有屍體，一個骯髒的玻璃杯立在馥羅安太太昨天坐過的那張椅子旁的小桌上。收音機被關掉了，我走到那張長沙發旁，伸手探到坐墊後面，依然是那位陣亡的士兵，只是現在多出一瓶躺在一起的戰友。

我喊了幾聲，無人應答。這時，我隱約聽到一聲長長、緩慢又痛苦的喘息聲，有點像是呻吟。我穿過拱門，躡手躡腳地走進走廊。只見臥室門半開著，呻吟聲就從門後傳來。我探頭朝裡面張望。

馥羅安太太平躺在床上，被子拉到下巴，被子表面結起的小毛球幾乎含在嘴巴裡。她蠟黃的長臉鬆垮，彷彿半死不活。髒兮兮的頭髮披散在枕頭上。她的眼睛慢慢地睜開望向我，毫無表情。整個房間混雜著睡眠、酒精和髒衣服的氣味，令人作嘔。一個六十九美分鬧鐘在漆面剝落的灰白櫃上嘀嗒作響，響得連牆都快被震塌了。鬧鐘上方有一面鏡子，映著那女人扭曲的臉孔。那只她翻找照片的大箱子仍是打開的。

我說：「午安，馥羅安太太，你病了嗎？」

她蠕動著嘴唇，一片蹭著另一片，然後伸出舌頭潤了潤，再讓下巴動了動。嘴裡冒出來的聲音活像是磨損的老唱片。她現在認出我了，但沒有絲毫喜悅之色。

「你抓到他了？」

「巨鹿？」

「當然。」

「還沒，很快吧，我希望。」

她轉動著眼球，然後突然睜開眼，彷彿是揭起上面的一層薄膜。

「你應該把門鎖上，」我說，「他可能會回來。」

「你以為我會怕巨鹿，嗯？」

「昨天和你談話時，你看起來是挺怕的。」

她想了想，但思考對她太耗損了，「有酒嗎？」

「沒有，今天沒帶酒，馥羅安太太。我手頭有點緊。」

「琴酒很便宜，又很猛。」

「一會兒我可能出去買些回來。這麼說，你不怕巨鹿？」

「我為什麼要怕他？」

「好吧，你不怕他。那你怕的是什麼？」

她的眼睛倏地閃出亮光，片刻之後又逐漸黯淡，「欸，滾吧，你們這些條子讓我屁股疼。」

我一言不發，靠在門框上，往嘴裡塞了一根香菸，努力往上一抖，想讓它碰到我的鼻子，這動作看來容易做來難。

「條子，」她慢吞吞地說，彷彿在自說自話，「永遠也抓不到那小子。他很厲害，有鈔票，有朋友。你們是在浪費時間，條子。」

「例行公事罷了，」我說，「反正那件事幾乎可以算是自衛。他會在哪裡呢？」

她竊笑了一聲，在被子上揩揩嘴。

「換這套了，」她說，「來軟的，條子的小聰明，你們還以為這招管用嗎？」

「我挺喜歡巨鹿。」我說。

她的眼中閃出興趣，「你認識他？」

「我昨天和他在一起，就是他在中央大道上殺死那黑鬼的時候。」

她張大嘴巴笑到前仰後合，笑聲卻比掰斷一根麵包棍的聲音大不了多少。淚水從她的眼角滾出，順著臉頰流淌下來。

「大塊頭硬漢，」我說，「不過有時心腸很軟，他迫不及待地想要找到他的薇瑪。」

她垂下眼簾，輕聲說：「我還以為是她的家人在找她呢。」

「他們也在找。不過她死了，你說的。沒機會了。她死在哪裡？」

「德州達哈市，重感冒又引發肺炎，就這樣去了。」

「你當時在場？」

「見鬼，不在。只是聽說的。」

「噢，誰告訴你的，馥羅安太太？」

「哪個舞女吧，我現在記不起名字了，來點烈酒或許有幫助，我感覺就像待在死谷[11]。」

「你看上去就像死騾子。」我心中默想，但沒說出口。「還有一件事，」我說，「問完後說不定就出去弄點琴酒。我查過你的產權資料了，也不知道為什麼。」

感覺她在被子底下僵住了，就像一個木雕，甚至連半遮著渾濁虹膜的眼皮也凍住了般，呼吸似乎也停止了。

「這房子涉及一份金額相當龐大的信託契約，」我說，「就周邊這一帶低廉的地產價格而言。持有人是個叫林賽·馬瑞歐的。」

她飛快地眨著眼，但身體其他部位毫無變化。她直勾勾地瞪著我。

「我曾經替他工作，」她終於說道，「我曾經是他家的幫傭，他一直挺照顧我的。」

我取出嘴裡那根沒點燃的香菸，漫無目的地瞧了瞧，隨即又塞回嘴裡。

「昨天下午我見過你幾個小時後，馬瑞歐先生打電話到我的辦公室，給了我一份差事。」我說。

「什麼差事？」她的聲音現在相當低啞。

我聳聳肩，「我不能告訴你，這要保密。我昨晚去見了他。」

「你這聰明的狗雜種。」她聲音含混不清，一隻手在被子底下動了動。

我盯著她沒說話。

11　位於美國加州東南部，是北美洲最熱的地方。

「條子的小聰明。」她冷笑道。

我伸手上上下下地摸著門框，它摸起來黏糊糊的，光這麼碰碰它就讓我想洗澡。

「好吧，就這樣，」我平靜地說，「我只是想知道是怎麼回事。也許什麼問題也沒有，巧合罷了，只是當時看起來似乎有點不尋常。」

「條子的小聰明，」她茫然地說，「還不是真正的條子，只不過是個低級的偵探。」

「的確如此，」我說，「那麼，再見了，馥羅安太太。順便告訴你，明天早上你可能收不到掛號信了。」

她把被子一掀，猛地坐起來，眼裡冒出怒火。她右手握著一個亮晃晃的東西。是一把柯爾特左輪小手槍，手槍很舊，磨損得很嚴重，不過看上去仍然很有威力。

「說，」她咆哮道，「快說！」

我看著那把槍，槍也看著我，只是不太穩。她握槍的手開始顫抖，眼裡依然冒著火，嘴角吐著泡沫。

「你和我可以一起幹。」我說。

她低頭，握槍的手也同時下垂。我離門口只有幾吋遠，趁著槍口下落，我鑽過門縫，溜了出去。

「考慮考慮吧！」我回頭喊道。

沒有聲音回應，什麼樣的聲音都沒有。

我疾步原路返回，穿過走廊和飯廳，步出大門。沿著小道往外走時，背脊有種異樣的感覺，像是肌肉貼著骨頭爬行。

什麼也沒發生。我走過街道，鑽進車子裡，駛離了那個地方。

三月的最後一天，卻熱得像是酷熱的夏日。我開車時很想把外套脫掉。到了七十七街分局前，兩名巡警正對著車前撞凹的保險桿皺眉。我穿過彈簧門走進去，看到一個穿制服的警官正坐在欄杆後面翻看著案件紀錄。我問他老迪是否在樓上？他說應該在吧，問我是不是他朋友？我說是。他說好，你上去吧。於是我就上了那道破樓梯，穿過走廊，敲了敲門。有人大聲應了我，我便進去了。

他正坐著剔牙，雙腿架在另一張椅子上。他看著左手大拇指，伸直手臂舉到眼前。那拇指在我看來毫無問題，但老迪神情沮喪，彷彿它已經沒救了。

他把手放到大腿上，雙腿盪到地面，目光從拇指移到我身上。他穿著深灰色套裝，桌上躺著一截嚼爛的雪茄菸蒂，正等著他先把嘴裡的牙籤吐掉。

另一張椅子上的毛氈椅墊鬆鬆地擱著，我把它翻了個面，坐下，往嘴裡塞了一根香菸。
「你。」老迪看著他的牙籤，查看是否還有些嚼頭。
「有進展嗎？」
「馬洛的？我已經不辦那起案子了。」
「誰在辦？」
「沒人。為什麼？那傢伙跑了，我們用電訊發了他的資料，他們也把這些資料都發布下去了。見鬼，他可能早就跑到墨西哥，銷聲匿跡了。」
「欸，他不過就殺了一個黑鬼嘛，」我說，「最多也只是操行不佳而已。」
「你還這麼有興趣？我以為你接了別的工作？」他那雙淡色眼珠無精打采地掃過我的臉。
「我昨晚有個工作，但沒持久。你還有那張丑角的照片嗎？」
他伸手四處摸索了一下，從記事簿底下把照片抽了出來。照片中的人依然美麗。我盯著那張臉。
「這張照片其實是我的，」我說，「如果你不需要歸檔，我想要回來。」
「應該要歸檔的，我想，」老迪說，「但我忘了。拿去吧，藏在你的帽子底下。我的檔案已經上交了。」

我把照片塞進胸前口袋裡，站起來。「好了，就這樣吧。」我說，口氣有些過於輕描淡寫。

「我好像嗅到了什麼。」老迪冷冷地說。

我瞧著桌角的雪茄，他順著我的目光望過去，趕忙把牙籤丟到地上，抓起那根嚼爛的雪茄塞進嘴巴。

「這個也不可以。」他說。

「只是一個模糊的直覺，如果真有什麼進展，不會忘記你的。」

「現在的活兒不好幹啊，我需要一點突破，夥計。」

「像你這麼勤懇工作的人的確值得來點突破。」我說。

他往拇指指甲上劃了一根火柴，因為一擦就著顯得很愉悅，然後吸著雪茄噴出的煙霧。

「我在笑呢。」我走出老迪房間的時候，他哀傷地說。

走廊上很安靜，整棟樓都很安靜。分局門前兩個巡警還在查看那個撞凹的保險桿。我開車回到好萊塢。

踏進辦公室時，電話鈴響了，我俯身探過桌子接起電話：「喂？」

「是菲力普．馬羅先生嗎？」

「是，我是馬羅。」

「您好，這裡是葛萊兒太太的家宅，柳雯．洛克里奇．葛萊兒太太想在您方便時跟您見面。」

「在哪裡？」

「這裡的地址是灣城阿斯特大道八六二號。我可以說您答應在一個小時之內趕到嗎？」

「您是葛萊兒先生嗎？」

「不是，先生，我是管家。」

「等你聽到門鈴聲，就知道是我啦。」我說。

18

這地方靠海，空氣中可以嗅到絲絲海味但看不見海。阿斯特大道在此處彎成一道長長的弧線，內側都是漂亮房屋，但靠峽谷這一側的才是真正的豪門大宅，華麗靜寂，有著十二呎高的圍牆、鍛鐵大門和裝飾性的樹籬；如果你能進去的話，宅院裡面有一種品質獨特的陽光，極為安謐，裝在隔音容器裡，僅供上流社會享用。

半開的門邊，站著一個身穿深藍色俄式外袍、寬大褶褲和黑亮綁腿的男子。他是個黝黑英俊的小夥子，肩寬髮亮，頭上斜戴著一頂帽子，帽緣投下的陰影剛好遮住眼睛。他的嘴角叼著一根菸，頭略微傾斜，像是避開煙霧。一隻手戴著光滑的黑色長手套，另一隻手裸露著，中指套著一枚沉甸甸的大戒指。

我沒看到門牌，不過這裡應該是八六二號。我停車，探身問他。他過了好久才回答，因為他得先把我、我開的這輛車看個仔細。他走向我，邊走邊不經意地把沒戴手套的手頂在臀部，是那種要引起注意的不經意。

他停在我的車前面幾英呎處，又對我打量了一番。

「我在找葛萊兒的家宅。」我說。

「這裡就是了，沒人在家。」

「有人在等我。」

他點點頭，眼睛像水面一樣閃著光，「大名？」

「菲力普・馬羅。」

「在這裡等一下。」他不慌不忙地踱回門邊，打開一扇嵌在一根巨大石柱上的鐵門。鐵門內有具電話，他對著話筒簡短地說了幾句，然後啪地關上門，走了回來。

「有證件嗎？」

我讓他看了掛在方向盤後方的駕照。「這證明不了什麼，」他說，「我怎麼知道這是你的車？」

我從點火器上拔下車鑰匙，甩開車門，鑽出汽車，離他大約有一英呎遠。他的氣息聞起來還不錯，最起碼喝的是海格牌威士忌[12]。

「你又去酒吧混了？」我說。

他笑了，用眼睛掂量著我。我接著說：

「聽著，讓我用那個電話跟管家講話，他聽得出我的聲音，這樣可以放我進去嗎？還是說我得騎到你的背上才可以？」

「我只是在這裡工作，」他輕聲說，「如果我不……」他故意不把話說完，繼續微笑。

「好小子，」我說著，拍了拍他的肩膀，「達特茅斯還是丹尼摩拉[13]出來的？」

「老天，」他說，「怎麼不早說你是警察？」

我們都咧開嘴笑了。他揮揮手，我走進那扇半開的大門。車道彎彎曲曲，兩旁是修剪過的深綠色高大樹籬，既看不見外面的街道，也看不見裡面的房子。透過一扇綠門，我看見一個日本園丁正在巨大草坪上除草，他從天鵝絨般的茫茫草坪上拔起一小把野草，對它露出日本園丁的那種冷笑。然後，高大的樹籬再次密實起來，接下來的一百呎我什麼也沒看見。最後，樹籬在盡頭圍成一個寬闊圓環，裡面停放了五、六輛汽車。

其中一部是雙門小轎車，另有幾輛是最新型的別克雙色轎車，漂亮得讓人忍不住想要立刻匯款購入；一輛黑色豪華轎車，鍍鎳的啞光百葉窗和像單車輪般大小的輪轂罩；還有一輛長車身的敞篷跑車，頂篷拉了下來。一段短而寬闊的混凝土車道通向房子側門。

左邊離停車位稍遠處，有一座低窪的花園，四角各有一座噴泉，入口處攔著一道鍛鐵門，門中間鑄著飛翔丘比特神像。燈柱上放置著半身雕塑，一張石椅，兩頭蹲伏的獅鷲各守一端。園中有一座橢圓形水塘，盛開著朵朵石蓮花，一片蓮葉上還坐著一隻碩大的石牛蛙。更遠處，一道玫瑰柱廊直導向一個類似祭壇的地方，兩側以樹籬遮擋，陽光透過縫隙在台階上灑下阿拉伯花飾般的圖案。左邊最遠處還有一座野花圃，不大，刻意砌成廢墟樣的頹牆一角附近有個日晷儀。到處都是植花，繁花似錦。

12 海格威士忌的歷史可以追溯到十八世紀，是蘇格蘭威士忌中歷史最悠久的品牌之一。

13 少年感化院。

屋宅本身也不外如是，比白金漢宮小了點，對加州而言灰了點，窗戶大概也比克萊斯勒大樓少了一點。

我躡足走到側門入口，按下門鈴，一陣低沉柔美如教堂鐘聲般的鈴聲響起。

一個穿著帶有金鈕釦條紋背心的男人來開門，他鞠了躬，接過我的帽子，今天的工作就算完成了。他身後的昏暗處站著一個身著筆挺條紋褲、黑外套、翻領襯衫，打著灰條紋領帶的男人。他的灰白腦袋向前略微探了半吋，說：「馬羅先生？麻煩您這邊請⋯⋯」

我們步下走廊，非常安靜的走廊，沒有蒼蠅嗡嗡作響。地板上鋪著東方式地毯，牆面掛著油畫。我們轉了個彎，依然是走廊。透過法式落地窗可以瞥見遠處大海的一抹藍光，我心裡忽然一驚，想起那便是太平洋，而這棟房子就建在海岸峽谷的邊緣。

管家來到一扇門前，屋裡傳出人聲，他打開門退到一側讓我進去。這是一間不錯的房間，壁爐前圍著幾張寬大的長沙發和躺椅，均是淺黃皮質。光可鑑人又不易打滑的地板上，鋪著一塊薄如蠶絲的地毯，老得像是伊索的姑媽。牆角和矮几上各插了一大束散著幽香的鮮花，牆面呈暗淡的羊皮紙色。舒適、寬敞、愜意，有一點現代感，又有一點古典韻味。除此之外，還有三個坐著、在我走進來的瞬間突然陷入沉默的人。其中一人是安．瑞爾丹，樣子和上午見到她時並無分別，只是手上多了一杯琥珀色的液體。另一個是瘦高的憂傷男子，下巴僵硬，雙眼塌陷，臉孔蠟黃，年約六十歲，或者說一副六十歲的模樣。他身穿深色西裝，別著一朵紅色康乃馨，整個人看起來很抑鬱。

第三位就是那個金髮美女了。她穿著一襲碧藍色外出服，我不太注意她的衣著，反正這類衣服都是那傢伙為她設計的，而她也會去找最適合的設計師，讓自己顯得特別年輕、把那雙碧眼襯托得更藍。她的髮色猶如古畫中的金色，髮型精心打理過，又不太著痕跡。身材曲線畢露，無懈可擊。衣飾相當簡單，只在領口處鑲了鑽石搭扣。她的手並不嬌小，但手型很好，指甲塗成刺眼的紫紅色。她衝著我莞爾一笑，看起來很輕鬆，但眼神裡有股沉靜，彷彿在緩慢細緻地思考。她的嘴唇豐腴性感。

「你能來真是太好了，」她說，「這位是我先生。替馬羅先生調杯酒好嗎，親愛的？」

葛萊兒先生與我握了手。他的手濕冷，眼神哀傷。他調了一杯威士忌蘇打遞給我。然後，他便靜靜地坐在角落裡。我喝下半杯酒，朝瑞爾丹小姐咧嘴一笑。她有點心不在焉地看著我，彷彿又想到了另一條線索。

「你能幫我們嗎？」金髮美女低頭往酒杯裡看著，慢悠悠地問，「如果你覺得可以，那我就太高興了。不過如果還要同那些黑幫惡人糾纏的話，我的損失也算不上什麼。」

「我對這件事其實並不太清楚。」我說。

「噢，真希望你能幫忙。」她又朝我微微一笑，令我渾身一震。

我喝掉剩下的半杯酒，覺得精神好多了。葛萊兒太太按了嵌在皮製長沙發扶手上的電鈴，召來一名男侍。她隨手指向托盤，男侍環顧了下四周，然後調了兩杯酒。瑞爾丹小姐仍端著先前那杯酒做做樣子，而葛萊兒先生顯然不喝酒。之後男侍走出房間。

葛萊兒太太和我各端走一杯酒，她不太含蓄地交疊起雙腿。

「我不確定能否幫上忙，」我說，「我很懷疑，應該從哪裡著手？」

「你一定可以的。」她又遞來一個笑容，「林賽．馬瑞歐對你有多信任？」

她瞥了一眼旁邊的瑞爾丹小姐。瑞爾丹小姐並未察覺，只是直挺挺地坐著，凝視著別處。葛萊兒太太看著丈夫說，「你非得為此費心嗎，親愛的？」

葛萊兒先生起身說了幾句寒暄話，諸如很高興見到我，但他現在有些不舒服，要去躺著休息一會兒，請我原諒之類的。他實在太有禮貌了，我恨不得扶他出去以示感激。

他出去了，輕輕地關上門，彷彿怕驚醒誰似的。葛萊兒太太盯著門瞧了一陣，然後又擺出笑容看著我。

「當然，你對瑞爾丹小姐是完全信任的。」

「葛萊兒太太，我從不信任任何人，她碰巧知道這件案子，她需要知道的部分。」

「好吧。」她小啜了兩口酒，然後一飲而盡，把杯子放到旁邊。

「讓這種客套的喝酒見鬼去吧，」她突然說道，「我們來好好談談。你在這一行倒算是少見的美男子。」

「這一行不怎麼乾淨。」我說。

「我也不是這個意思。做這一行賺得到錢嗎？還是這樣問太失禮了？」

「賺得不多，麻煩事倒是一堆。但樂子也挺多的，偶爾也會接到大案子。」

「一個人怎麼會當上私家偵探？你不介意我稍微打探你多一些吧？請把那張桌子推過來好嗎？這樣我可以搆到酒。」

我起身將那張擺酒的銀質大托盤沿著光潔的地板推到她身邊。她調了兩杯酒。第二杯我才只喝到一半。

「我們這一行大部分的人以前幹過警察，」我說，「我曾經在地方檢察官手下做過一陣子，後來被解僱了。」

她友善地笑著說，「不會是因為無能，我敢肯定。」

「不是，因為喜歡回嘴。你後來還接到別的電話嗎？」

「嗯……」她看看安．瑞爾丹，等待著，她的神色在示意。

安．瑞爾丹站起來，手裡端著仍是滿滿酒液的杯子走到酒桌前放下。「你們大概不會缺酒，」她說，「不過萬一沒了……還是非常感謝您與我聊，葛萊兒太太，我一個字也不會寫的，我向您保證。」

「天啊，你不會要離開了吧？」葛萊兒太太笑著說。

安．瑞爾丹咬著下唇，彷彿在下決心要把它咬掉還是吐出去或者只是留在那裡。「抱歉，恐怕我得走了。我不為馬羅先生工作，您知道的，我們只是朋友。再見了，葛萊兒太太。」

金髮美女朝她閃著笑容。「希望你很快再來坐坐，隨時都可以。」她按了兩次電鈴，於是管家出現了，他打開門。

瑞爾丹小姐快步走出去，門又關上了。之後，葛萊兒太太仍盯著它看了半晌，臉上掛著一絲淡淡的微笑。「這樣好多了，你說呢？」她沉默了一陣又說。我點點頭。「你大概會奇怪若她只是朋友，為什麼會知道這麼多，」我說，「她是個好奇的小女孩，有些事是她自己挖出來的，比如你是誰，那串玉項鍊的主人是誰；有些事只是巧合，昨晚馬瑞歐在山谷被殺時她正好經過。她正開著車四處閒晃，看到燈光就開了下去。」

「噢，」葛萊兒太太俐落地舉起一杯酒，扮了個苦臉，「這件事想來真可怕。可憐的林賽，他確實是個壞傢伙，很多所謂的朋友都是壞傢伙，但那種死法實在太可怕了。」她打了個寒顫，眼睛睜大，目光黯然。

「瑞爾丹小姐沒問題，她不會把事情說出去，她父親以前當過警察局長。」

「是的，她也告訴過我了。你沒在喝酒。」

「我在用我的方式喝。」

「你和我應該會處得不錯。林賽……馬瑞歐先生，有沒有告訴你搶劫是怎麼發生的？」

「發生在這裡和卓卡德羅夜總會之間的路上，他沒說得很清楚，對方有三、四個人。」

她點點頭，一頭金髮泛出光澤。「沒錯，你知道，這次搶劫中有件事情很古怪，他們還給我一枚戒指，而且是枚不錯的戒指。」

「他提到了這一點。」

「我其實很少戴那串翡翠項鍊，畢竟是博物館收藏級別的珍品，世上罕有。不過，他們還是搶走了。我想他們應該不會認為那值多少錢吧，對嗎？」

「否則他們會知道你不常戴它。有誰知道它真正的價值嗎？」

她陷入思考，看她沉思的樣子感覺不錯，她的雙腿仍是不怎麼含蓄地交叉搭放。

「很多人吧，我猜。」

「但他們不會知道你那晚會戴它吧？有誰知道？」

她聳了聳那淺藍色肩膀，我努力克制自己不去亂瞟。

「我的女傭。她若想偷有太多機會了，而且我信任她……」

「為什麼？」

「我不知道，我就是會信任一些人。我信任你。」

「你信任馬瑞歐嗎？」

她的表情略微繃緊，眼神流露出一絲警覺。「不是每件事，另外一些事上，我信任他。程度不同。」她很會說話，冷靜，帶一點嘲諷，可不至於咄咄逼人。她很擅於措辭。

「好吧，除了女傭，還有誰？司機？」

她搖搖頭否定，「那晚林賽開車，開他自己的車。我覺得喬治那晚根本不在，是星期四吧？」

「我不在場，馬瑞歐告訴我時是四、五天前。但星期四距離昨晚已經有一整個禮拜了。」

「好吧，是星期四。」她伸手來拿我的酒杯，手指輕觸到我的手，很柔軟。「喬治星期四晚上例行休假，你知道。」她往我的杯子裡倒了滿滿分量的蘇格蘭威士忌，又點了點蘇打水。這種酒讓你掉以輕心，一杯接一杯，結果會喝到不能自制。她自己也如法炮製了一杯。

「林賽把我的名字告訴你了嗎？」她輕聲問，眼神依舊帶著謹慎。

「他很小心，並沒透漏。」

「那他很可能在時間上也對你稍有誤導。我們來想想看，女傭和司機已經被排除，我的意思是從共謀者名單上。」

「在我看來還不一定。」

「好吧，至少我試過了，」她笑了起來，「然後還有紐頓，管家。那晚他可能看到我戴著項鍊，但它垂得很低，我還裹著一件白色狐皮披肩。不，我覺得他應該看不到。」

「我敢說你一定美極了。」我說。

「你該不會喝醉了吧？」

「我有時醉了更清醒。」

她仰起頭發出一串笑聲。我這一生只見過四個女人這樣笑起來依舊美麗，她是其中之一。

「紐頓沒問題，」我說，「他那種人不會和壞人往來，不過，這也只是猜測。那位侍者呢？」

她回想一下記了起來，搖搖頭說：「他那天沒見到我。」

「有人要求你那晚戴那串項鍊嗎？」

她的眼神立刻變得更加警戒。「你是在耍我吧。」她說。

她又拿起我的酒杯斟酒，我隨她去，雖然杯裡的酒還有一吋高。我審視著她頸項的優美線條。

她把兩個酒杯都倒滿，我們又各端一杯，我說：「我們先把事情釐清，然後我再告訴你一些事。描述一下當晚的情形。」

她拉起整條袖管，看了看腕表，「我應該要……」

「讓他等著。」

她的眼睛閃了一閃，我喜歡這個眼神。「這麼說實在有些太過直率。」她說。

「在我這行還不算。講講那晚，或趕我出去，二選一，用你那迷人的腦袋想清楚。」

說。

「你最好坐到我身邊來。」

「我想好久了，」我說，「確切地說，自從你翹起腿的那一刻開始。」

她把裙子往下拽了拽，「這鬼衣服總是縮上來。」

我挨著她在那張黃色皮質長沙發上坐下。「你做事未免太有效率了？」她靜靜地說。

我沒搭腔。

「你常做這種事嗎？」她斜睨著我問。

「幾乎不會。我空閒時是個西藏喇嘛。」

「只不過你從不會有空閒。」

「說重點，」我說，「讓我們來談談你或我還想到什麼問題……在這個案子。你準備付我多少報酬？」

「噢，這就是你說的問題啊。我還以為你要幫我找回項鍊，或嘗試著找回。」

「我得用自己的方式辦案。就是這種方式。」我長飲了一杯，杯子幾乎立在我的頭上，我甚至吞進了幾口空氣。

「而且還要調查一樁謀殺案。」我說。

「那跟這件事毫無關係，我是說，那是警方的工作，不是嗎？」

「沒錯，只不過那個可憐人付了我一百元讓我保護他，而我沒做到。這讓我覺得很愧疚，直令人想哭。我該哭嗎？」

「喝一杯吧。」她又替我們斟了一些威士忌，這酒於她彷彿水於胡佛水壩般毫無影響。

「好吧，我們說到哪裡了，」我說，盡量端穩酒杯，不讓酒灑出來，「不是女傭，不是司機，不是管家，不是侍者。剩下的只能自己來了。搶劫是怎麼發生的？你說的或許會有一些是馬瑞歐漏掉的。」

她傾身向前，一隻手托著下頜，看起來很嚴肅，卻不是那種可笑的嚴肅。

「我們去布蘭塢高地參加了一場派對，然後林賽提議去特洛奇喝幾杯再跳幾支舞，於是我們便去了。日落大道上正在施工，沙土飛揚，所以回來時，林賽就拐上了聖塔莫妮卡大道。因此我們經過了一間叫『印地歐』的破旅館，我不知為何會莫名其妙地留意到。隔街有一家啤酒屋，門前停著一輛車。」

「只有一輛車，啤酒屋前面？」

「是的，只有一輛。那是很骯髒的地方。嗯，這輛車緊跟著我們，我當時根本沒注意，毫無理由去在意。然後就在我們要從聖塔莫妮卡大道轉向阿奎羅大道時，林賽說，『我們走另一條路』，車子就拐入一條彎彎曲曲的住宅街道。這時，有輛車突然從旁邊竄過，刮到了我們車子的擋泥板，接著就停下來。一個身穿大衣，圍著圍巾，帽子壓得很低的男人下車過來道歉。他的白色圍巾繞了好幾圈，引起我的注意。我大概只看到這麼多，另外只記得他瘦瘦高高的。他一走近，我事後想起來，他根本沒走進車燈的照射範圍……」

「那很自然，沒人喜歡直視車燈。喝一杯，這次我請。」

她傾身向前，一對天然秀麗的娥眉——並沒畫眉——蹙起做思考狀。我調了兩杯酒，她繼續說：

「他一走近林賽坐的地方，就猛地用圍巾遮住口鼻，亮出一把槍對準我們。『搶劫，』他說，『安靜一點，這樣對大家都好。』這時，另一個人從另外一邊過來。」

「那是比佛利山，」我說，「加州警力最充足的方圓四哩內。」

她聳聳肩，「事情照樣發生。他們要我交出珠寶和皮包，戴圍巾的那個。我旁邊的那個始終沒講話。我把東西交給林賽。那個人還給我皮包和一只戒指。他要我們稍晚一點再報警及通知保險公司，他們打算跟我們做一筆划算、愉悅且輕鬆的生意。他說他們發現按照貨價比例來做交易會相對簡單。他看起來從容不迫，說如果非得如此的話，他們也可以透過保險公司的人操作，可是那意味著錢會被訟棍們賺走，他們不想這樣。他聽起來像是受過一些教育的人。」

「聽起來像是變裝艾迪的手法，」我說，「只是他已經在芝加哥被幹掉了。」

她又聳聳肩，我們喝了一杯。她繼續說：

「之後他們走了，我們也回家了，我告訴林賽別聲張。第二天我接到一通電話。我們家有兩部電話，一部配了分機，另一部沒有，裝在我的臥房，電話竟直接打來我的臥房。當然，這號碼也完全沒登記過。」

我點點頭，「他們花幾美元就能弄到號碼，一直都是這麼回事，一些電影界人士每個月都要更換號碼。」

我們又喝了一杯。

「我讓打電話的人去和林賽談，他可以代表我，只要不是太強人所難，我們可以交易。他答應了，之後這件事拖了一小段時間，我猜他們是想試探我們的反應。最後你知道的，我們同意付八千美元等等。」

「你能指認得出他們之中的誰嗎？」

「肯定不行。」

「藍道知道這個嗎？」

「當然。我們還要繼續談這件事嗎？真煩。」她給了我一個迷人的微笑。

「他有什麼看法？」

她打個呵欠，「可能有吧，我忘了。」

我坐在那裡，手握空杯思索著。她從我手中拿走杯子，又開始倒酒。

我接過倒滿的酒杯，換到左手，右手抓住她的左手。那隻手光滑柔軟又溫暖，摸起來很舒服。她捏捏我的手，手勁不小。是個結實的女人，可不是一朵紙花。

「我想他有個看法，」她說，「不過他沒說出來。」

「任憑什麼人都會對那些事有看法。」我說。

她慢慢地扭過頭看我，然後點點頭，「這些你都不會放過，對吧？」

「你認識他多久了？」

「噢，好多年了。他以前在我先生的電台當播音員，KFDK，我們就是在那裡認識的。我也是在那裡認識我先生的。」

「這我知道，但馬瑞歐過得像是很有錢，不是富有，而是手頭寬裕。」

「他繼承了一筆錢，之後就辭掉了電台的工作。」

「你確知他繼承了一筆錢，還是聽他自己說的？」

她又聳聳肩，捏了捏我的手。

「又或者他繼承的並不是一大筆錢，而他很快就把錢花光了，」我也捏捏她的手，「他向你借過錢嗎？」

「你有點老派，是嗎？」她低頭看著那隻被我握住的手。

「我還在工作，你的威士忌棒透了，讓我仍然可以半醒著，我並非一定要喝醉……」

「是，」她抽出自己的手揉了揉，「你一定常練手勁……在你空閒時。林賽・馬瑞歐當然是高級勒索犯，這很明顯，他靠女人過活。」

「他抓到你什麼把柄嗎？」

「我應該告訴你嗎？」

「恐怕非明智之舉。」

她大笑。「不管怎樣我還是要告訴你。有次我在他家喝到爛醉如泥，不省人事。這種情況很少發生。他趁機拍了些照片……我身上的衣服都被掀到脖子以上。」

「下流胚子，」我說，「你手上還有那些照片嗎？」

她輕拍了一下我的手腕，柔聲說：

「你叫什麼名字？」

「菲力普。你呢？」

「海倫。吻我！」

她軟綿綿地臥在我的膝上，我俯身靠近她的臉親吻起來。她閃動著睫毛，在我臉上輕啄。我湊近她的嘴，熾熱的雙唇早已微啟，舌頭像條靈捷的蛇在齒間遊走。

門突然開了，葛萊兒先生無聲無息地走進房間，我正抱著她來不及放開。我抬起頭看著他，覺得自己冰冷得像是芬尼根的雙腳，他下葬那天的那雙腳。

我懷裡的金髮美女動也不動，甚至連嘴也沒闔起來，臉上浮現半夢幻半嘲諷的表情。

葛萊兒先生輕輕地清了一下喉嚨說，「很抱歉，真的。」然後又無聲地走出了房間，眼中的悲哀深不見底。

我推開她，站起身掏出手帕抹臉。

她保持原樣，斜臥在長沙發上，一只長襪上面大方地裸露出肌膚。

「那是誰？」她口齒不清地說。

「葛萊兒先生。」

「別管他。」

我從她身旁走開，坐回我剛進房間時坐的那張椅子上。

過了半晌，她挺直身子坐起來，定定地望著我。

「沒關係，他了解，他還指望什麼？」

「我想他知道了。」

「欸，就跟你說沒關係，這樣還不夠嗎？他有病，去他的……」

「別尖起嗓子，我不喜歡尖嗓子的女人。」

她打開身邊的皮包，掏出小手帕擦擦嘴，又在小鏡子中端詳自己。

「我想你說得對，」她說，「喝了太多威士忌。今晚在貝韋迪俱樂部見，十點整。」她沒看我，呼吸很急促。

「那地方好嗎？」

「老闆是賴德．布魯奈，我跟他很熟。」

「好。」我說，仍舊覺得冷，感覺很齷齪，就像扒了一個窮人的口袋似的。

她拿出唇膏輕沾嘴唇，然後斜睨了我一眼。她把鏡子抛過來，我接住照了照，用手帕擦擦臉，之後站起來把鏡子還給她。

她身子往後一仰，脖頸裸露一覽無遺。她垂下眼簾慵懶地瞧著我。

「怎麼了？」

「沒事，十點在貝韋迪俱樂部見。別穿得太隆重，我只有一套晚禮服。吧台見？」

她點點頭，眼神依舊懶洋洋的。

我穿過房間走出去，沒有回頭。那個侍者在走廊裡等我並遞上我的帽子，像尊巨石像般面無表情。

19

我走下彎曲的車道，在修剪過的高大樹籬間穿梭，來到宅邸門口。現在看門人換成一個著便裝的壯漢，一看便知是個保鏢。他點頭讓我出去。

一陣喇叭聲，是瑞爾丹小姐的小轎車正停在我的車後面。我走過去往車裡瞧，她看起來很冷淡，帶著一臉譏諷。

她坐著，纖細的雙手戴著手套放在方向盤上，微微一笑。

「我等在這裡，雖然不關我的事。你覺得她怎麼樣？」

「我敢打賭她會把吊襪帶彈得劈啪響。」

「你非得這麼講話嗎？」她紅著臉悻悻地說，「有時候我真恨男人。老的、年輕的、踢足球的、唱歌劇的、精明的富翁、俊俏的小白臉還有那些和惡棍差不多的傢伙們……私家偵探。」

我遺憾地對她咧嘴一笑，「我知道我說話太尖刻了，現在瀰漫著這種風氣。誰告訴你他是個小白臉？」

「哪個？」

「別那麼遲鈍，馬瑞歐啊。」

「噢，明擺著。抱歉，我不是故意刻薄，我猜只要你想要，隨時都可以解開她的吊襪帶，不費吹灰之力。不過我敢保證，這類事情你絕對是晚人家一步。」

陽光下，寬闊的彎道很平靜，一輛車身漆著美麗圖案的卡車無聲地停到對街房子的門口，然後又倒車，轉進通往側面的便道。車身上漆著幾個大字「灣城嬰兒服務」。

安・瑞爾丹湊過來，她灰藍色的眼睛滿是委屈，鬱鬱不樂。她噘起稍顯過長的上唇，然後又抿回去抵住牙齒。她吐了口氣，發出尖銳的聲音。

「你大概希望我少管閒事，是吧？也不要比你先有主意。我還以為這樣是在幫你呢。」

「我不需要任何幫助，警察也不需要我的幫助。對於葛萊兒太太，我也愛莫能助。她扯了一個故事是有輛車從某啤酒屋前發動，跟蹤了他們，那能說明什麼？那是聖塔莫妮卡大道上一間髒兮兮的下三濫酒館，而對方是高檔次劫匪，他們其中有人甚至能一眼認出翡翠呢。」

「如果不是有人給他通風報信的話……」

「也不是不可能，」我說著，從口袋裡摸出一根香菸，「不管怎樣，都沒我的事了。」

「連心理醫師也無關嗎？」

我一臉茫然地瞪著她：「心理醫師？」

「天啊，」她輕聲說，「我還真以為你是偵探呢。」

「有人想把這案子壓下去，」我說，「我最好當心點。這個葛萊兒的褲兜裡塞了不少鈔票，在這個城市裡，誰有錢誰就是法律。看看警察多奇怪，不收集情報，沒有報紙報導，也就不可能有清白的陌生人跳出來提供看似微不足道、事實上卻至關重要的線索。除了沉默和讓我罷手的警告外，什麼也沒有，我一點也不喜歡這樣。」

「你還有些口紅印沒擦乾淨，」安・瑞爾丹說，「我只是隨口提一下心理醫師。好吧，再見，很高興認識你。」

她隨即按下啟動鈕，拉起手排擋，驅車絕塵而去。

我看著她離去。車子消失後，我望向對街。那個從灣城嬰兒服務卡車下來的男人正從房子側門走出，制服潔白漿挺，光看著那光澤都讓我感覺自己變潔淨了。他抱著一個紙盒鑽進車裡，開車走了。

我猜他剛剛去換了一塊尿布。

我上了自己的車，發動前看了眼手表。將近五點。

那些蘇格蘭威士忌，和任何好酒一樣，一直陪著我回到好萊塢。一路上，闖了一個又一個紅燈。

「是個好女孩，」我在車裡大聲告訴自己，「該配一個喜歡好女孩的傢伙。」沒有人搭理我，「不過我不是。」我說。仍舊沒有人搭理我。「十點在貝韋迪俱樂部。」我說。這時有人說了句：「呸。」

那聽起來像是我自己的聲音。

差一刻六點，我回到了辦公室。整棟大樓悄無聲息，隔壁的打字機聲停了，我點起菸斗，坐下來等著。

20

那個印第安人的體味真重。門鈴響起時，那股味道便濃濃地滲了進來，於是我打開辦公室與接待室中間的門去看究竟是誰。他像一尊青銅澆鑄的銅像般堵在走廊門邊，上半身異常壯碩，胸膛厚實，看上去一副流浪漢的模樣。

他穿著一套褐色西裝，上衣肩部過窄，褲子腰身也過緊。帽子至少比他的頭小兩碼，像風向標架在屋頂般勉強頂在他頭部的最頂端，上面汗漬斑斑，應該是被某個比他更適合這尺碼的人戴過。衣領密實地貼著脖子，就像馬具套在馬脖子上，連顏色也是馬具那種髒兮兮的褐色。一條黑色領帶懸在扣緊鈕釦的上衣外面，領結勒緊到豌豆般大小，彷彿用鑷子夾出來似的。裸露在髒衣領上方的粗壯脖子戴了一條寬寬的黑緞帶，就像老女人掙扎著修飾自己的老脖子。

他有一張大餅臉，厚實的肉鼻子像艦艇的艦首般硬挺；一雙眼睛像是沒有眼瞼；兩頰下垂，肩膀魁梧如鐵匠，雙腿粗短笨拙如猩猩，後來我發現它們只是短而已。如果他稍事梳洗，換上一身白袍，倒是像個古羅馬時代的邪惡元老院議員。

他的體味並非城市裡的濁臭，而是原始人的土騷味。

「啊，」他說，「快點來，現在就來。」

我回到辦公室，朝他勾勾手指，他悄無聲息地跟了進來，就像蒼蠅在牆上爬。我在桌後坐下，像專業人士那樣把旋轉椅轉得吱嘎響，然後指指對面的顧客椅。他沒坐，一雙黑色小眼睛充滿敵意。

「要去哪裡？」我問。

「啊！我，普蘭廷第二。我，好萊塢印第安人。」

「請坐，普蘭廷先生。」

他哼了一聲，鼻孔撐得好大，那鼻孔本來就大得足以鑽進老鼠了。

「我叫普蘭廷第二，不是普蘭廷先生。」

「有什麼我能效勞的嗎？」

他抬高嗓門，從胸腔發出吟詠般宏亮的聲音，「他說快點來，大白人爸爸說快點來。他說我用噴火戰車帶你來。他說……」

「行了，省省你那蹩腳的拉丁文吧，」我說，「我又不是第一次看到蛇舞的女教師。」

「瘋子。」那印第安人說。

我們隔著桌子互瞪了好一陣，不過他瞪得比我更出色，然後極為厭惡地取下帽子，把它翻轉朝上，一根手指插進吸汗帶摸了一圈，整個吸汗帶就翻了起來，看起來還真是名副其實。他從帶子邊緣取下一個迴紋夾，拿出一個面紙包住的小包丟在桌上，用啃得亂七八糟的手指氣噗噗地指了指。他稀疏的頭髮勒出一圈凹痕，拜那頂過緊的帽子所賜。

我打開紙包，裡面躺著一張名片，這名片於我來說一點也不稀奇，那三支俄式香菸的菸嘴裡也有一模一樣的三張。

我把玩著菸斗，盯著那印第安人，試著嚇住他，但他穩得像堵牆。

「好吧，他想怎樣？」

「他希望你快點來。現在就來，坐著噴火……」

錢。

「瘋子。」我說。

那印第安人樂了，他慢慢地閉上嘴巴，嚴肅地眨著一隻眼睛，然後幾乎咧嘴笑了。

「那他得支付我一百美元作預付費。」我加了一句，盡量把一百元說得像是五分錢。

「啊？」他疑心又起。好吧，只說最基本的英文。

「一百元，」我說，「鐵人、魚、數字數到一百的美元。我，沒錢，不去。懂？」我開始用十根手指數數。

「啊。大人物。」印第安人嘲諷地說。

他在那頂油膩膩的髒帽帶下摸了摸，然後掏出另一個紙包丟在桌上。我把它展開，裡面是一張簇新的百元大鈔。

印第安人把帽子扣回頭頂，沒費神把帽帶塞回去，這樣一來他的樣子就更滑稽了一點。我坐在那裡盯著那張百元大鈔，嘴巴張得老大。

「果然是心理醫師，」我終於說，「這麼聰明的人，我很害怕。」

「沒那麼多時間等。」印第安人用會話性的語言提醒道。

我拉開抽屜，拿出一把稱為「超級大賽」的柯爾特點三八口徑自動手槍。之前去見柳雯・洛克里奇・葛萊兒太太時，我沒帶它。我脫掉外套，搭上皮槍套，把槍塞進去，繫好下面的綁帶，然後再穿上外套。

印第安人對這一切視若無睹，彷彿我只是搔了搔脖子。

「有車，」他說，「大車。」

「我不再喜歡大車了，」我說，「我自己有車。」

「你，來我的車。」印第安人用威嚇的語氣說。

「我，來你的車。」我說。

我闔上抽屜，鎖好辦公室，關上電鈴，照樣不鎖接待室的門就離開了。

我們一同沿著走廊坐電梯下樓。印第安人的體味濃烈到連電梯小弟都多瞟了他幾眼。

21

那是一輛深藍色七人座大轎車，派卡德最新型訂製款，坐這種車子你得戴上自己的珍珠項鍊。車子停在一個消防栓旁邊，開車的是個膚色很深的外籍司機，那張臉像是用木頭雕刻出來似的。車內鋪著帶夾層的灰色絨布。印第安人讓我單獨坐在後座，我覺得自己像具高級死屍，被一位很有品味的入殮師擺弄著。

印第安人坐到副駕駛座，車子在道路中央橫打方向盤掉頭。街對面的一個警察喊了一聲：「喂」，聲音微弱得好像發現自己喊錯了似的，之後他便趕快彎腰繫起了鞋帶。

我們一路向西開上日落大道，車子疾馳，無聲無息。印第安人坐在司機旁邊一動也不動，身上特有的氣味不時地飄到後座。司機看起來像是快睡著了，可他飛快地超過了那些開著敞篷跑車的小子們，彷彿他們的車子只是被拖著走一般。他們一路為他大開綠燈，有些司機就是有這樣的本事，一個也漏不掉。

我們沿著光彩燦爛的日落大道行駛了一兩哩，經過招牌經常出現在電影裡的古董店，經過綴著抽花刺繡、擺滿了古老錫器的櫥窗，經過擁有知名廚師和同樣著名的聚賭房間、由人模狗樣的前紫幫成員經營的夜總會，經過盛極一時的喬治殖民時代的舊式建築，經過好萊塢經紀人在裡面開口閉口都是錢的摩登建築，還經過一家格格不入的汽車餐廳，儘管裡面的女孩都穿著白色絲質短衫，戴著軍樂隊指揮小圓帽，臀部以下只穿著閃閃發亮的小羊皮黑森傭兵靴。經過了這一切後，我們轉過一個大彎，開上比佛利山的跑馬徑。南邊一片燈光，有著光譜中的所有顏色，在無霧的夜晚顯得異常澄澈。之後，我們又經過北邊隱在山上的豪宅，經過整片比佛利山，駛上一條蜿蜒的山間小道，突然暮色漸涼，海風陣陣。

下午還挺熱的，但此刻熱氣已散盡。我們飛馳過遠處一簇有光的建築和一棟又一棟接踵而至、稍近些且燈火通明的豪宅，然後一個下坡，繞過一大片綠油油的馬球場及旁邊差不多大的練習場，接著直往山頂方向開上一條乾淨陡峭的混凝土山路。路旁有座橘園，一定是某位大財主的玩物，因為這裡並非橘子產地。漸漸地，那些百萬富翁的有燈豪宅消失了，道路變窄了，這裡就是史蒂塢高地。

鼠尾草的氣味由峽谷中飄上來，這讓我想到一個無月光的夜晚和一個死人。幾棟零星的灰泥房屋平平地嵌在山坡一側，就像一個個浮雕。再往前就看不到房子了，只有黑沉沉的山麓和頂上掛的一兩顆早亮的星，還有這條蜿蜒的混凝土窄路。路面一側是深深的山谷，覆滿了冬青葉櫟和常綠灌木，如果你停下來靜候，有時還能聽到鵪鶉的叫聲。路的另一側是未加防護的土坡，邊緣蹦出幾朵頑強的野花，就像是貪玩不肯睡的小孩。

接著，道路來了個急轉彎，車子的巨大輪胎刮擦著鬆動的石塊，引擎聲稍大地拐上一條兩旁盡是野生天竺葵的長長車道。車道盡頭，微弱的燈光點亮著一座孤獨如燈塔的高山城堡，像鷹巢矗立山頂。這個稜角分明用灰泥和玻璃磚塊砌成的建築，原始中糅雜著現代，但並不醜陋，對於一位心理醫師而言，算是個掛牌開業的好地方，沒人會聽到裡面的喊叫聲。

車子在建築物旁邊轉了個彎，這時，嵌入厚重外牆的一扇黑門上方的燈忽地亮了，印第安人嘟囔著爬出車子，打開後車門。司機掏出電打火機點燃一根香菸，一股濃烈的菸草味在暮色中裊裊地向我飄來。我下了車。

我們走到那扇黑門前，門緩緩地打開了，透著一股脅迫感。門後是一條直通房子深處的狹長過道，玻璃磚牆後隱隱亮著燈光。

印第安人低聲吼道：「啊。你，進去，大人物。」

「你先請，普蘭廷先生。」

他滿臉怒容地走進去，身後的門再次無聲而詭異地關上了，像它打開時一樣。走到狹長走廊的盡頭後，我們擠進一個小電梯，印第安人隨後關上電梯門，按下一個按鈕。電梯安靜地緩緩上升，印第安人身上的氣味之前和現在相比，簡直像是月光下的影子般淡雅。

電梯停了，門打開來，我朝著光的方向走進一個塔樓房間，白晝的最後一絲光亮正依依不捨地漸漸隱去。房間四面都有窗戶，可以看到遠處海面的粼粼波光，夜幕徐徐籠罩山陵。沒有窗戶的牆面鑲著木板，地上鋪有色調柔和的老式波斯地毯，還有一張雕工精美的會客桌，看起來像是從老教堂裡偷來的。桌子後面坐著一個女人，正對著我微笑，那笑容乾枯緊繃，彷彿你伸手一碰，就會碎成粉末。

她順滑的頭髮平整盤起，有一張黯淡、瘦削憔悴的亞洲人面孔。耳朵上掛著厚重的彩色寶石，手上戴著幾枚大戒指，其中一枚是月光石，另一枚祖母綠鑲銀可能是真的寶石，但不知怎地看起來就像是五分錢店鋪裡的手鐲一樣假，而且她的手乾瘦黝黑，皮膚鬆弛，並不適合戴戒指。

她開口了，聲音聽起來很熟悉。「噢，馬羅先森（生），你能來太好了。安瑟費（會）灰（非）常高興。」

我把印第安人給我的那張百元大鈔放在桌上，扭頭望了望身後，才發現印第安人已經搭電梯下樓了。

「抱歉，我不能接受你們的好意。」

「安瑟塔（他）不是想僱用你嗎？」她又擺出一副笑臉，嘴唇沙沙作響，就像被揉皺的衛生紙。

「我得先弄清楚那是怎樣的工作。」

她點點頭，慢吞吞地從桌後站起身來，美人魚皮般緊貼在身上的緊身裙窸窣作響。如果你喜歡腰部以下尺寸陡然大了四號的話，她正在我面前展示著這副好身材。

「我費（會）引導你。」她說。

她按下鑲板上的一個按鈕，一扇門悄無聲息地滑開，裡面泛著一片奶白色的光。我走進去之前，又回頭看了她一眼，那個笑容變得比古埃及還要老。門又在我身後無聲地關上。

房間裡空無一人。

八角形的房間裡，黑絲絨布幔從天花板垂降到地面，高高的黑色天花板可能也是絲絨的。無光澤的炭黑色地毯中央擺著一張八角形白桌，小得只容得下兩對手肘。桌子正中央的黑底座上放著一個奶白色的地球儀，這便是光源，至於它是如何發光的，我便不得而知了。桌子兩邊各有一張八角形白色小凳，像是桌子的縮小版。另外還有一張同樣的凳子緊抵著一面牆放著。整個房間沒有窗戶，除了桌椅之外，空空如也，甚至連一具牆燈也沒有。就算有第二扇門，我也沒看到。我回頭去看進來的那扇門，竟然也沒看到。

我在那裡站了大約十五秒，隱隱有種被監視的感覺。或許在某處有個窺視孔吧，只是我找不到，也放棄找了。我聽著自己的呼吸聲，房間安靜到我能聽見氣息穿過鼻子，輕柔地，就像風拂過窗簾。

這時，一扇隱形的門在房間另一頭滑開，一個男人邁進來，門隨即在他身後又闔上。他低垂著頭徑直走到桌子旁，在一張八角小凳上坐下，用我迄今為止見過的最美的手在空中揮出一道圓弧。

「請坐，對面坐。別抽菸也別侷促，盡量放輕鬆，徹底放鬆。好了，我能為你做些什麼？」

我坐下來，往嘴裡塞了一根菸，沒點燃，只是用嘴唇抿住滾動著。我仔細打量著他。他瘦削高挺，猶如一根鋼管，有一頭我所見過最淺最細柔的白髮，彷彿從薄紗中抽出來一般。他的皮膚紅潤得像是玫瑰花瓣。他可能三十五歲，也可能是六十五歲，歲月在他的身上沒留下什麼記號。他的頭髮直直地往後梳去，側面輪廓如巴里摩[14]那般完美。他的眉毛黑如炭，和牆、天花板及地板顏色一致。他的眼睛深邃，太深了，如服了藥的夢遊者那般恍惚、深不見底，像是我曾在書裡讀過的一口井，一座古堡裡存在了九百年的古井，你可以丟一粒石子下去然後等待，靜靜聆聽，當你快要放棄等待，最後哈哈一笑剛要轉身離開時，一個微弱的濺水聲從井底傳來，那聲音如此細微，如此遙遠，讓你不敢相信世上真有這樣深的一口井。

他的眼睛就像那口井一樣深，而且沒有表情，沒有靈魂，是一雙可以看著獅群將人撕碎也毫無變化的眼睛，可以看著割掉眼皮的人在烈日下被穿刺、發出哀號而無動於衷的眼睛。

他穿著一襲雙排釦黑西裝，剪裁講究好像出自藝術家的手筆。他心不在焉地看著我的手指。

「請別拘束，」他說，「那會妨礙波動，讓我無法集中注意力。」

「那還會讓冰塊融化，讓奶油流淌，讓貓咪嘎嘎叫。」

他露出這世上最若隱若現的笑容，「你來這裡不是為了無理取鬧的吧，我想。」

「你好像忘記我為什麼要過來了。還有，我把那張百元美鈔還給你的祕書了。我來這裡，或許你還有些印象，是為了那幾支香菸，塞了大麻的俄國香菸，中空的菸嘴裡捲著你的名片。」

「你想弄明白那究竟是怎麼回事？」

「是啊，應該是我付你百元大鈔才對。」

「那倒不必。答案很簡單，世界上很多事情我不知道，這就是其中之一。」

有那麼一會兒我幾乎信了，他那張臉看起來就像天使的翅膀一樣無瑕。

「那你為何要送我一百元，派那個臭烘烘的印第安傢伙來接我，開著車？順便問問，印第安人一定得那麼臭嗎？如果他為你工作，你難道不能安排他洗個澡嗎？」

14 約翰・巴里摩（John Barrymore 1882-1942），美國無聲電影最初實驗作品《唐璜》的主角。

「他是個靈媒，這種人非常稀有，就像是鑽石，而且和鑽石一樣有時是在很骯髒的地方被發現的。據我所知，你是個私家偵探？」

「對。」

「我認為你很愚笨，你看起來就很笨，還選了個笨行業，到這裡來執行一項笨任務。」

「明白了，」我說，「我很笨，強調幾次就會深信不疑。」

「看來我沒必要再耽擱你了。」

「你沒有耽擱我，」我說，「是我耽擱你。我想知道為什麼名片會跑到香菸裡去？」

他以最小幅度的動作聳聳肩，「我的名片人人都可以拿到，我不提供大麻菸給我的朋友們。你的問題依舊很笨。」

「或許這麼講會明白一些，那些香菸裝在一個廉價的中式或日式仿玳瑁菸盒裡。你見過這類菸盒嗎？」

「沒有，印象中沒有。」

「讓我講得更明白一些，這個菸盒放在一個叫林賽·馬瑞歐的人的口袋裡。聽過他嗎？」

他思索著，「是的，我曾試著治療過一次他的攝影機恐懼症，他那時想去拍電影，完全是浪費時間，電影界並不需要他。」

「這可以猜得到，」我說，「他拍電影一定會像伊莎朵拉・鄧肯[15]。我還有個大問題，你為什麼要送我一百元？」

「我親愛的馬羅先生，」他冷冷地說，「我可不是傻瓜，我的工作很敏感，我是個密醫。換句話說，我做的是那些畏手畏腳、自私自利地縮在小行會裡的一般醫生做不到的事情。我時時刻刻都處在危險中，得提防著像你這樣的人。我只是在處理前先估量一下危險的程度罷了。」

「我的危險程度簡直微不足道，是吧？」

「微小到幾乎不存在。」他禮貌地說，左手做了個奇特的手勢，猛地吸引了我的注意。然後他緩緩地把那隻手放在白桌上，盯著它看，最後他又抬起那雙深不見底的眼睛，雙臂交抱。

「你的聽覺……」

15 伊莎朵拉・鄧肯（Isadora Duncan 1877-1927），美國舞蹈家，現代舞的創始人。

「我現在聞到了，」我說，「我並沒在想他。」

我轉頭向左，印第安人正坐在靠著黑絲絨牆邊的第三把白凳上。他身上套了一件白色罩衫，坐在那裡一動也不動，雙眼緊閉，頭略微向前傾，好像已經睡了一個小時一樣。他那張黑面膛上覆滿了陰影。

我轉回頭看安瑟，他仍難以察覺地微笑著。

「我敢打賭，那肯定能唬掉老貴婦們的假牙。」我說，「他到底是幹什麼的？坐在你的膝頭唱法國歌？」

他擺了個不耐煩的手勢，「麻煩你說重點。」

「昨天晚上馬瑞歐僱我陪他出趟門，到指定地點付一筆錢給一幫歹徒。我在現場被敲昏了，醒來時發現馬瑞歐已經被殺了。」

安瑟的表情依然如故，他既沒尖叫，也沒有手足無措，但對他而言，反應已足夠強烈。他鬆開雙臂，換個姿勢盤起來，嘴巴看起來很嚴肅，之後就像公共圖書館門外的石獅子般動也不動了。

「那些香菸就是在他身上找到的。」我說。

他冷漠地看著我，「但不是警察找到的，我猜，因為警察還沒來過。」

「對極了。」

「那一百元，」他異常輕聲地說，「恐怕不夠。」

「取決於你想用它買什麼。」

「你身上帶著那幾根菸嗎？」

「帶了一根，可是它們說明不了什麼。正如你所說，任何人都有可能拿到你的名片，我只是奇怪為什麼它們會出現在那裡。你有什麼想法？」

「你和馬瑞歐先生有多熟？」他輕聲問道。

「一點也不熟。不過我對他有些看法。有些事情太顯而易見了。」

安瑟在白桌上輕敲著手指，印第安人仍在打盹，下巴沉在壯碩的胸膛上，厚厚的眼皮緊閉著。

「順便問一句，你有沒有見過一位葛萊兒太太？住在灣城的一位闊太太。」

他心不在焉地點點頭，「見過，我矯正過她的說話方式，她原來有點障礙。」

「那可真是卓有成效啊，」我說，「她現在話說得和我一樣好。」

這話並未博得他一笑，他仍用手指敲著桌子。我聽著敲打聲，感覺不太喜歡，因為它們聽上去像是某種暗號。這時，他停下來，又抱起雙臂，身子往後一仰。

「我喜歡這工作就是因為每個人都彼此認識，」我說，「葛萊兒太太也認識馬瑞歐。」

「你怎麼查出來的？」他慢吞吞地問。

我沒搭腔。

「你一定會告訴警察吧，關於那些香菸。」他說。

我聳聳肩。

「你肯定在納悶為何我還沒把你扔出去，」安瑟愉悅地說，「普蘭廷第二隨時都可以像擰斷芹菜那樣擰斷你的脖子，我自己也在納悶。你似乎有某種理論。我從來不會付勒索費，那買不回任何東西，而且，我有很多朋友。不過總是有些人想要對我不利，精神分析師、性學專家、神經學家，還有手上握著橡膠錘子、書架上擺著一大堆變態書籍的骯髒小人。當然他們全部都是……醫生，而我只是一個……密醫。你的理論是什麼？」

我試著對他怒目凝視，但沒什麼用，我發現自己在舔嘴唇。

他微微聳了聳肩，「我不怪你不想說出來。這事我得好好想想。或許你比我想像得聰明多了，我也會犯錯，同時……」他探身向前，把兩隻手都放在那顆白球上。

「我認為馬瑞歐專門勒索女人，」我說，「也是珠寶搶匪的眼線。不過究竟是誰告訴他該結交哪些女人，這樣他才好掌握她們的動向，跟她們熟絡，向她們求愛，讓她們身上掛滿閃亮亮的寶石，帶她們出門，再偷偷打電話告訴同夥們要在哪裡下手呢？」

點噁心。」

「原來，」安瑟謹慎地說，「這就是你對馬瑞歐的看法，也是對我的，我覺得有點噁心。」

我湊到離他的臉不足一吋遠的地方，「你脫離不了關係，不管你怎麼掩飾，仍然有你的份。這不僅僅是名片而已。安瑟，正如你所說，任何人都弄得到它們。也不是因為那些大麻，你不會幹那種低級的勾當，你不必冒那種險。只是每張名片後面都有空白處，在這些空白處，或者即便是有字的地方，有時也會有肉眼看不到的字跡。」

他陰鬱地笑了，不過我幾乎沒有察覺，他把手覆蓋在奶白球上。燈突然熄了，屋裡一片漆黑，像是凱羅琳・納西翁[16]的黑色女帽。

22

我一腳把凳子向後踢開，站起來想從腋下的槍套裡拔槍，但是沒用，外套扣了釦

16 凱羅琳・納西翁（Caroline Amelia Nation 1846-1911），美國活動家，禁酒令頒布前是反酒精情緒運動的激進成員。

子，而且我的動作也太慢了。遇到要開槍射人這件事，我的動作一向是嫌慢的。

空氣中竄來一陣無聲的風，我聞到那股原始的氣味，伸手不見五指的黑暗中，印第安人從身後向我襲來，按住我的手臂，把我舉了起來。其實我還是可以掏出槍來對屋裡胡亂掃射一番，但在這裡孤立無援，這樣做實在意義不大。

我於是放棄掏槍，伸手去抓他的手腕，但他的皮膚油膩膩的，很難抓得住。印第安人喘著濁重粗氣，把我往地上一摔，我的頭皮都快被震飛了。現在換成他抓住我的手了，他快速地將我的雙手反扭至身後，用他那牆角石般的膝蓋抵住我的背，揪住我的身體往後彎。我可以彎，我又不是市府大樓，他就這麼揪著我。

我試著喊了一聲，沒什麼理由。可是氣憋在喉嚨裡，就是出不去。印第安人把我從側邊拋出去，我落地後他又用雙腿絞住我的身體，把我牢牢鉗住，雙手伸向我的脖子。到如今，我有時在深夜醒來，仍感覺他的手正掐住我的脖子，仍能聞到他的體味，仍掙扎著喘不到那口氣，還有那十根油膩的手指仍在我的肉裡愈插愈深。這時我會爬起來喝上一杯，然後把收音機擰開。

我漸感不支的時候，燈又亮了，眼前一片血紅，其實是我的眼球在充血。面前晃著一張臉，有隻手輕柔地觸摸我，但另外兩隻手仍掐著我的脖子。

一個聲音輕聲說：「讓他喘口氣，稍微。」

手指略微鬆開，我掙扎著想擺脫，一個閃光的東西在我的下顎猛敲了一記。
那個聲音又輕輕地說：「讓他站起來。」
印第安人把我拎起來，雙手反扭著拖到牆邊，讓我靠牆站著。
「外行。」那聲音輕輕地說，那件閃光的東西再一次死神般又硬又苦地砸在我的整張臉上。我感覺有一股暖流淌下來，伸出舌頭舔了舔，嚐到鹹鹹的鐵味。
有隻手摸走了我的錢包，又將我全身上下的口袋翻了個遍。用紙包的香菸被掏出來打開，它變成我眼前某處模糊的一團影子。
「不是有三根嗎？」那聲音溫和地問，閃光物又朝我下巴打了一下。
「是三根。」我吸了一口大氣。
「你剛說另兩根在哪裡？」
「我的辦公桌裡，在辦公室。」
閃光物又打了我一下。「你可能在撒謊，但我會弄清楚的。」似乎有串鑰匙在我面前閃著古怪的小紅點。那個聲音又說：「再掐他一會兒。」
鐵指扣緊我的喉嚨，我的背被拉扯得緊繃，直抵著他堅硬的腹肌和嗆鼻的體味。
我抓到他的一根手指，狠命扭它。
那聲音輕輕地說：「了不起，他學得挺快。」

發光的東西又從空中劈下，擊中我的下顎，或者說那玩意曾經是我的下顎。

「放開他吧，他老實了。」那聲音說。

強悍的手臂鬆開了，我踉蹌著往前跨了一步，努力穩住。安瑟夢幻般地站在我面前，掛著一絲極淡的微笑。他那隻精緻可愛的手裡握著我的槍，他用它對準了我的胸膛。

「我可以教訓你，」他用那輕柔的嗓音說，「但又何必呢？只不過是一個骯髒小世界裡的骯髒小人物，就算有束光照在你身上，你也還是那貨色，難道不是嗎？」他微笑著，笑容如此美麗。

我用盡全身氣力往那笑容揮了一拳。

還算差強人意，他搖晃了一下，鮮血從兩個鼻孔中冒出，然後他穩住了腳步，站直身子，再一次舉起槍。

「坐下吧，孩子，」他輕輕地說，「我馬上會有訪客，很高興你打了我，這幫了我一個大忙。」

我摸尋到白色凳子，坐下，頭靠在桌上，挨著那個奶白色球體，它現在又散著柔光。我倚在桌上斜瞄著它，那光使我著迷，真是好光，美好、柔和。

我身後及四周一片死寂。

我覺得我就那般地睡著了，血跡斑斑的臉貼在桌上，那個纖瘦而美麗的惡魔拿著我的槍，面帶笑容地望著我。

23

「好吧，」大個子說，「別再拖拉了。」

我睜開眼睛坐起來。

「到另一個房間去，老兄。」

我站起身，仍是暈乎乎的。我們穿過一扇門，走到了什麼地方，然後我看清楚這是哪裡——就是那間四面是窗的接待室，窗外現在已是一片闃黑。

那個戴著古怪戒指的女人坐在桌子後面，旁邊站著一個男人。

「坐到這邊來，老兄。」

他推我坐下。這張椅子不錯，直背但很舒服，只是我此刻無心享受。桌後的女人攤開記事簿大聲朗讀著，那個年長、面無表情的灰鬍矮個子男人聆聽著。

安瑟背對房間站在一扇窗戶旁，遙望著遠處平靜的海平線，目光越過碼頭燈光，越過整個世界，眼神彷彿愛上了它。他稍稍側過頭看我，臉上的血跡已經洗淨，但鼻子已不是我初次見面的那個了，大了不止兩號。我咧嘴笑了，嘴唇上的傷口跟著綻開了。

「覺得很好玩嗎，老兄？」

我看了看這位站在面前發出聲音、剛剛推我坐下的人。他起碼有兩百磅，渾身吹腫了一般，牙齒斑痕點點，嗓音則渾厚得像是馬戲團門前吆喝拉客的小丑。他強悍、敏捷，吃紅肉的模樣，絕對沒人能隨便唬弄他。他是那種每天晚上不做晚禱，只會往警棍上啐口水的條子，不過，卻有一雙滑稽的眼睛。

他撇著腿站在我面前，拿著我敞開的皮夾，右手拇指的指甲在皮革上刮來蹭去，好像喜歡破壞東西似的，如果沒有現成的東西破壞，小東西也可以，不過人臉也許帶給他更多樂趣。

「私家偵探，嗯，老兄？大城市來的，嗯？想混點小勒索，嗯？」

他的帽子掛在後腦勺上，深棕色的頭髮被前額的汗水染得更深了，滑稽的眼睛裡布滿血絲。

我的喉嚨感覺被壓路機壓過似的，我抬手摸了摸。那個鬼印第安人，手指就像鋼條一樣。

深膚色女人闔上筆記簿不念了，留有灰色鬍子的小老頭點點頭，走過來站在跟我說話的這個人身後。

「警察嗎？」我揉著下巴問。

「你說呢，老兄？」

警察式幽默。小個子的一隻眼睛有些斜視，看起來半瞎了一般。

「不是洛杉磯的，」我看著他說，「在洛杉磯，那隻眼就得讓他退休了。」

大個子把皮夾交還給我，我仔細檢查，錢都還在，名片也都在，原本在裡面的東西都還在。我驚訝不已。

「說點什麼，老兄，」大個子說，「看看我們能不能喜歡上你。」

「把槍還給我。」

他身子略微往前一探，陷入沉思，我看得出他在思考，這讓他如雞眼發作般不適。「噢，你想要回你的槍，老兄？」他瞥了一眼旁邊那個灰色小鬍子，「他想要他的槍，」他對他說，然後又看著我，「你要你的槍做什麼，老兄？」

「射一個印第安人。」

「噢，你想射一個印第安人，老兄。」

「沒錯，就一個，印第安人，砰！」

他又看看那小鬍子，「這傢伙是個硬漢，」並對他說，「他要射一個印第安人。」
「聽著，海明威，不要重複我說的每句話。」我說。
「我覺得這傢伙瘋了，」大個子說，「他剛剛叫我海明威。他是不是瘋了？」
小鬍子咬著一支雪茄，一言不發。站在窗邊的那個高䠷美男子緩緩地轉過身來，輕聲說：「我想他可能有點精神錯亂。」
「我不明白他為什麼要叫我海明威，」大個子說，「我不叫海明威。」
年長的說：「我沒看見槍。」
他們看著安瑟，安瑟說：「槍在裡面，我收走了，這就拿給你，布蘭先生。」
大個子俯身，微微屈膝，在我臉上吹一口氣。「你為什麼叫我海明威，老兄？」
「有女士在場。」
他直起身子，「你瞧。」他看看小鬍子，小鬍子點點頭，然後轉身穿過房間。門滑開了，他走了進去，安瑟尾隨其後。
一片沉默。深膚色女人低頭看著桌子，蹙著眉。大個子盯著我的右眉，疑惑不解地慢慢搖著頭。
門再次打開，小鬍子回來了，不知從哪裡撿了頂帽子，遞到我手上。他從口袋裡掏出我的槍還給我。掂量著槍的重量，我知道子彈都被取出了，我把槍塞進腋下，站了起來。

大個子說：「走吧，老兄，離開這裡。我想，來點新鮮空氣會讓你清醒些。」

「好吧，海明威。」

「他又來了，」大個子憂傷地說，「因為有女士在場他就要喊我海明威。你說這在他腦子裡會不會是什麼髒話？」

小鬍子說：「動作快點。」

大個子抓起我的手臂，我們朝小電梯走過去。電梯來了，我們擠了進去。

24

電梯到達最底層，我們走出來，穿過狹長的走廊出了那扇黑門。外面空氣清爽怡人，而且地勢夠高，絲毫不受海面飄來的霧氣所影響。我深吸了一口氣。

大個子仍然抓著我的手臂，旁邊停著一輛車，普通的黑色轎車，掛著私人車牌。

大個子打開前門，抱怨道：「這車配不上你的派頭，老兄，不過吹吹風總會讓你好過些。這樣可以吧？我們可不想勉強你做任何事，老兄。」

「印第安人在哪？」

他微微搖頭，把我推進車裡。我坐進駕駛座右側。「噢，沒錯，那個印第安人，」他說，「你得用弓和箭射他，法律規定，我們把他放在車後了。」

我朝車後面看，空無一物。

「該死，他不見了，」大個子說，「一定是有人把他偷走了，如今你真不能隨便把東西留在沒鎖的車上。」

「快點。」小鬍子說，然後鑽進後座。海明威繞到駕駛座上，用他那硬邦邦的腹肌頂著方向盤。他發動車子，我們掉頭沿著那條兩邊開滿野天竺葵的車道駛下山去。海面吹起一陣冷風，星空如此遙遠，如此沉寂。

我們開到車道盡頭，拐彎上了那條混凝土山道，然後徐徐地沿路前行。

「你怎麼沒開車來，老兄？」

「安瑟派車去接我的。」

「那是為什麼呢，老兄？」

「一定是因為他想見我。」

「這傢伙好得很，」海明威說，「他腦子很清楚。」他朝車窗外啐了口痰，一個漂亮的轉彎，然後讓車子自行往山下滑。「他說你先打電話給他，想要勒索，於是他認為最好瞧瞧和他打交道的傢伙是什麼人。所以他才派車去接你。」

「因為他會叫幾個認識的警察來，我就用不著自己開車回家了，」我說，「很好，海明威。」

「對，又來了，好吧。他在桌子下面裝了錄音機，他的祕書記下了全部的談話內容，我們到了以後，她念給這位布蘭先生聽了。」

我回頭看看布蘭先生，他正抽著雪茄，氣定神閒地就像穿著拖鞋坐在家裡似的。他沒理我。

「她記個鬼！」我說，「多半是他們替這件案子擬好的假證據。」

「或許你願意告訴我們為什麼要去見這個傢伙。」海明威禮貌地建議道。

「你是說趁我還有半邊臉的時候？」

「噢，我們可不是那種人。」他說著，比了一個誇大的手勢。

「你和安瑟很熟，是吧，海明威？」

「布蘭先生算是認識他，至於我，只是奉命行事而已。」

「他媽的到底誰是布蘭先生？」

「就是坐在後座的那位先生。」

「除了坐在後座以外，他是他媽的什麼人物？」

「怎麼了，天啊，人人都認識布蘭先生。」

「好吧。」我說，突然間覺得疲憊極了。

接下來是更長的沉默、更多的彎道、更多緞帶般蜿蜒的混凝土山路、更多的夜色，以及更多的疼痛。

大個子說：「既然現在我們也認識了，又沒有女士在場，實在不必再研究為何你要去那裡了，但海明威這名字實在讓我不痛快。」

「一個玩笑罷了，」我說，「一個很老很老的玩笑。」

「這個叫海明威的傢伙到底是誰？」

「一個把同樣的話說了無數遍直到大家都相信那話很好的傢伙。」

「那肯定要花上好一陣子，」大個子說，「就一個私家偵探來說，你的思維相當跳躍。你的牙齒還都是自己的嗎？」

「是啊，只有幾顆補過。」

「哦，那你可真是走運了，老兄。」

坐在後座的人說：「好了，下個路口轉右。」

「好的。」

海明威小心地把車拐上一條狹窄的山邊土路，就這樣開了約一哩，鼠尾草的氣味愈來愈濃烈。

「這裡。」後座的男人說。

海明威停下車，拉起手剎車。他探身越過我推開車門。

「好了，老兄，幸會，別再回來了，起碼別再為生意回來了。下車。」

「我從這裡走回家嗎？」

後座上的人說：「動作快點。」

「沒錯，你從這裡走回家，老兄。這樣沒關係吧？」

「當然，這樣可以給我時間把幾件事情想清楚。比如，你們不是洛杉磯警察，可是你們當中一個是警察，或許兩個都是，我想你們是灣城的警察。我只是奇怪你們幹嘛要跑到轄區外呢？」

「那好像很難證實吧，老兄？」

「晚安，海明威。」

他沒回答，他們倆都沒說話。我開始往車外鑽，一隻腳踩在踏板上，身子往前傾，頭還是有點暈。

後座上的人突然快如閃電地動了一下，與其說看到，不如說是感覺到，我腳下張開一個幽暗的深淵，比黝黑的夜晚還要黑。

我沉入那個深淵，那裡深不見底。

25

房間裡充滿了煙。

那股煙直直地飄懸在空中，一縷一縷的線條，直上直下，像是用細小透明的珠子串成的珠簾。房間盡頭牆面上似乎有兩扇打開的窗戶，但是煙沒在飄盪。我從未來過這個房間，窗戶上還裝了鐵條。

我遲鈍又呆滯，感覺自己好像睡了一整年。那片煙霧真讓我煩心。我仰躺望著那股煙。過了許久，我深深地吸了一口氣，肺部一陣疼痛。

我大喊：「失火了！」

這讓我笑出聲來。我也不知道有什麼好笑的，但還是笑了出來。我躺在床上放聲大笑，我不喜歡這個笑聲，笑得像個瘋子。

喊一聲便夠了，門外立刻傳來沉重的腳步聲，接著是鑰匙插進門鎖聲，然後門被一把推開。一個人側身跳了進來，將身後的門關上，右手搭在臀部上。

他是個體型矮短的壯漢，穿著一件白色外套，眼睛形狀很奇怪，黑而扁平，眼眶外還長著些灰色小肉瘤。

我在硬邦邦的枕頭上轉過頭，打了個呵欠。

「別管它了，夥計，火滅了。」我說。

他滿面怒容地站在那裡，右手在右臀上方懸著。一張鐵青的臉透出惡意，眼睛黑而無神，膚色灰白，鼻子簡直像個貝殼。

「你是想再嚐嚐約束衣的滋味吧。」他冷笑道。

「我很好，夥計，沒事了。打了個長長的盹，可能還做了個小夢。我在哪裡？」

「在你該在的地方。」

「看起來是個好地方，」我說，「人好，氛圍好，我可以再打個小盹。」

「最好不過。」他低吼道。

他走出去，門又關上了，門鎖咔嗒一聲，腳步聲漸漸聽不到了。

那人一點也沒改善煙霧的問題，它仍懸在房間當中，到處都是，像簾子一樣，既不散去，也不飄動，完全靜止。房間裡是有氣流的，我感覺得到，但煙文風不動，像是張由上千隻蜘蛛織成的灰色羅網。我納悶他們是怎麼找來這麼多蜘蛛一起開工的。

我身上穿的是棉質法蘭絨睡衣，郡醫院病人穿的那種，沒有前開襟，縫線粗糙，質料低劣，領子一直磨著脖子。我的脖子到現在還很痛，我記起來了，伸手摸摸脖子，依然痛得要命。就那麼一個印第安人，砰！好吧，海明威。這麼說你想要當個偵探，賺大錢？九堂課，很容易，我們會提供警徽。若肯多付五十美分，還額外贈送一條疝氣帶。

喉嚨處很痛，可是正在觸摸的手指卻毫無感覺，它們可能已經變成了一串香蕉。我瞅著手指，並無異樣。不好，這些手指是郵購來的，肯定是和那些徽章、疝氣帶一道寄來的，當然還有那張文憑。

夜深了，窗外的世界一團漆黑。天花板中央用三條銅鍊子吊著一個玻璃瓷燈罩，裡面有光，邊緣圍著一圈橙、藍交替的彩色小嵌板。我瞪著它們，我對那煙霧已感到膩煩。在我的凝視下，它們漸漸打開，像一個個小舷窗，從裡面伸出許多腦袋。小腦袋，但活生生的。我看到一個男人戴著遊艇帽，有著威士忌酒標上那個行走者的大鼻子；一個頭頂闊邊帽、金髮蓬鬆的女郎；還有一個領結打歪的瘦削男人，看起來像是海邊小鎮專宰外來客的餐館侍者，他張嘴冷笑著問我：「您的牛排是要三分熟還是五分熟，先生？」

我緊緊地閉上眼睛，用力眨了眨，等我重新睜開眼睛時，看到的只不過是個假瓷碗，吊在三根銅鍊上。

可煙霧仍一動不動地懸在流動的空氣中。

我抓住粗布床單的一角，用聽了九堂簡易課程後由函授學校寄給我的麻木手指擦掉臉上的汗水。學費得預付一半，匯到愛荷華州，雪松城，二百四十六萬八千九百二十四號郵箱。神經，真是神經。

我從床上坐起，過了半晌，才勉強伸出雙腳觸碰地板，光腳板如有針扎錐刺。縫紉用品的櫃台在左邊，太太，特大號安全別針在右邊。我的腳開始有知覺，我站了起來，但用力過猛。我趕忙屈膝蹲下，扶著床邊喘著粗氣，隱約聽到床下有個聲音不斷地重複說著：「你需要喝酒……你需要喝酒……你需要喝酒……」。

我開始走路，搖搖晃晃地像個醉漢。在兩扇裝著鐵條的窗戶中間有一張白色琺瑯小桌，桌上放了一瓶威士忌，看起來形狀不錯，大概還有半瓶。我朝它走過去。不管怎樣，這世上還有很多好人。你可以對著晨報發牢騷，可以在影院裡踢旁邊觀眾的小腿，可以對那些政客們感到憤怒、心灰意冷並嗤之以鼻，但這世上還是有很多好人。就拿這位留下半瓶威士忌的先生來說吧，他的胸懷寬大得就像是梅．威斯特[17]的屁股。

17 梅．威斯特（Mae West 1893-1980），好萊塢性感女星。

我抓住酒瓶，用兩隻半麻木的手托起它舉到嘴邊，渾身大汗淋漓，彷彿舉著的是金門大橋的一端。

我咕嚕灌下一大口，酒淌了滿臉。我極其小心地放下酒瓶，還試著去舔下巴。這威士忌有股怪味。當我覺得不對勁時，看到牆角塞著一個洗臉槽，趕忙衝了過去，再遲一秒就來不及了。我吐了個七葷八素，迪奇・汀恩[18]的投球也沒如此力道。時間慢慢過去。捱著噁心、搖晃和頭暈目眩，我緊貼著洗臉槽的邊緣，發出動物般的呼救聲。

那股勁兒過去了。我蹣跚地回到床邊仰面躺下，氣喘如牛地看著那煙。現在它看起來沒那麼清晰了，甚至不怎麼真實了，也許只是我眼底的障礙物。然後，煙霧突然間全部不見了，天花板上那盞瓷燈把房間裡的每樣東西都照得鮮明。

我再次坐起身。門邊靠牆放著一把厚重的木椅，除了剛才穿白外套的男子出入的那扇門外另有一扇門，可能是個衣櫥，裡面說不定還放著我的衣服。地板上鋪著綠灰色的方格油氈，牆面刷成白色，很乾淨的一個房間。我身下的床是醫院用的窄小鐵床，但比一般的床要矮些，兩邊裝著粗厚的搭扣皮帶，位置大概在人的手腕和腳踝處。

這是個不錯的房間——倘若要離開的話。

我現在渾身上下都有了疼痛感，頭痛、脖子痛手臂也痛。我記不起手臂是怎麼回事了，於是捲起那件棉質睡衣的袖口，困惑地看著它。整條手臂密密麻麻布滿了針孔，從肘部一直延伸到肩膀，每個針孔周圍都有塊鎳幣大小的色斑。

麻藥。他們給我打麻藥要我保持安靜。可能還有天仙子胺，讓我開口。短時間內注射了過多的麻藥，引發了我剛才的譫妄。有些會發作，有些不會，全取決於你的體質。麻藥。

怪不得我會看到那些煙霧，那些頂燈邊緣的小腦袋，聽到那些聲音，生出那些亂七八糟的念頭，還有那些皮帶、鐵窗和麻木的手腳。那瓶威士忌很可能是什麼人四十八小時戒酒療程的一部分，他們故意把它留在那裡，免得我錯過。

我站起來，差點迎面撞上牆，只得躺回去，慢慢調整呼吸。我渾身刺痛，大汗淋漓，我甚至能感覺到汗珠從額頭慢慢滑落，沿著鼻翼一直流到嘴角，我傻乎乎地舔了舔。

我再一次坐起，讓雙腳穩穩踩地，然後站起來。

18 迪奇・汀恩（Jay Hanna "Dizzy" Dean 1910-1974），美國職棒大聯盟投手。

「好了，馬羅，」我咬著牙說，「你是條硬漢，六呎高的錚錚鐵漢，洗過臉後不穿衣淨重一百九十磅，肌肉結實，下巴堅韌。你挺得過去。你被人打昏了兩次，脖子差點被掐斷，還被一根敲中下巴的槍管打個半傻。你的身體被注滿了麻藥，瘋得像是兩隻華爾茲老鼠。可這一切又如何呢？例行公事罷了。現在讓我們瞧瞧你到底有多硬，比如穿上褲子。」

我又在床上躺了下來。

時間又過去了，不曉得有多久，我沒有表，反正這種時間也不是手表能度量的。我坐起來，這開始有點老套了，我站起身，開始走路。走路一點也不好玩，讓你心跳加速得像隻緊張的貓。最好還是躺回去再睡一覺，先緩緩放鬆一下。你的狀況不太好啊，老兄。好吧，海明威，我很虛弱，連一個花瓶都打不破，一片指甲也折不斷。

那可不行。我得繼續走，我是硬漢，我必須離開這裡。

我又一次躺到了床上。

第四次就好些了。我在房間裡來回走了兩趟。我走到洗臉槽，把它沖洗乾淨後靠在那裡用手掌掬水喝了幾口。我歇了一會兒，然後又喝了些水。感覺好多了。

我走啊，走啊，走啊。

走了大概半個小時，膝蓋開始發抖，但腦袋已經清醒。我再喝水，喝很多的水，喝水時，我幾乎忍不住要朝那洗臉槽大喊。

我走回床邊，真是張可愛的床，它是用玫瑰花瓣打造的，是這世界上最美的床，肯定是他們從卡蘿．倫芭[19]那裡弄來的，它對她而言太軟了，在上面躺兩分鐘抵得上我整個餘生。美麗柔軟的床，美麗的睡眠，美麗的眼睛要闔上了，睫毛垂下，輕柔的呼吸，一片黑暗，同休憩一同沉到深陷的枕頭裡……

我走啊。

他們建造了金字塔，然後厭倦了，於是拆掉，把石頭磨碎做成混凝土，拿去興建了胡佛水壩。然後他們把水引到陽光明媚的南部，以便製造一場洪水。

我不停地走，不想再被雜念困擾。

我停下腳步。我準備好可以跟某人談談了。

19 卡蘿．倫芭（Carole Lombard，本名Jane Alice Peters 1908-1942），生於美國印第安納州，童星出身的美國電影女演員、慈善家。

26

衣櫥的門上了鎖，那把椅子對我而言又太重了，那是故意的。我扯掉床單，掀起床墊拖到一旁，底下是一張結實的彈簧網，每根黑色金屬塗層的螺旋彈簧圈都約有九吋長，從頂部聯結到底部。我開始在一根彈簧上下工夫，我從沒下過這樣的狠工夫，十分鐘後，我得到了兩根血淋淋的手指和一根拆下來的彈簧。我揮了揮彈簧，它沒有亂晃，拿在手上沉甸甸的，揮起來唰唰作響。

完成所有事情後，我看到了對面的威士忌酒瓶，其實酒瓶也很好用，但我把它忘得一乾二淨。

我又喝了點水，坐在空彈簧網上稍事休息，然後走到門口，對著門鉸鍊的那側縫隙大喊：

「失火了！失火了！失火了！」

我愜意地等在那裡，不用很久，男人沉重的腳步從外面走廊直奔而來，鑰匙粗暴地插進鎖孔，用力地轉動著。

門砰一聲彈開了，我緊貼著門邊的牆壁站著。這次他帶了短棍來，一件約五吋長、裹著褐色編織皮革的漂亮小器械。看到被剝開的床，他的眼睛瞪得老大，立刻四下掃視。

我咯咯笑著，狠敲了他一記，那根彈簧打到他的側面，他一個踉蹌往前栽去，跪倒在地。我跟上去又甩了他兩鞭，他呻吟一聲。我從他綿軟的手裡奪下短棍，他哀叫連連。

我用膝蓋抵著他的臉，抵得直發疼，可他沒告訴我痛不痛。他一直呻吟，我用短棍一棒子把他打昏了。

我拔下門外的鑰匙，從裡面反鎖上房門，然後搜他的身。他身上還有幾把鑰匙，其中一把能開衣櫥，裡面掛著我的衣服，我翻遍所有口袋，發現皮夾裡的錢不見了。我回到那個白袍人身邊摸他的口袋，就他的工作而言，他身上的錢太多了。我拿回自己的錢，拖他上床，用皮帶綁住他的手腳，又在他嘴裡塞了至少半碼長的床單。他的鼻子被我打碎了，我在旁邊等了好一陣確保他能正常呼吸。

我替他難過，他只是一個努力工作的小人物，想要保住飯碗，領取週薪，說不定還有太太和小孩。真是太糟糕了。他最後只是領到了一記悶棍，這似乎不太公平。我將那瓶下了藥的威士忌放在他搆得到的地方，倘使他的手沒被綁住的話。

我拍拍他的肩，幾乎要為他掉眼淚了。

我所有的衣服，甚至槍套和槍都在衣櫥裡，只是槍膛裡沒有子彈。我笨手笨腳地穿好衣服，一邊呵欠打個不停。

床上的男人在安睡，我把他留在那裡，鎖上房門。

屋外是一條寬敞安靜的走廊，有三扇緊閉的門，門後都毫無動靜。走廊中間鋪著長長的酒紅色地毯，同樣毫無聲息。走廊盡頭有個轉角，連著另一條與之成直角的走廊，通向一座大型的老式白橡木扶手樓梯，那樓梯優雅地扭向樓下黑漆漆的走廊。底層走廊盡頭有兩扇彩繪玻璃內門，棋盤花紋的地板上鋪著厚厚的地毯。一扇微啟的門透出細微的光亮，不過仍無半點聲音。

一棟樣式如今不再有的老宅，它可能座落在一條安靜的街道上，邊上有玫瑰花籬，屋前有花叢，在明媚的加州陽光下顯得典雅、涼爽、寧靜。至於屋裡怎樣沒人在乎，只要別讓裡面的人叫得太大聲就好。

我邁出步伐走下樓梯，卻驟然聽到一陣咳嗽聲。我嚇了一跳，猛然轉身，才發現另一條走廊盡頭有扇半開的門。我躡手躡腳從長地毯上走過去，身子貼在半敞的門邊，一道楔形光束投在我腳邊的地毯上。咳嗽聲又起，很重，從胸腔深處發出的，聽起來平和自在。這不關我的事，我的當務之急是要逃出去，但我就是會好奇誰會在這棟房子裡半開著門。他可能是個值得你脫帽致敬的大人物。我又往那道光裡溜近了一點，聽到報紙翻動的窸窣聲。

我能看見屋裡的一部分了，布置得像個房間，而不像牢獄。有張黑色書桌，上面放著一頂帽子和幾本雜誌，窗戶上掛著蕾絲花邊的窗簾，地毯也算講究。

床的彈簧聲吱嘎大響，應該是個大塊頭，像他的咳嗽聲量一樣。我伸出指尖把門推開一兩吋，沒事發生。我慢得不能再慢地探頭窺看，這時我能看到整個房間了。一張床，床上的人，菸蒂從菸灰缸滿溢到床頭櫃又溢到地毯，還有一床揉皺的報紙。其中一張報紙被一雙巨手捏住對著一張巨臉，綠色報紙上端露出頭髮，近乎黑色的深色鬈髮，又濃又密，頭髮下一道白皮膚。報紙稍移了移，我屏住呼吸，床上的人並未抬眼。

他需要刮鬍子，他是常常需要刮鬍子的那種人。我之前見過他，在中央大道那個黑人開的馥羅安店裡。我曾過見他身穿一套招搖的衣服，外套上掛著白色高爾夫球，手裡端著威士忌酸酒。我曾見他像拿著玩具般攥著一把軍用柯爾特手槍，輕輕地穿過一扇被打破的門。我曾見過他做了一些無法挽回的事情。

他又咳嗽了，大聲打著呵欠翻了個身，伸手去床頭櫃拿一包皺巴巴的香菸。一根香菸進了他的嘴，拇指末端冒出一截火苗，鼻孔噴出煙霧來。

「噢。」他說，報紙又舉回臉前。

我離開那裡，沿著走廊往回走。巨鹿馬洛先生似乎被照顧得不錯。我順著樓梯走下去。

那扇微微敞開的門後傳來一陣低語，我等著另一個聲音答話，沒有，原來只是有人在講電話。我湊近門邊聽著。那聲音很低沉，純是咕噥，我什麼也聽不出來。最後電話咔一聲掛上了，屋裡又恢復了沉寂。

我該走了，走得遠遠的。於是我推開那扇門，悄悄地跨了進去。

27

那是一間辦公室，不大不小，整整齊齊，顯得很專業。玻璃門書櫥裡面盡是厚重的書，牆上掛著急救箱，白色琺瑯玻璃消毒櫃裡面正煮著皮下注射針頭和注射器。一張寬扁書桌，上面放著一本筆記簿、一把銅質裁紙刀、一套筆具、一本記事曆，除此之外別無他物，只剩下一個男人的手臂，正將臉埋在手掌中沉思。

透過他撐開的蠟黃色手指，我能看到他如浸水砂般的褐色頭髮，服貼得好像是畫在頭顱上一樣。我又走近三步，他一定是看到了我的鞋子因而抬起頭來看著我。凹陷無神的雙眼嵌在羊皮紙般的臉孔上，他鬆開手，慢慢地往後靠，面無表情地盯著我。

接著他兩手一攤，做了一個看似無助但又帶反抗的手勢，之後，他收回雙手，其中一隻離桌角很近。

我又往前邁了兩步，亮出短棍。他的食指和中指仍朝著桌角移去。

「警鈴，」我說，「今晚幫不了你。你的手下已經被我送入夢鄉了。」

他的眼神變得困倦起來，「你病得很重，先生，非常嚴重。我不建議你現在就爬起來到處走動。」

我說：「右手。」短棍啪一聲朝他的手指拍過去，那隻手像受傷的蛇一樣蜷了起來。

我繞過桌子，無緣無故地咧開嘴笑著。抽屜裡當然有把槍。他們這種人的抽屜裡永遠都有把槍，就算他們真能掏出來的話，而他們永遠掏遲一步。我把槍拿出來，是把點三八口徑的自動手槍，標準型，不如我的。但我用得著它的子彈，抽屜裡似乎沒有，於是我開始卸這把槍的彈匣。

他神不知鬼不覺地動了動，塌陷的雙眼依然滿是憂傷。

「或許地毯下還有一個警鈴，」我說，「或許連著總部老闆辦公室。別碰它。這一小時裡我已經練得很強悍，誰走進那扇門就是走進棺材。」

「地毯下沒有警鈴。」他說，聲音隱約帶有一絲外國口音。

我卸下了他的彈匣也卸下我的，將二者互換。然後我取出他上到槍膛裡的子彈，把他的槍放到桌上，再替我的槍膛上了一發子彈，走回桌子另一邊。

門上有個彈簧鎖，我背向它頂上，咔嚓一聲鎖門聲。門上還有個門栓，我也搭上。我走回桌旁，坐到一張椅子上，幾乎耗盡了我最後一分氣力。

「威士忌。」我說。

他的手開始四處遊走。

「威士忌。」我說。

他朝藥櫃走去，取出一個貼著綠色印花稅票的扁瓶子和一個玻璃杯。

「兩個杯子，」我說，「我嚐過你的威士忌，差點他媽的撞上聖卡塔利娜島[20]。」

他拿來兩個小玻璃杯，打開酒瓶封口，將酒斟滿。

「你先。」我說。

他微微笑，舉起一個杯子。

「為你的健康，先生，剩下的。」他一飲而盡，我也一飲而盡。我伸手把瓶子拿到我旁邊，等著酒精燃到心臟。我的心臟開始劇烈地跳動起來，它終於歸位了，而不再懸在一根鞋帶上。

「我做了個噩夢，」我說，「盡是蠢念頭。我夢到自己被綁在一張小床上，全身被注射了麻藥，關在釘著鐵條的房間裡。我虛弱無力，昏昏沉沉地睡著，沒有東西吃，大病一場。我是被打昏了之後送到這個地方來的。他們大費周章，我哪有那麼重要。」

他一言不發，只是注視著我，眼睛裡帶著隱隱的揣測，好像在估算我還能活多久。

「我醒來時房間到處是煙霧，」我說，「那只是幻覺，視覺神經受到刺激後的反應，或者是你們這種人的其他說法。我看到的不是粉紅色的蛇，而是煙。於是我開始大叫，招來了一個穿白外套拿短棍的莽漢，我費了好大的勁才從他手裡奪走棍子。我拿走他的鑰匙和我自己的衣服，還從他口袋裡拿回了我的錢。然後我現在站在這裡，痊癒了。你剛說什麼？」

「我沒說話。」他說。

「話要你說呢，」我說，「話就在你嘴邊等你說出來呢。這玩意……」我輕輕地揮了揮那短棍，「會讓你開口的，這是我從別人那裡借來的。」

「請馬上還給我。」他臉上帶著討人喜歡的微笑說，那笑容跟劊子手在行刑前到你的牢房來量你身高的表情一樣，一點友善、一點慈愛同時還有一點小心翼翼。你會愛上那笑容的，只要你有辦法能活到那時候。

我把短棍放在他手掌中，左手掌。

「現在請把槍給我，」他輕聲說，「你病得非常嚴重，馬羅先生。我認為你一定得回到床上躺著。」

我盯著他。

「我是桑德堡醫生，」他說：「請別再胡鬧了。」

他把短棍放在面前的桌上，笑容僵硬得像是條冰凍的魚，修長的手指像垂死的蝴蝶那樣動了動。

「拜託，槍，」他輕輕說：「我強烈建議……」

「現在幾點了，典獄長？」

他微微有些吃驚，我這時戴著手表，但它不走了。

「將近午夜，怎麼了？」

「星期幾？」

「怎麼了，親愛的先生……當然是星期天晚上。」

我靠在桌邊盡量站穩，努力思索著。我把槍舉到離他很近的地方，好引誘他試著動手來搶。

「已經超過四十八小時了，難怪我會發病。誰帶我來這裡的？」

他盯著我，左手悄悄挨近手槍。他一定是鹹豬手協會的成員，女孩們跟他一起要有麻煩了。

「別逼我動粗，」我低斥道，「別逼我捨棄優雅的禮儀和無可挑剔的英文。只需告訴我怎麼來的就好。」

他倒是很有勇氣，伸手來搶我的槍，可惜撲了空。我退後一步坐下，把槍放在大腿上。

他面紅耳赤，抓起那瓶威士忌又給自己斟了一杯迅速喝下。他深吸了一口氣，打了個顫。他不喜歡酒的味道，有毒癮的人向來如此。

「你如果離開這裡，立刻就會被逮捕。」他厲聲說，「你是被治安單位抓住……」

「治安單位不能這麼做。」

這話使他不安，輕微地，他那張蠟黃的臉開始有些表情。

「快把你肚裡賣的藥吐出來，」我說，「是誰送我進來的？為什麼，怎麼送的？我今晚的情緒很不穩定，我想去海浪中跳舞，我聽到女妖在呼喚死亡，這星期我還沒開殺戒呢。說吧，醫生，撥響那把古老的六弦琴吧，讓柔美的樂聲飄盪。」

「你是麻醉藥品中毒，」他冷冷地說，「你差點就死掉了，我不得不給你打了三針強心劑。你反抗，大聲尖叫，我們只好將你綁起來。」他說得很快，急得有些字眼含混不清，「如果你執意在這種狀況下離開醫院，是自找麻煩。」

「你剛說你是個醫生？」

「當然，我是桑德堡醫生，告訴過你了。」

「麻藥中毒是不會尖叫和反抗的，你只會陷入昏迷。再試一次，挑重點說，我只想知道一件事，是誰把我送進你這瘋人院的？」

「但是……」

「沒什麼但是不但是的，我要把你浸在水裡，讓你淹死在一大桶馬姆齊葡萄酒裡，我倒真希望我有一桶馬姆齊葡萄酒能讓自己淹進去。莎士比亞，他也懂酒。讓我們再來點這靈丹妙藥吧。」我把他的杯子拿過來，斟滿兩杯酒，「繼續吧，卡洛夫[21]。」

「警察送你來的。」

「什麼警察？」

「自然是灣城的警察，」他那不安分的蠟黃手指轉動著酒杯，「這裡是灣城。」

「噢，那位警察留下大名了嗎？」

「我記得是叫蓋貝士警官，不是開巡邏車的普通警員。他和另一位警官星期五晚上發現你神智不清地在外面晃盪，因為離這裡很近，他們就把你送過來了。我以為你是個嗑藥過度的癮君子，但我可能搞錯了。」

「這故事不錯，我沒法證明它有什麼問題。不過，為什麼要把我留在這裡？」

他攤開那雙不安的手，「我一再告訴過你，你當時病得非常嚴重，而且現在仍然如此。你想要我怎麼辦呢？」

「那我一定欠你一些錢囉？」

他聳聳肩，「當然，兩百元。」

我把椅子往後推了推，「可真便宜，你就試試看能不能拿到這筆錢。」

「如果你離開這裡，」他厲聲說，「你會立即被逮捕。」

我把身子探過桌子，對著他的臉呼氣，「不僅因為要從這裡出去吧，卡洛夫。打開牆上的保險櫃。」

他倏地躍起，「這太過分了。」

「你不打算打開？」

21 布利斯・卡洛夫（Boris Karloff 1887-1969），因參演恐怖片而出名，尤其是一九三一年的《科學怪人》。

「我絕不會開！」

「我手裡拿著的可是把槍。」

他勉強又苦澀地笑了一下。

「這保險箱可真夠大的，」我說，「而且還是新的。這槍也很不賴，你真不開嗎？」

他臉上的表情絲毫未變。

「該死，」我說，「你手上有槍時，別人不是應該對你唯命是從嗎？在這裡行不通是嗎？」

他笑著，帶著一種虐待性的愉悅感。我感覺身體一點點往後滑，眼看就要癱倒了。我在桌邊搖搖晃晃，他靜靜地等待著，雙唇微張。

我撐著桌子，用力瞪著他好一陣，然後咧開嘴笑了。他的笑容像塊髒抹布般塌了下去，額頭冒出汗珠來。

「掰了，」我說，「還是把你留給那些更厲害的人吧。」

我退到門口，開門走了出去。

大門沒有上鎖，屋前有個帶頂門廊，花園裡百花齊放，外面有一圈白色尖木圍籬和一扇門。房子位於街角。一個清涼如水的夜晚，沒有月亮。

街角的指標寫著「德斯康索街」，整條街燈火通明。我側耳傾聽警報聲，沒有。另一個指標寫著二十三街，我拖著沉重的腳步往二十五街走，然後邁向八〇〇街區。八一九號，安·瑞爾丹家，避難所。

我走了好長一段路才發現自己還拿著一把槍，而我也一直沒聽到警笛聲。

我繼續往前走。外面的空氣讓我感覺好多了，不過威士忌的效力正慢慢減退，等它消失殆盡可就慘了。沿街兩側是成排的冷杉，還有磚房，景觀看起來更像是西雅圖國會山莊而非南加州。

八一九號房子仍亮著燈，門前有條極窄的白色停車門廊，緊挨著一道高高的柏樹籬，屋前還種著玫瑰花叢。我走上去，先聽了聽動靜才按下門鈴。還是沒有警笛聲。門鈴響了一會兒，有個嘶啞的聲音透過一個可以在不開門的情況下對外通話的新式電子裝置傳出來。

「請問有什麼事？」

「是馬羅。」

也許她倒抽了一口氣，也許只是電子裝置關閉時的噪音。

門敞開了，安·瑞爾丹小姐站在那裡瞧著我，一襲淺綠色便服，眼睛睜得大大的，滿臉驚恐，在門廊燈的照射下臉色突然變得煞白。

「我的天，」她驚呼一聲，「你簡直變成哈姆雷特他爸爸了！」

28

她家的客廳裡鋪著一塊棕黃色花紋地毯，幾把白色和玫瑰色相間的椅子，黑色大理石壁爐上鑲著高高的黃銅爐架，高大的書櫃嵌在牆上，淡黃色的粗布窗簾遮著已拉下的百葉窗。

這間屋子沒有任何女人味，除了那面全身穿衣鏡和鏡前光可鑑人的地板。

我半坐半躺地陷在椅中，雙腳搭在腳凳上。我先喝了兩杯黑咖啡，又喝了一杯酒，然後吃了兩個嫩水煮蛋和一片烤麵包，接著又喝了一些黑咖啡，裡面還摻了白蘭地。這些東西我全是在飯廳裡吞下的，但我已經記不得飯廳的模樣，真是太久以前了。

我又是好漢一條了。頭腦基本上清醒，胃也直衝三壘，而非只能瞄向中外場旗杆了。

安・瑞爾丹坐在我對面，身子向前傾，雙手托著小巧的下巴，蓬鬆的金褐色頭髮下雙眼烏黑而迷離。她的頭髮裡斜戳著一枝鉛筆，看起來憂心忡忡。我對她講了一部分的經過，並非全部，尤其省掉了巨鹿馬洛的部分。

「我以為你喝醉了，」她說，「我以為你只有喝醉了才會來見我，我以為你和那金髮女郎出去約會了，我以為……我不知道我都以為了什麼。」

「我敢打賭你不是靠寫作掙來這些的」，我邊說邊環顧四周，「即便有人花錢買你那套你以為的胡思亂想。」

「也不是靠我爸收受警察的賄賂換來的，」她說，「才不像現在他們弄上去的那個懶肥警察局長。」

「這不關我的事。」我說。

她說：「我家原來在德爾瑞區有幾塊地，他們哄他買下來時只是沙地，誰知道下面挖出了石油。」

我點點頭，端起精緻的水晶杯，一飲而盡，不論裡面裝的是什麼，都很好喝，感覺暖暖的。

「男人可以在這裡安家，」我說，「即刻拎包入住，東西都是現成的。」

「如果他真是那種人的話，而且得有人想要他住進來。」她說。

「就是沒有管家，」我說，「這有點難辦。」

她臉紅了，「可是你，你寧願讓人把腦袋打成漿糊，手臂上插滿針孔，下巴當做籃板。天知道還有完沒完。」

我沒吭聲，實在是太累了。

「至少，」她說，「你還想到要去檢查那些過濾嘴，之前聽你在阿斯特大街上講話的口氣，我以為你把這些都漏掉了呢。」

「那些名片說明不了什麼。」

她狠狠地瞪了我一眼，「你坐在這裡只是想告訴我，那傢伙找了兩個臭警察把你揍了一頓，又把你當酒癮患者關了兩天，只是為了讓你今後少管閒事？事情已經如此明朗，你完全可以離得遠遠的，為什麼非要伸出頭去挨上一棍子？」

「這話應該我來說才對，」我說，「完全是我的風格，粗莽。什麼事情很明朗？」

「那個舉止優雅的心理醫師不過是個高級流氓罷了，他挑選好獵物灌下迷魂湯，再指使那幫暴徒去打劫她們的珠寶。」

「你真覺得是這樣？」

她瞪著我。我喝完杯裡的東西，臉上再度擺出有氣無力的神情。她視若無睹。

「我當然這麼覺得，」她說，「而且，你也這麼覺得。」

「我認為事情比這更複雜。」我說。

她柔和的笑容裡同時又透出刻薄，「請再說一次，我一時忘記你是個偵探了。事情當然要很複雜，對吧？案子太簡單也許會有失顏面。」

「事情比這更複雜。」我說。

「好吧，我洗耳恭聽。」

「我也不曉得，只是感覺如此。我還能再來一杯嗎？」

她站起來，「你有時得嚐嚐水的滋味，沒什麼理由。」她走過來拿走我的杯子，「這是最後一杯了。」她走出房間，接著傳來清脆的冰塊碰撞聲。我閉上雙眼，聆聽著這微小、無足輕重的聲音。我不應該來這裡的，如果他們對我的了解如我的猜測，他們可能會找到這裡來，到時就麻煩了。

她端著杯子回來了，沾著沁涼酒杯的冰冷手指觸到我，我握著它們，然後緩緩放開，那感覺就像你在山谷中做了個美夢，卻因陽光拂面逼得你非醒來不可那般不捨。

她臉一紅，走回自己的椅子坐下，煞有介事地調整著姿勢。

她點燃一根菸，看著我喝酒。

「安瑟是個心狠手辣的傢伙，」我說，「可是我不覺得他是珠寶搶匪的幕後主使，也許我弄錯了。假使他是的話，又以為我抓住了他什麼把柄，我絕不可能活著走出那個瘋人院。不過，他心裡肯定有鬼，直到我向他扯了一個用隱形墨水留訊息的謊之後，他的態度才突然強硬起來的。」

她鎮定地看著我，「有那事嗎？」

我咧嘴笑了，「即便有，我也沒看到。」

「把關鍵訊息這樣子藏起來可真奇怪，你不覺得嗎？在香菸的過濾嘴裡，可能別人永遠都不會發現。」

「我的想法是，馬瑞歐在害怕什麼。如果他遭遇不測，那些名片就會被發現，警察肯定會仔細篩檢他口袋裡的每樣物品。這也是讓我困惑的地方，如果安瑟是個壞蛋，他是不會留下任何東西的。」

「你是說如果是安瑟殺了馬瑞歐，或是派人殺了他，就不會留下證據？但馬瑞歐所了解的安瑟的情況也許和這起謀殺沒有直接關聯。」

我往後靠住椅背，喝完那杯酒，做出正在思索這個問題的樣子，然後點點頭。

「但是珠寶搶案和謀殺有關，而且我們目前認為安瑟和珠寶搶案有關。」

她的眼睛閃出一絲狡黠。「我敢說你肯定累壞了，」她說，「要不要上床休息？」

「在這裡？」

她的臉倏地紅到髮根，揚起下巴，「正是此意，我又不是小孩子，誰管得了我在何時何處做什麼。」

我把杯子推到一旁，站了起來。「難得我會有細膩的一刻，」我說，「如果你不太累的話，能開車送我去計程車招呼站嗎？」

「你這該死的傻瓜，」她氣鼓鼓地說，「你被人打成了肉醬，又被注射了天知道多少的麻藥，我覺得你需要好好睡一晚，這樣第二天清早起來才能精神煥發，重新做你的偵探。」

「我想我會睡晚一點。」

「你應該上醫院去的，你這個蠢蛋！」

我聳聳肩，「聽著，」我說，「我昨晚腦袋不太清醒，覺得不應在這裡逗留太久。我手上沒有任何證據可以對付那幫人，但他們似乎很不喜歡我。不管我說什麼，可能都沒有法律效力，而且這座城市的法律系統又如此墮落。」

「這座城市挺不錯的，」她尖銳地說，呼吸有些急促，「你不能這樣去判斷……」

「好吧，這城市不錯，芝加哥也是，你可以住上很長時間都不會見到衝鋒槍。對，這確實是個好城市，可能不比洛杉磯更壞。可是在大城市你只能收買一小塊區域，而在這種規模的小城，你卻可以把它整個買下，連同包裝盒外加棉紙。這就是差別，所以我才想要快些離開。」

她站起身，向我揚起下巴，「你現在就躺到床上去，就在這裡。我還有一間客房，你可以馬上進去……」

「你保證會把自己的房門鎖上？」

她紅著臉咬住嘴唇。「有時我覺得你是天下無敵大英雄，」她說，「但有時又覺得你是我見過的人裡最可惡的無賴。」

「不管我是哪種人，你願意送我去搭計程車嗎？」

「你就待在這裡，」她厲聲道，「你不舒服，身體虛弱得很。」

「我還沒病到不能自己拿主意。」我惡毒地說。

她飛快地衝出客廳，險些絆倒在通往走廊的台階上。回來時，她在便服外披了一件長法蘭絨外套，沒戴帽子，那頭蓬鬆的微紅色頭髮像她的臉孔一樣怒氣衝天。她砰地打開一扇側門，一把把門甩開衝了出去。車道上響起噔噔噔的腳步聲，車庫門被輕聲拉起，車門打開又砰地關上，啟動器點著火，引擎發動了，車燈光線從客廳敞開的法式落地窗射進來。

我從椅子上撿起帽子，關了幾盞燈，注意到落地窗上裝的是一把耶魯彈簧鎖。關門前我回望了一圈，這是個不錯的房間，穿著拖鞋在裡面走來走去會很不錯。

我關上門，那輛小轎車平穩地滑到我身旁。我繞過後面上了車。

她直接把我送回家，一路上雙唇緊閉，氣呼呼的。她把車開得飛快，我在公寓門前下車時，她冷冷地道了句晚安，便把小轎車在路中央掉頭絕塵而去，我連鑰匙都還沒掏出來。

公寓大門晚上十一點就關了，我用鑰匙開門，經過永遠散發著霉味的前廳，走上幾個台階進到電梯裡，搭到我的樓層。員工專用門前面立著幾個牛奶瓶，紅色安全門隱約可見，那裡還裝著一扇紗門，氣流懶洋洋地飄過，趕不走做菜的油煙味。我回家了，睡夢中的世界，無害得像隻熟睡中的貓。

我打開房門，走進去嗅著裡面的味道，就這樣背靠著門靜靜地站了好一會兒，然後才把燈打開。空氣中有股家的氣息，夾雜著灰塵和菸草的味道，有人住而且還會長久生活下去的味道。

我脫下衣服爬上床，做了好幾個噩夢，幾次冷汗淋漓地驚醒。但到了早上，我又是一條好漢。

29

我穿著睡衣坐在床邊，考慮起床又不太情願。我不太舒服，但沒想像中那麼難受。如果我是拿固定薪水的上班族，可能還會更難受些。我的頭很痛，感覺腫脹又滾燙，口舌乾燥生苔，喉嚨緊繃，下巴僵硬。不過，這還算不上是最難過的早晨。這是個霧濛濛的早晨，尚不太熱但可能很快就會變熱。我把自己拖下床，揉了揉因過度嘔吐而發痠的胃。我的左腳還不錯，不覺得痛，所以我得大力用它踢一下床腳。

我一邊咒罵，一邊聽到一陣急促的敲門聲，跋扈到想讓你拉開道門縫，砸出去一把飽滿汁濃的覆盆莓，再用力甩上門。

我還是把門開了不止一道縫。藍道警官站在門外，身穿一襲咖啡色華達呢西裝，頭上隨意地戴著一頂豬肉派帽[22]，看起來乾淨俐落，一本正經，眼神透出一絲不快。

他輕推了一下門，我讓開一步。他走進來關上門，環顧四周。「我找你兩天了。」他說，並沒看我，只是審視著屋內。

「我病了。」

他邁著輕快的步伐在房間裡遊走，米灰色的頭髮油亮亮的，他把帽子挾在腋下，兩手插在口袋裡。就警察而言，不算是個大塊頭。他從口袋裡抽出一隻手，小心地把帽子放在一堆雜誌上面。

「不在這裡。」他說。

「在醫院。」

「哪家醫院？」

「一家動物醫院。」

他的臉好像被我搧了一巴掌般抽搐了一下，臉色陰沉下來。

「一清早就開這種玩笑？」

我默不作聲，點燃一支香菸，抽了一口，又趕快回到床上坐下。

「你這種傢伙無可救藥了，對吧？」他說，「唯一的辦法就是把你丟進牢裡。」

「我病了，而且到現在都還沒喝咖啡，你不可能指望我會妙語連珠。」

「我告訴過你別插手這件案子。」

「你不是上帝，甚至連基督耶穌也不是。」我又抽了口菸，身體某個部位又疼起

---

22 Pork Pie hat，類似紳士帽，帽冠形似豬肉派。

來，不過總好過沒有感覺。

「如果弄清楚我能怎麼找你麻煩的話，你準會大吃一驚。」

「可能吧。」

「你知道為什麼我還沒那麼做嗎？」

「算是吧。」

「為什麼？」他略微向前傾身，如梗犬般敏銳，閃著那種警察遲早會換上的冷酷眼神。

「因為你找不到我。」

他仰了回去，腳後跟在地上蹭著，臉色稍微明亮了些。「我以為你會說些別的，」他說，「如果你說了，我就會一拳砸在你的下巴。」

「兩千萬美金也嚇不倒你，不過你也許會聽命行事。」

他喘息沉重起來，嘴巴微張。他異常緩慢地從口袋裡掏出一包香菸，撕開外面的包裝紙，他的手指微微顫抖著。他把一根香菸塞進嘴裡，走到放雜誌的桌前拿起一盒火柴，小心翼翼地點燃香菸，把火柴抖在菸灰缸裡而不是地板上，然後，吸了一口菸。

「我前幾天在電話裡提醒過你，」他說，「星期四。」

「星期五。」

「對，星期五。但沒起作用，我了解原因，但我不知道你當時已經掌握了一些證據，因此只是根據案件情況給了你一些建議。」

「什麼證據？」

他沉默不語地盯著我。

「你要來些咖啡嗎？」我問，「可以讓你有人性一點。」

「不。」

「我要喝。」我站起身，走向廚房。

「坐下，」藍道突然厲聲說，「我的話還沒說完呢。」

我繼續走到小廚房，往水壺裡灌了些水，把它放在爐上煮，又從水龍頭接了杯涼水喝，接著又喝了一杯，然後，我端著第三杯水走回去，站在門口看著他。他沒挪動過，煙霧像帷幕一樣聚在他身側，他正看著地板。

「葛萊兒太太讓我去見她的，這有什麼問題？」我問。

「我指的不是那件事。」

「是，但你剛才指的是這個。」

「她沒讓你去，」他抬起眼睛，眼神依舊冷酷，突出的顴骨上依舊染著緋紅，

「是你送上門強迫和她談，然後又用醜聞逼她給你一份工作。」

「真好笑，印象中我們根本沒談到工作，她的說辭對我毫無意義，我是說，沒什麼值得我去推敲的。整件事情毫無頭緒。當然，我猜她已經告訴你了。」

「她是告訴我了。聖塔莫妮卡那個啤酒屋賊窩，但那也沒有任何意義，我在那裡什麼也查不到。對街那家旅館也不乾淨，可是沒有我們要找的人。淨是些小混混。」

「她說我強迫她嗎？」

他的目光微微一垂，「不是。」

我笑了，「來點咖啡？」

「不。」

我走回小廚房煮咖啡，等著它一滴一滴滴下。這次藍道跟在我身後，站在門口。

「據我所知，這幫珠寶搶匪在好萊塢及周邊已活動了十多年，」他說，「他們這次越過界了，殺了人，我想我知道為什麼。」

「嗯，如果這是一起搶案，而你又破了案，那將會是我住在這個城市以來首次破獲的犯罪集團謀殺案。我起碼能數出一打這樣的案子來。」

「你這麼說實在是太好了，馬羅。」

「說錯的話，還請指正。」

「見鬼，」他暴躁地說，「你沒說錯，紀錄上是破過幾起案子，可是其實只是代罪羊，某些小混混為幕後大老闆頂了罪。」

「是呀。咖啡？」

「如果我喝的話，你願意和我正經說話嗎？男人對男人的談話，別耍俏皮話？」

「我試試，但我不能保證毫無保留。」

「我能接受。」他酸酸地說。

「你這身西裝不錯。」

他的雙頰又染紅了。「花了二十七塊五。」他氣哼哼地說。

「噢，天哪，來了個敏感的警察。」我說著回到爐子旁。

「聞起來挺香，你怎麼煮的？」

我倒咖啡，「法式滴漏，粗研磨咖啡，不用濾紙。」我從壁櫥裡拿出糖，又從冰箱裡取出奶精。我們在牆角面對面坐下。

「你剛才是在說笑話嗎，你說你病了，待在醫院？」

「不是。我遇到了一點小麻煩，在灣城，他們把我送了進去。不是牢房，而是一個給人注射麻藥灌酒精的私人醫院。」

他的目光飄忽，心不在焉，「灣城，嗯？你就是喜歡自討苦吃，不是嗎，馬羅？」

「不是我喜歡自討苦吃，而是我剛好吃到苦頭。不過這次的事情前所未有，我被打昏了兩次，第二次還是被一個警官還是一個樣子像警官、自稱是警官的人打的。他們用我的槍砸我的頭，讓一個印第安莽漢掐我的脖子，然後我昏迷不醒地被丟進這個麻藥醫院，關在房間裡，多半時間很可能還被綁在床上。然而除了身上有不少瘀傷，左臂布滿針孔外，我無法證明任何事。」

他死死盯住桌角，「灣城。」他緩緩地說。

「名字聽起來像一首歌，在骯髒浴缸裡唱的歌。」

「你去那裡做什麼？」

「我沒去那裡，是警察把我帶去的。我之前是到史蒂塢高地見一個人，那裡還是洛杉磯。」

「一個叫朱爾斯．安瑟的人，」他靜靜地說，「你為什麼要藏起那幾根香菸？」

我看著杯子，心裡咒罵那個該死的小傻瓜，「這事看起來很古怪。他，馬瑞歐，帶了只多餘的菸盒，裡面裝了大麻菸。看來他們在灣城的作法是把大麻製成俄國香菸的模樣，中空菸嘴，羅曼諾夫紋章，一應俱全。」

他把空杯子推向我，我往裡面又加滿咖啡。他仔細地審視著我的臉，一個毛孔也不放過，就像福爾摩斯用放大鏡或宋戴克用他的小型顯微鏡檢查似的。

「你早該告訴我的，」他悻悻地說，然後喝了一小口咖啡，用公寓專供的那種鑲邊餐巾擦擦嘴，「但菸不是你藏起來的，那女孩告訴我了。」

「噢，好吧，見鬼，」我說，「這年頭在這個國家男人什麼都別幹了，總有女人插一腳。」

「她喜歡你，」藍道說，口氣就像電影裡的聯邦調查局探員，帶點憂傷但男子氣概十足，「她父親是個因為太正直而丟了飯碗的警察，她沒必要管這事，但她喜歡你。」

「她是個好女孩，不過不是我喜歡的類型。」

「你不喜歡好女孩？」他又點燃一根菸抽起來，然後用手搧開眼前的煙霧。

「我喜歡冷豔世故的女孩，鐵石心腸，渾身承載著罪惡。」

「她們會把你榨得一文不名。」藍道冷淡地說。

「沒錯，我還不清楚嗎，你看我現在這模樣。」

他笑了，今天破天荒頭一次，他可能每天只允許自己這樣笑四次。

「從你這裡我沒套出什麼話來。」他說。

「我跟你說說我的看法，不過你可能早就想到了。這個馬瑞歐是個專門勒索女士的傢伙，因為葛萊兒太太幾乎就要脫口而出了。不過他絕沒這麼簡單，他還是那幫珠寶搶匪的眼線。他出入各種社交場所，設法與受害者結交，然後設下圈套。他會接近那些他能帶出去的女人，跟她們約會，把她們的底細摸個透徹。就拿上週四這樁搶案來說，裡面漏洞百出。如果不是馬瑞歐開車，如果他沒帶葛萊兒太太去夜總會，或者不是選那條經過啤酒屋的路，搶案就不會發生。」

「司機也可能開車，」藍道分析道，「不過這也改變不了什麼。司機不可能讓人用槍抵著自己的臉，就憑一個月九十元。但馬瑞歐不可能在與女人獨處時捲入太多搶案，否則事情會傳開。」

「這種事情的關鍵點就在於它不會被傳開，」我說，「鑒於珠寶可以用低廉的價格贖回。」

藍道向後一靠，搖搖頭，「你的故事還不夠說服我，女人什麼都喜歡談論，馬瑞歐的詐騙手法遲早都會傳開。」

「很有可能，所以他們才把馬瑞歐幹掉了。」

藍道木然地盯著我，手中的杓子在空杯中攪動著，我拿起咖啡壺但被他一手揮開。「繼續說下去。」他說。

「他們利用夠他了，馬瑞歐對他們來說已經毫無用處了，正如你所言，外面已經開始有關於他的傳聞。不過這幫搶匪不是你想退出就能輕易退出的，你上了賊船就身不由己，所以最近這起搶案是專門為他設計的，最後一次。你想，相對這串翡翠項鍊的真正價值而言，他們的要價實在太低了。馬瑞歐負責聯絡，但他還是害怕了，最後一刻他決定放棄單獨行動，而且他想出一個小伎倆，就是如果他遭遇不測，他身上的某些物件就會指向另一個人，一個冷酷毒辣卻聰明到足以成為搶匪頭目的人，一個身分特殊又能取得有錢女人信息的人。這是個挺幼稚的把戲，但確實起了作用。」

藍道搖搖頭，「搶匪會搜他的身，把他剝個精光，甚至乾脆直接把他丟進大海。」

「不，他們想讓作案手法看起來很業餘，他們還想繼續作案，說不定已經另有眼線了。」

藍道仍舊搖頭，「但香菸指向的那個人不是這種人，他在自己的本行做得很成功，我調查過了。你怎麼看他的？」

藍道的眼神一片空洞，太過空洞了。我說：「對我而言，他是個極其陰險歹毒的傢伙，而且錢怎麼賺都不會嫌多的，對吧？畢竟，精神治療那種職業在任何地方也只能紅極一時。一開始，人們會為了趕時髦蜂擁而至，但等風潮消退後，這門生意便會無以為繼。我是說，假設他真的只是個靈媒而已，就像電影明星一樣，至多走紅五年吧，這是極限了。但若是給他幾條門路讓他可以利用那些有錢女人隱私的話，他可就能發不少橫財。」

「我會更徹底地調查他，」藍道說著，還是那副空洞眼神，「但我現在對馬瑞歐更有興趣。讓我們再回頭說，回到最開始，你是怎麼認識他的？」

「他打電話來找我，他在電話簿上挑中的，至少他是這麼說的。」

「可是他有你的名片。」

我做出很驚訝的樣子，「沒錯，我把這事忘記了。」

「你有沒有想過他幹嘛挑了你的名字，先不管你的健忘。」

我越過咖啡杯上緣盯著他，我開始有點喜歡他了，他的背心後面除了襯衫之外，還有許多其他的料。

「所以這才是你來這裡的真正原因？」我問道。

他點點頭。「其他的，你知道，只是閒聊。」他禮貌地對我笑笑，等著我開口。

我又倒了些咖啡。

藍道側身靠過來，看著那張米色桌子，「積灰塵了。」他心不在焉地說，然後挺直身子，望著我的眼睛。「也許我應該換個方式看待這件事，」他說，「比如，我認為你對馬瑞歐的直覺是對的，他的保險櫃裡有兩萬三千元現鈔，順便說一下，我們費了好大的勁才找到這個保險櫃。此外，那裡面還有些金額可觀的債券和一份關於西五十四街產業的信託契約。」

他拿起湯匙輕輕敲著咖啡碟的邊緣，臉上露出笑容。「這你有興趣嗎？」他溫和地問我，「地址是西五十四街一六四四號。」

「有。」我含糊不清地說。

「噢，馬瑞歐的保險櫃裡還有好幾件珠寶，都相當值錢，但我認為不是他偷來的，很可能是得來的禮物，這一點留給你去琢磨。他不敢賣掉那些珠寶，出於他心裡的某種聯想。」

我點點頭，「他會覺得那是偷來的。」

「是的。起初那份信託契約並沒有引起我的注意，我告訴你是怎麼回事，就是你們最恨的警察得幹的事。我們從邊遠地區調來了所有凶殺案以及可疑死亡案件的卷宗，我們應當當天閱畢，這是規定，就像你沒有搜查令就不得搜屋，沒有合理依據就不得搜身一樣。但我們違規了，這是不得已的，有些卷宗是我今天早上才查閱的。然後我就讀到了上星期四發生在中央大道上的黑人謀殺案，嫌犯是一個叫巨鹿馬洛的有前科的凶悍角色，這案子還有一個目擊證人，如果那個證人不是你的話，任憑處置。」

他微笑著，柔和地，今天第三次，「要繼續嗎？」

「我聽著呢。」

「這都是今早的事，懂嗎？於是我看了一眼是誰呈的這份報告，我認識的，老迪。我就知道這案子肯定是不了了之了，老迪就是這樣的傢伙。好吧，你去過克里斯藍這地方嗎？」

「去過。」

「嗯，離克里斯藍不遠處有些小屋，用舊貨車車廂改造的。我在那裡也有一間，不過不是用貨車車廂改的。這些車廂是用卡車載去的，不管你信不信，現在它們下面的輪子都已經卸掉了。如果讓老迪到這種車廂裡去控制剎車，他肯定會幹得很出色。」

「這話可不太客氣，」我說，「他是你的同事。」

「所以我去拜訪了老迪，他哼哼哈哈了一陣子，啐了幾口痰，然後說你提過一個叫薇瑪的女孩，是馬洛當年的老相好。還說發生凶殺案的那間餐館以前是白人地盤，馬洛和那女孩都曾在那裡工作過。你去見了之前白人老闆的遺孀，她的住址就是西五十四街一六四四號，正是馬瑞歐擁有信托契約的那棟房子。」

「是嗎？」

「於是我想這一個早上的巧合實在太多了，」藍道說，「然後我就來這裡了。到目前為止這一切我都還能接受。」

「麻煩的是，」我說，「這件事只是看起來複雜。這個叫薇瑪的女孩已經死了，根據馥羅安太太說。我有她的照片。」

我走進客廳，把手伸向西裝口袋，半途中突然覺得奇怪又空虛。但他們並沒有拿走照片。我把照片掏出來，拿去廚房，將那張小丑裝女孩照片丟到藍道面前。他拿起它仔細端詳。

「沒見過她，」他說，「另外一張也是？」

「不是，這是葛萊兒太太的剪報照，安・瑞爾丹弄來的。」

他瞧著它點點頭，「如果我有兩千萬，也願意娶她。」

「還有一件事情我該說的，」我說，「昨晚我氣瘋了，差點想要單槍匹馬去把那地方轟了。那家醫院在灣城二十三街靠近德斯康索街，是個叫桑德堡的人開的，他自稱是醫生。那裡還是罪犯窩藏點，我昨晚瞥見巨鹿馬洛了，在一個房間裡。」

藍道靜坐在那裡看著我，「你確定？」

「錯不了，他是個大塊頭，巨人。他的模樣絕不是你曾看過的任何人。」

他依然坐在那裡看著我，一動也不動，然後慢慢地從桌後站起來。

「我們去見見這個馥羅安寡婦吧。」

「那馬洛呢？」

他又坐下來，「把來龍去脈都告訴我，仔細點。」

我講了一遍，他目不轉睛地盯著我，我甚至覺得他連眼睛都沒眨過。他呼吸時嘴巴微張，身子一動也不動，只是用手指輕輕敲著桌子邊緣。等我講完後他開口道：

「這個桑德堡醫生長什麼樣子？」

「像條毒蟲，說不定還是個毒販。」我盡所能地描述給藍道。

他輕輕走進另一間房，坐在電話旁。他撥了號碼，低聲講了很久，然後走了回來。我剛剛又煮好了些咖啡、幾顆蛋，烤了兩片麵包並塗上奶油。我坐下來吃。

藍道在對面坐下，以手抵著下巴，「我讓州政府緝毒小組派一個人去那裡看看，他會聲稱接到投訴，要求進行調查。他或許能找到些線索，不過他抓不到馬洛，馬洛在你昨天晚上離開那裡的十分鐘後就走了，這一點我敢打包票。」

「為什麼不是叫灣城的警察過去？」我往雞蛋上撒了些鹽。

藍道沒說話，我抬起頭，才發現他滿臉通紅，神情不快。

「就警察而言，」我說，「你是我見過最敏感的。」

「快點吃，我們得出發了。」

「吃完後我還得洗澡刮鬍子換衣服呢。」

「不能就穿睡衣嗎？」他挖苦地問。

「灣城已經墮落至此了嗎？」我說。
「那是賴德・布魯奈的城市，據說他花了三萬元來選這個市長。」
「就是那個貝韋迪俱樂部的老闆？」
「他還有兩艘賭船。」
「可那是在我們縣境內。」我說。
他低頭看著自己乾淨光亮的指甲。
「我們等一下先去你的辦公室把那兩根大麻菸帶著，」他說，「如果它們還在的話。」他打了個響指，「如果你把鑰匙給我，我可以趁你刮鬍子換衣服的時候先去拿。」
「我們一起去，」我說，「或許我會有些信件。」
他點點頭，一會兒又坐下點燃一根菸。我刮完鬍子換好衣服然後坐上藍道的車出發。
還真有幾封信件，但都不值一讀。那兩根大麻菸好端端地躺在抽屜裡沒人動過，辦公室看起來不像被搜過。
藍道拿起那兩根俄國菸聞了聞菸草味，然後把它們收進口袋裡。
「他從你這裡拿走了一張名片，」他若有所思地說，「名片背後不可能有什麼名堂，所以他也不會在乎其他兩張。我猜安瑟並不害怕，他覺得你只是在故弄玄虛罷了。我們走吧。」

30

好管閒事的老太婆將鼻子探出前門，仔細地嗅著，好像屋外的紫羅蘭提早綻放了。她把整條街道前前後後掃視了一遍，然後點點她那頭白髮。藍道和我摘下帽子，在這片社區，這個動作或許讓我們可以紳士得和范倫鐵諾相提並論了。她似乎還記得我。

「早安，莫里森太太，」我說，「我們能進去借一步說話嗎？這位是總部派來的藍道警官。」

「天啊，我正忙得團團轉，還有一大堆衣服要熨呢。」她說。

「我們不會耽誤你太久。」

她從門邊讓開，我們從她身邊經過，穿過擺放著那個梅森城還是哪裡來的櫃子的走廊，進入掛著蕾絲花邊窗簾的簡潔客廳。房子後面飄出一股熨衣服的氣味，她小心翼翼地關上中間門，好像它是用派餅酥皮做的一樣。

今早，她套了一件藍白相間的圍裙，眼神尖銳如昔，下巴還是那麼短。她停在離我一呎遠的地方，臉往前湊，盯著我的眼睛。

「她沒收到。」

我擺出一副明白樣點點頭，然後看看藍道，藍道也點點頭。他走到窗戶旁查看馥羅安太太的房子，然後又輕輕走回，腋下夾著他的豬肉派帽，文雅得像在扮演大專戲劇裡的法國伯爵。

「她沒收到。」我說。

「對，沒收到。星期六是一號，愚人節。呵！呵！」她停下來準備用圍裙抹眼睛，突然記起那是條膠皮圍裙，這讓她有些懊惱，嘴巴皺成一團。

「郵差那天經過時沒去她家，她衝出來喊住他，他搖搖頭就走掉了。她回到屋裡，狠狠地甩上門，恐怕連窗戶都震碎了，就像瘋了似的。」

「肯定！」我說。

好管閒事的老太婆對藍道尖聲說，「給我瞧瞧你的警徽，年輕人。你旁邊這位年輕人那天滿嘴的威士忌酒味，我不信任他。」

藍道從口袋裡掏出一個金藍琺瑯徽章給她看。

「看起來的確是警察，」她認可道，「好吧，星期天沒事發生，她出去買了趟酒，帶回來兩個大方瓶。」

「琴酒，」我說，「告訴你吧，好人是不喝琴酒的。」

「好人什麼酒也不喝。」好管閒事的老太婆尖銳地說。

「對，」我說，「然後是星期一，也就是今天，郵差又來過了，這次她可真是氣壞了。」

「自以為很聰明，是吧，年輕人？等不及別人開口說話。」

「很抱歉，莫里森太太，這件事情對我們來說非常重要……」

「這邊這位年輕人就好像不會張嘴插話。」

「他結婚了，」我說，「這方面訓練有素。」

她的臉瞬時轉成青紫色，令我很不愉快地想到紫紺。「滾出去，不然我叫警察了。」她大叫。

「你面前就站著一位警官，太太，」藍道簡短地說，「你沒有危險。」

「這倒是，」她承認，青紫色逐漸從臉上消退，「我不喜歡這個人。」

「我也一樣，太太。馥羅安太太今天也沒有收到掛號信，是嗎？」

「是的。」她的聲音尖銳而短促，眼神透著鬼祟。她開始急迫地講話，過分急迫了，「昨晚有人去那裡了，我沒看到他們，有人帶我去看電影了。我們回來的時候，不對，他們剛離開的時候，有輛車從隔壁開走了。開得飛快而且沒開車燈，我沒看到車牌。」

她用那雙鬼祟的眼睛瞥了我一眼，我猜不透它們為何如此鬼祟。我踱步到窗邊，拉起花邊窗簾，有個穿著藍灰色公務制服的人正朝房子走來，肩上背著一個沉甸甸的皮包，頭戴一頂遮陽帽。

我轉過身，咧著嘴笑。

「你落後了，」我不太客氣地對她說，「明年你只能降去丙級聯賽打游擊手了。」

「這話不怎麼聰明。」藍道冷冷地說。

「瞧瞧窗外吧。」

他往窗外望去，臉色嚴肅起來。他一動也不動地站在原地看著莫里森太太。他在等待，等待著聆聽一個世上獨一無二的聲音。他很快就等到了。

那是某個東西被投進門前郵箱的聲音，可能是廣告傳單，但這次不是。腳步聲遠離屋子到了街上，藍道又走到窗前。郵差沒在馥羅安太太房前停留，他繼續往前走，灰藍色的背脊在沉重的皮包下依然平穩。

藍道轉過頭，極其禮貌地問：「這地區一個上午要送幾次郵件，莫里森太太？」

她努力扮出若無其事的樣子。「僅此一次，」她尖著嗓子說，「上午一次，下午一次。」

她目光閃爍，兔下巴抖個不停，眼看就要失控。她用雙手緊緊抓住那條藍白膠皮圍裙的褶邊。

「上午的投遞剛過了，」藍道用心不在焉地口氣問，「掛號信也是一般郵差送嗎？」

「她的掛號信都是特別快遞。」老太婆聲音沙啞。

「噢，但星期六郵差過門沒入時，她衝出去問他了，而且你剛才也沒提特別快遞的事。」

看他辦案實在有趣——辨別人的時候。

她的嘴巴大張，牙齒閃閃發亮，準是在玻璃杯溶液裡泡了一整晚的成果。這時她突然尖叫一聲，把圍裙往頭上一掀，隨即跑出房間。

他看著那扇她剛衝過的門，它在拱門的另一頭。他露出笑容，一個相當疲憊的笑容。

「俐落，而且一點也不浮誇，」我說，「下次你來扮黑臉，我不喜歡得罪老女人，就算她們是愛扯謊的長舌婦。」

他仍笑著。「老調了，」他聳聳肩，「警察差事，呸，一開始她還說點實話，因為她的確知道。但後來事情的進展不夠快速或者不夠刺激，於是她就開始自己加油添醋了。」

他轉過身，我們走到走廊，屋子後面隱隱傳來啜泣聲。對於某個頗有耐性卻早已離世的男人來說，這曾經是致勝一擊，或許如此。但對我而言，這不過是老太婆的哭聲，不會令人愉悅。

我們靜悄悄地走出這棟房子，靜悄悄地關上門，特別留意紗窗門不會砰地一聲。藍道戴上帽子，嘆了口氣，然後聳聳肩，冷靜地攤開他那雙保養良好的手。屋內後方的啜泣聲仍然依稀可聞。

郵差的背影又多走了兩棟房子的距離。

「警察的差事。」藍道壓低了聲音說，撇了撇嘴。

我們朝隔壁走去，馥羅安太太甚至還沒把洗好的衣服收回去，它們仍掛在邊院的鐵絲上僵硬泛黃地迎風抖動。我們走上台階按下門鈴，沒人應門。我們又敲了敲門，依舊沒有人。

「上次門沒鎖。」我說。

他試著推門，小心翼翼地用身子擋住，這回門上鎖了。我們走下門廊，從遠離好管閒事家的另一側繞到房子後面。後門廊上有一道上了鉤的紗門，藍道敲了幾下還是沒有人應答。他從那兩級油漆剝落的木台階走下來，沿著一條雜草叢生的荒廢車道來到一個車庫，把門打開。木質的車庫門吱嘎作響，裡面堆滿了破爛物品。幾只破舊的老式皮箱，劈了當柴燒都沒人要。生鏽的園藝工具，極多的舊罐頭罐子，一箱箱囤著。門兩邊的牆角裡各有一隻滾圓漂亮的黑寡婦蜘蛛坐在牠們凌亂的蛛網中，藍道撿起一塊木頭不經心地把牠們打死了。然後他又關上車庫門，從雜草車道回到前門，避開隔壁管閒事老太婆的那側，走上台階。還是沒人回應門鈴和敲門聲。

他慢悠悠地退了回來，扭頭望了一眼對街。

「後門最容易開，」他說，「隔壁那隻老母雞這會兒不敢管我們了，她剛才扯了太多謊。」

他走上屋後的那兩級台階，俐落地將一片刀片塞進門縫挑開搭鉤，我們就這樣溜進了帶紗窗的走廊，裡面堆滿了罐子，有些罐子裡都是蒼蠅。

「老天，這日子是怎麼過的！」他說。

後門很容易對付，一把萬能鑰匙就把門鎖打開了，但裡面還上了門栓。

「這可不妙，」我說，「我猜她已經跑掉了，否則不可能鎖得如此嚴密。她太邋遢了。」

「你的帽子比我的還舊，」藍道說，他看看後門上的玻璃嵌板，「借用一下把玻璃推進去。或者，我們來一招更俐落的？」

「踹吧，這裡誰在乎呢？」

「來囉。」

他退後一步，然後抬腿朝門鎖徑直飛起一腳，傳來咔嚓的斷裂聲，門開了一道幾吋寬的小縫。我們用力把門推開，然後從油氈上撿起一片豁了口的金屬片，禮貌地放在木石瀝水板上，緊挨著大約九個空的琴酒瓶。

蒼蠅嗡嗡地往廚房緊閉的窗戶上亂撞，屋裡溢出一陣惡臭。藍道站在地板正中央，仔細地環視四周。

然後，他走到彈簧門前，沒用手碰它，而是用腳尖踢開到不再回彈後，才輕手輕腳地穿過去。客廳的樣子和我記憶中的差不多，只是收音機是關著的。

「這架收音機挺不錯，」藍道說，「如果是買來的話，要花不少錢。看看這個。」

他單膝半跪盯著地毯，然後走到收音機側面，用腳搆出一條鬆脫的電線，插頭露了出來。他彎下腰仔細查看收音機正面的旋鈕。

「沒錯，」他說，「很大又很光滑，這樣很聰明。你沒法從電源線上提取指紋，對吧？」

「插上去看看它是不是開著的。」

他四處看了下，找到插座將插頭插了進去，指示燈隨即亮了。我們等著。那玩意先是嗡嗡了一陣子，然後一陣宏亮的聲浪突然從揚聲器裡噴湧而出。藍道跳起來，猛地扯掉插頭，聲音戛然而止。

他直起身子時，兩眼冒著光。

我們快步走進臥室，潔西．皮爾斯．馥羅安太太穿著皺巴巴的棉質居家服斜躺在床上，頭幾乎垂到踏腳板。床的角柱上黏著一團黑糊糊的污跡，惹來一群蒼蠅。

她死得已經夠久了。

藍道沒碰她。他低頭注視著她，過了半晌才狼似的朝我一齜牙。

「腦漿都抹到臉上了，」他說，「看來這是這樁案子的主旋律。只不過這是徒手幹的。不過老天啊，那是一雙怎樣的手啊，瞧瞧她頸上的瘀痕，看看這指印的間距。」

「你看就夠了，」我說著轉了個身，「可憐的老迪，現在可不只是黑鬼謀殺案了。」

31

一隻粉紅腦袋、身上帶粉紅斑點的黑亮小甲蟲慢吞吞地爬過藍道光滑的辦公桌，觸鬚四處揮舞，好像在探測風向為起飛做準備。牠爬行時有些蹣跚，如同一個背著太多包袱的老太太。另一張桌旁坐著一位我不認識的警探，正對著一部老式電話機的話筒講話，聲音聽起來像是隧道裡的低語。他講話時眼睛半閉著，帶疤痕的大手放在桌上，食指和中指指節間夾著一根點燃的香菸。

甲蟲已經抵達藍道辦公桌的盡頭，但仍繼續向空中邁進，結果仰面朝天跌到地上，幾隻細腿徒勞地在空中掙扎，然後又裝死了一會兒，但因為沒人搭理，那些腿又蹬了起來。牠最終成功翻過身，慢騰騰地朝一個角落繼續爬去。

牆上的警局擴音機播了一則公告，內容大致是關於聖佩卓南面的四十四街發生的搶案，嫌犯是個身穿深灰色西裝，頭戴灰色呢帽的中年男子，最後一次被人看見是在四十四街正往東逃竄，之後躲進了兩棟房子中間。「接近時要小心，」播音員說，「嫌犯持有點三二口徑左輪手槍，剛剛搶劫了南聖佩卓三九六六號的希臘餐館。」

咔噠一聲播音員下了線，換了另一名播音員開始播報被盜車輛清單，聲音緩慢而單調，每一項重複兩遍。

門開了，藍道拿著一綑信紙大小的打字文件走了進來。他輕快地穿過房間，隔著桌子在我對面坐下，然後將幾份文件推到我面前。

「簽四份。」他說。

我簽了四份。

粉紅甲蟲爬到屋角了，觸鬚又四處觸探，想找個合適的地點起飛，但似乎看起來有一點洩氣，又沿著護壁板朝另一個角落爬去。我點燃一根菸，那個講電話的警探倏地站起身，走出辦公室。

藍道仰靠在椅背上，看上去一如既往，那麼冷峻，那麼老練，那麼隨機應變，視情況所需可凶可善。

「告訴你幾件事情，」他說，「這樣你就不必再多傷腦筋，也不必再四處運籌帷幄，或許看在老天的份上你可以歇手不管這事了。」

我等著。

「那個垃圾堆沒留下任何指紋，」他說，「你知道我指的是哪個垃圾堆。插頭被拔掉是為了關掉收音機，但音量那麼大很可能是她自己調的。很明顯，醉鬼都喜歡響亮吵鬧的收音機。如果你是戴著手套行凶，故意把收音機聲量調大來遮掩槍響或是其他什麼聲音，你也可以戴著手套關掉收音機。但事情不是這樣進行的。而且那女人的脖子斷了，在那傢伙砸爛她腦袋之前她已經斷氣了。那麼問題是，為什麼要砸她的頭呢？」

「願聞其詳。」

藍道皺起眉頭。「他大概不知道自己已經擰斷了她的脖子，他在生她的氣，」他說，「這是我的推論。」他苦笑了一下。

我噴出一口煙，把它從面前揮開。

「那麼，他為什麼要生她的氣呢？當時他在馥羅安因為奧勒岡銀行搶案被抓時，有一大筆懸賞金被領走了。領賞的是個已經死掉的訟棍，不過馥羅安夫婦很可能也從中瓜分了一些。馬洛或許對此有所懷疑，或許他根本確實知道，又或許他只是想逼馥羅安太太吐出實情。」

我點點頭，聽起來值得點個頭。藍道繼續說道：

「他只抓了她脖子一次，指頭沒有滑開。如果我們逮到他，也許能根據指印間距來定他的罪，但也許不行。法醫說馥羅安太太是昨天傍晚被殺的，很早的時候，看電影的時間段。到目前為止，我們還無法確認馬洛昨晚去過那棟房子，沒有鄰居能證明，不過這手法看起來就是馬洛。」

「沒錯，」我說，「就是馬洛，雖然他可能並沒起殺意，只是力氣太大了。」

「那也幫不了他。」藍道毫不動搖地說。

「我想也不會。我只是想指出，在我看來馬洛並不像是殺手型的人物。如果被逼入絕境，他會殺人，但不會為了取樂或是謀財殺人，也不會殺女人。」

「這點很重要嗎？」他乾巴巴地問。

「或許你閱歷豐富，知道什麼比較重要，什麼不重要。我不能。」

他緊緊盯了我好久，久到警局播音員有足夠的時間又播報了一則關於南聖佩卓街搶案的公告，嫌犯目前已被羈押，結果只是個帶著一支水槍的十四歲墨西哥小子。目擊證人也就那麼回事。

藍道等播音員播報完畢後繼續說：

「今天早上我們相處友好，別破壞了。回家躺下好好休息，你看上去有些精神不濟。處理馬瑞歐謀殺案和找出巨鹿馬洛下落之類的事情，就讓我和警局來吧。」

「馬瑞歐付錢找我辦事，」我說，「但我搞砸了。葛萊兒太太也僱了我，你要我怎麼做，就此退休，靠身上的肥膘過活嗎？」

他又瞪了我一眼，「我知道，我也是人，他們給你們這幫傢伙發了執照，當然是要你們做點事情，不只是掛在牆上欣賞。不過換個角度說，任何一個心懷不滿的代理警監都可以讓你們完蛋。」

「只要葛萊兒夫婦站在我這邊就不會。」

他琢磨著，極不情願地承認我說的話多少有些道理。於是他皺起眉頭，手指輕輕敲打桌面。

「只是為了我們的彼此理解吧，」他停頓了一下說，「如果你摻和此案，一定會陷入困境，就算這次你能從中擺脫，我不知道，但你還是會逐漸和局裡樹敵，以後你想做任何事情都會難上加難。」

「每個私家偵探每天都要面對這種狀況，除非他只辦離婚案。」

「你不能插手謀殺案。」

「你已經說了自己的想法，我都聽到了。我並不指望出門後就一舉完成整個警局都做不到的事。如果說我有一些小小的想法，它們也只是那樣，私人的。」

他慢慢地從桌上探過身來，修長的手指敲打個不停，就像是聖誕紅的嫩枝敲打著潔西・馥羅安太太家的前壁一樣。米灰色的頭髮閃著光，冷靜鎮定的雙眼直視著我。

「回到正題，」他說，「看看還漏掉了什麼。安瑟去了外地，他妻子也是祕書並不知道或不願告知他去了哪裡，印第安人也不見了。你要對他們提出控告嗎？」

「不，我提不出證據。」

他看上去鬆了一口氣，「他太太說從來沒聽過你。至於那兩個灣城警察，如果他們真的是警察，那就超出了我的管轄範圍。我寧可事情現在簡單一點。不過有件事我相當確定，安瑟和馬瑞歐的死無關，菸裡的名片只是栽贓。」

「桑德堡醫生呢？」

他兩手一攤，「整幫人溜了。地檢署派人悄悄去查，沒事先和灣城警局打招呼。那棟房子上鎖了，裡面空空如也，當然，他們還是進去了。那些傢伙逃跑前曾試圖把那裡清理乾淨，不過還是留下許多指紋，我們大概得花上一個星期才能分析出結果。他們此刻正在處理一個牆上的保險櫃，裡面也許有毒品，和其他東西。我猜桑德堡應該有前科，不在本地，在別處，墮胎、醫治槍傷、換指紋或非法使用藥品之類的。如果他觸犯了聯邦法，我們就能得到有力支援了。」

「他自稱是醫生。」我說。

藍道聳聳肩，「也許曾經是，也許從來也沒被定過罪。棕櫚泉附近有個執業醫生，五年前在好萊塢因販賣毒品被起訴，他罪孽深重，可是因為有人罩著，他逃脫了。還有什麼問題嗎？」

「關於布魯奈你知道些什麼，可以說的？」

「布魯奈是個賭徒，賺得盆滿缽盈，而且不費吹灰之力。」

「好吧，」我說完站起身來，「聽來合理，但沒讓我們離殺死馬瑞歐的珠寶搶匪更近一步。」

「我不能什麼都告訴你，馬羅。」

「我也不指望，」我說，「順便說一句，潔西・馥羅安告訴過我，第二次見面時說的，她曾經在馬瑞歐家幫傭，所以他才會寄錢給她。這可以證明嗎？」

「是的，他的保險箱裡有幾封她寫的感謝函，說的就是這事。」他看上去像是要失去耐性了，「現在，看在老天的分上，你能趕緊回家別再管閒事了嗎？」

「他真是不錯，如此用心地看管這幾封信，你說是吧？」

他抬眼，目光落在我的頭頂，隨即又垂下眼皮，半瞇著眼瞧著我，足足有十秒鐘。然後笑了，他今天笑太多次了，把一整個星期的配額都用光了。

「我對此有個理論，」他說，「很瘋狂，但符合人性。受生活環境所迫，馬瑞歐是個時時感受到威脅的人。所有的騙子都是賭徒，或多或少，而所有的賭徒又都有點迷信。我認為潔西・馥羅安是馬瑞歐的幸運符，只要照料好她，就會避開一切災難。」

我轉頭尋找那隻粉紅腦袋小甲蟲，牠已經試過這房間的兩個角落，現在正悶悶不樂地挪向第三個。我走過去，把牠抓到手帕裡，回到桌旁。

「你看，」我說，「這房間在十八層樓，這隻小甲蟲一路爬上來就為了交個朋友，我。我的幸運符。」我小心翼翼地用手帕最柔軟的一角包好甲蟲，然後塞進我的口袋。藍道雙眼圓睜，嘴巴蠕動了一下，但什麼也沒說出來。

「我在想，馬瑞歐又是誰的幸運符呢？」我說。

「肯定不是你的，夥計。」他的語氣刻薄——冰冷的刻薄。

「恐怕也不是你的。」我的聲音平淡無奇，之後走出房間，關上門。

我搭直達電梯下到水泉街口，然後從市政府的前門廊走下台階來到花圃前，把那隻粉紅甲蟲小心地放在灌木叢中。

在回家的計程車上，我一直在想，牠到底還要再花多久時間才能爬回刑事組？

我從公寓後的車庫裡把車子開出，在好萊塢吃了頓午餐，然後動身前往灣城。這天下午海灘風和日麗，我在第三街駛離阿奎洛大道，朝市政府開去。

32

這麼一座繁榮的小城市，這棟樓看上去實在寒酸，更像是聖經地帶[23]的某個房子。流浪漢優閒地坐在防止草坪——現在多數是狗牙根草——侵長到街上的護土牆頭上，坐成一長排。這棟樓有三層，頂層有座鐘塔，鐘塔裡的那口鐘依然懸著。在過往嚼菸草吐渣的年代，人們大概會敲響它來召集志願消防隊員。

走過滿是裂縫的小徑，再上幾級台階，就來到一扇對開的門前，裡面聚集了一小撮顯然是專門在市政府等待有事發生以便有機會撈點什麼的調停人。他們個個腦滿腸肥，目光謹慎，衣履光鮮，舉止千篇一律。他們閃開一條大約四吋寬的通道讓我擠進去。

裡面是一條昏暗狹長的走廊，上次擦洗恐怕還是麥金利總統宣布就職時。一塊木牌指向警察局問訊處。一個制服警員坐在一個破舊木櫃台尾端的微型電話交換機後面打盹，另一個便衣警員沒穿外套，一條消防栓般的肥腿抵在胸前。他從晚報上抬起一隻眼，朝離他十呎遠的痰盂吐了口痰，打個呵欠說局長辦公室在樓上後面。

二樓比較明亮、乾淨，當然，這只是相對而言。幾乎是在走廊盡頭有扇門靠著海那側，上面寫著「約翰·韋克斯，警察局長，請進」。

房間裡有道矮木欄杆，後面坐著一個穿制服的人，正在用兩隻食指和一隻拇指打

---

23 Bible Belt，是美國的基督教福音派在社會文化中占主導地位的地區。俗稱保守派的根據地，多指美國南部。

字。他接過我的名片，打個呵欠，說他去看看。然後，他懶洋洋地拖著步伐穿過一扇桃花心木門，上面寫著「約翰・韋克斯，警察局長，私人房間」。他回來後，替我打開了木欄杆上的門。

我走進裡間辦公室並關上門。辦公室涼爽、寬敞，三面環窗，一張著色木桌遠遠放在房間底，就像墨索里尼的那張一樣，你得穿過一大片空曠的藍色地毯才能到達。而在此期間，你就得接受桌後那道銳利目光的審視。

我走到桌前，上面有塊牌子，用浮凸的斜體字印著：約翰・韋克斯，警察局長。現在我該記住這名字了。我看著桌後的這個人，頭髮上可沒黏著稻草。

他是個矮墩墩的大塊頭，一頭粉紅短髮，粉紅頭皮在髮間泛著亮光。眼睛小而貪婪，眼皮厚重，眼珠不安分得像跳蚤一樣。他穿著一套淺黃褐色法蘭絨西裝，裡面是咖啡色襯衫和領帶，手上戴了一只鑽戒，西裝翻領上還別著一枚鑲鑽別針。西裝前胸口袋照著規矩露出手帕漿得硬挺的三個尖角，但又比規矩的三吋多露了一點。

他用一隻肥胖的手拿著我的名片，讀讀又翻過來看背面，發現是空的，於是又翻過來看看正面，最後把名片放在桌上，用一個猴子形狀的青銅鎮紙壓住，像怕把它弄丟了似的。

他向我伸出粉色肉掌，和我握過手後，他指向一張椅子。

「坐，馬羅先生，我們多少也算同行。我能為你效勞嗎？」

「一點小麻煩，局長。如果您願意，一分鐘便能替我解決。」

「麻煩，」他輕柔地說，「一點小麻煩。」

他坐著轉動椅子，翹起一對肥腿，若有所思地望向窗外，這讓我看到他的萊爾線織襪和顏色彷彿在波特酒裡浸染過的英式布洛克鞋。我加總著他身上可能還有的其他東西，除去皮夾裡的現鈔，至少得值五百元。我想他太太肯定很有錢。

「麻煩，」他說著，仍舊很輕柔，「是咱們這座小城不太曉得的，馬羅先生。我們這城市雖小，但非常、非常乾淨。我從西窗望出去便可看見太平洋，再也沒有比它更乾淨的了，不是嗎？」他沒提到那兩艘漂在三哩界限之外的黃銅海浪中的賭博船。

我也沒提。「的確如此，局長。」我說。

他胸脯往前挺了幾吋，「我從北窗往外望，可以看到喧鬧繁忙的阿奎洛大道和美麗的加利福尼亞山麓，以及近前這片人人稀罕最好的小型商業區。我再朝窗外往南看，就是我現在的方向，能看到世上最棒的小型遊艇港口。我沒有東窗，不然還會看到一片令人垂涎的住宅區。不，先生，『麻煩』在我們這座小城是難得一見的東西。」

「我想我自備了麻煩過來，局長，至少帶了一部分。您手下有沒有一個叫蓋貝士的便衣警官？」

「有，我想有的，」他說，並掃視著四周，「他怎麼了？」

「那還有沒有一位手下是這副模樣的？」我詳細描述了另外一位沉默寡言，個頭矮小，留著小鬍子，敲了我一記警棍的男子，「他很可能和蓋貝士是搭檔，有人叫他布蘭先生，不過聽起來像是假名。」

「恰恰相反，」這位胖局長用胖子所能說出的最生硬口氣說，「他是我的探長，布蘭隊長。」

「我能在您的辦公室裡見見這兩位嗎？」

他又拿起我的名片看了一遍，放下，擺了擺柔軟有光澤的手。

「除非你能給我一個更好的理由。」他溫和地說。

「我恐怕做不到，局長。您是否碰巧知道一位叫朱爾斯．安瑟的人？他自稱是心理醫師，住在史蒂塢高地的山頂上。」

「不知道，史蒂塢高地也不是我的轄區。」局長說。他此刻的眼睛流露出心有旁騖的神色。

「這就奇怪了，」我說，「您看，我為了一個客戶去拜訪安瑟先生，安瑟先生覺得我在勒索他，也許幹他那一行的人很容易產生這種想法。他手下有個凶悍的印第安保鏢，我根本對付不了。這個印第安人抓住我，安瑟用我的槍把我狠揍了一頓，然後他叫來了兩個警察，就是蓋貝士和布蘭先生。這能引起您的興趣嗎？」

韋克斯局長非常輕柔地用雙手拍打著桌面，他瞇起眼睛，但沒完全閉攏，厚重的眼皮下一道冷峻的目光直射向我。他靜靜地坐著，彷彿在傾聽，接著他睜開雙眼，露出微笑。

「後來怎樣了？」他問，禮貌得好像斯托克俱樂部的保鏢。

「他們搜了我的身，開車把我帶走，將我丟在山邊，趕我下車時還用警棍打昏我。」

他點點頭，好像我說的事稀鬆平常。「而這發生在史蒂塢高地？」他輕聲問。

「對。」

「你知道我對你有什麼看法嗎？」他從桌後向我探過身來，但因肚子礙事，沒能探太多。

「騙子。」我說。

「門在那邊。」他說著，用左手小指頭指向門口。

我沒有動，只是盯著他。等他開始生氣準備按門鈴時，我說：「我們別再犯同樣的錯誤，您認為我是個無足輕重的私家偵探，卻自不量力地想要控告警官。即便那是真的，這位警官也會收拾妥帖不留下證據。完全不是這樣。我沒打算控告誰，有這種誤會也很正常。我只是想找安瑟算帳，而我需要你手下的這位蓋貝士幫忙。不需要打擾布蘭先生，蓋貝士就夠了。我今天來這裡也不算是單槍匹馬，背後站著重要人物呢。」

「背後多遠？」局長問我，風趣地笑了。

「阿斯特大道八六二號離這兒有多遠？墨溫・拉克里奇・葛萊兒先生的住所。」

他的臉色霎那間變了，與剛才判若兩人。「葛萊兒太太碰巧就是我的客戶。」

「去把門鎖上，」他說，「你比我年輕。門栓也拴上，我們重新友善地談談這件事。你有張誠實的臉，馬羅。」

我起身鎖了門，當我沿著藍地毯走回桌子時，局長已經擺出一瓶上檔次的酒和兩只酒杯。他往記事簿上撒了一把豆蔻籽，將酒杯斟滿。

我們喝酒，他剝開幾粒豆蔻籽，我們默默地咀嚼著，盯著彼此。

「味道真不錯，」他說著又斟滿酒杯。輪到我剝豆蔻籽了，他把記事簿上的殼掃到地上，微笑著往後靠。

「現在我們來談吧，」他說，「你為葛萊兒太太辦的事和安瑟有關嗎？」

「有些關聯，不過你最好先確認我所言屬實。」

「也是，」他說著拿起電話，然後從背心口袋裡掏出一個小本子查找號碼。「競選金主，」他說著，使了個眼色。「市長一再吩咐我們要禮數周到。對了，就是這個。」他放下本子，撥打了號碼。

他和我一樣在管家那裡遇到些麻煩，耳朵都變紅了，最後，他終於和她說上話。他的耳朵仍是紅的，她一定對他挺不客氣的。「她想要和你講話，」他說著，從桌子那頭把電話推向我。

「我是菲力普，」我說，頑皮地朝局長使了個眼色。

電話那頭一陣冷靜又透著挑逗的大笑。「你跟那胖子在一起做什麼？」

「小酌兩杯。」

「非得跟他嗎？」

「這一刻是的，公事。我問，有什麼新鮮事嗎？我想你知道什麼意思。」

「不。你知道嗎，親愛的先生，那天晚上你居然放我鴿子，害我白等了一小時。我是不是讓你以為我是能容忍這種事情的女人？」

「我遇到麻煩了。今晚如何？」

「讓我想想，今晚，見鬼，今天是星期幾？」

「不如我再打電話給你吧，」我說，「今晚我恐怕不行，今天是星期五。」

「騙子，」那個輕柔、沙啞的聲音又笑了起來，「今天是星期一，老時間、老地方，這次不許爽約了，行嗎？」

「我最好還是再回電給你。」

「你最好赴約。」

「我沒法確定，我再打電話給你。」

「炙手可熱？我明白了，或許我這麼費心是在做蠢事。」

「事實如此。」

「怎麼說？」

「我是個窮人，但我自力更生，並不像你所想像得那麼輕鬆。」

「渾蛋，如果你沒到……」

「我說了會再打電話給你。」

她嘆了口氣，「所有男人都一樣。」

「所有女人也是，在見識過頭九個之後。」

她又罵了我然後掛斷電話。局長的眼珠快要瞪出來了，好像安在高蹺上一樣。

他抖著手斟滿兩杯酒，將其中一杯推給我。

「原來是這麼回事。」他沉思著說。

「她丈夫並不在乎，」我說，「不必小題大作。」

他喝著杯中酒，看似有些受傷。他異常緩慢、若有所思地剝著豆蔻籽，我們就這樣就著對方的嬰兒藍眼睛喝酒。只可惜局長把酒瓶和酒杯收了起來，然後撥動對講機的開關。

「如果蓋貝士在的話，讓他上來。如果不在，想辦法替我找到他。」

我站起身，打開門鎖，再回來坐下。我們沒等太久，邊門外響起敲門聲，局長喊了一句，海明威走了進來。

他穩穩地走到桌前，在桌子一端停下來，帶著強硬而謙卑的得體神情望著局長。

「認識一下菲力普・馬羅先生，」局長親切地說，「他是洛杉磯來的私家偵探。」

海明威微微轉身看看我，彷彿從未見過我般的面無表情。他伸出手，我也伸出手，然後他又看著局長。

「馬羅先生講了一個挺稀奇的故事，」局長狡猾地說，就像帷幕後的黎塞留[24]，「他提到一個叫安瑟的人，住在史蒂塢高地，是個水晶球占卜師之類的人。馬羅先生

---

24 黎塞留（Cardinal Richelieu 1585-1642），法國著名政治家，法蘭西國王路易十三的樞密院首席大臣及樞機主教。

去拜訪他時，你和布蘭碰巧也在那裡，你們之間起了些爭執，具體細節我忘了。」他望向窗外，帶著一副忘記細節的表情。

「弄錯了，」海明威說，「我從沒見過這個人。」

「有個地方弄錯了，確實，」局長出神地說，「微不足道，但仍然錯了。不過馬羅先生認為那無關緊要。」

海明威又看向我，依舊毫無表情。

「事實上他甚至對那個錯誤也沒有興趣，」局長繼續夢囈般地說下去，「不過他很想再去一趟史蒂塢高地拜訪這個安瑟，他想找人陪他去，於是我就想到你。他想要有人確保他不會吃虧。安瑟先生似乎有個極為凶悍的印第安保鏢，而馬羅先生有些懷疑自己隻身無援難以應付。你能查出這位安瑟的住址嗎？」

「可以，」海明威說，「不過史蒂塢高地越界了，局長。這只是私下幫您朋友一個忙嗎？」

「可以這麼說，」局長說，看著左手拇指，「當然，我們不想做任何違法的事情。」

「是，」海明威說。「不想，」他咳嗽了一聲，「我們什麼時候動身？」

局長和藹地看著我。「現在就可以，」我說，「如果蓋貝士先生方便的話。」

「我奉命行事。」海明威說。

局長打量著他，目光掃過他全身，一吋也沒放過。「布蘭隊長今天好嗎？」他問道，嘴裡嚼著豆蔻籽。

「很不好，闌尾炎，」海明威說，「情況有點危急。」

局長悲傷地搖搖頭，然後撐住椅子扶手勉強站起身，隔著桌子伸過一隻粉紅肉掌。

「蓋貝士會照應你的，馬羅。儘管放心。」

「嗯，您真是幫了大忙，局長。」我說，「我真不知該如何表達謝意。」

「算了吧，沒必要感謝，這麼說吧，我總是很樂意為朋友的朋友效勞。」他朝我擠擠眼睛，海明威看著他的眼睛琢磨著，但沒說出自己的結論。

我們轉身離開，局長客套的嘟囔聲幾乎一路把我們送出辦公室。門關了，海明威望望四周，然後盯住我。

「這一手玩得很聰明啊，小子，」他說，「你一定有什麼我們不知道的東西。」

33

車子靜悄悄地滑過一片靜悄悄的住宅區，道路兩側彎彎的胡椒樹在空中枝椏交織，幾乎架起了一條綠色隧道。陽光透過樹冠的枝條和窄窄的葉片灑下來，明晃晃的。街角的指示牌上標明這裡是十八街。

海明威開車，我坐在旁邊。他開得很慢，一副心事重重的樣子。

「你跟他說了多少？」他終於下定決心，開口問道。

「我說你和布蘭去那裡把我帶走然後把我扔下車，還敲了我後腦勺一記悶棍。其他的沒說。」

「沒告訴他二十三街和德斯康索街口，嗯？」

「沒。」

「為什麼不講？」

「不告訴他的話，你可能會和我更合作一點。」

「想得不錯。你真要去史蒂塢高地，還是只是個幌子？」

「幌子而已。我真想從你這裡知道的是，你們為什麼把我送去那棟古怪的房子，又為什麼把我關在那裡？」

海明威思索著，他太用力了，使得兩頰的肌肉在泛灰的皮膚下頂出一截截硬塊。

「是那個布蘭，」他說，「那個滿身橫肉的矮子。我沒打算叫他打你，也沒想要你走路回家，真沒這麼想。我們只是在演戲，因為跟那位通靈傢伙是朋友，我們多少算是在幫他擋掉一些麻煩。要是知道有多少人想要煩他的話，你準會大吃一驚的。」

「一定歎為觀止！」我說。

他轉過頭來，灰色的眼睛冷得像兩坨冰。然後他再次透過積滿塵垢的擋風玻璃直視前方，繼續陷入沉思。

「那些老條子隔三差五地就會手癢想揮揮警棍，」他說，「他們就是要找個腦袋來砸一砸。老天，我可嚇壞了，你當時像一袋水泥那樣跌下去。我狠狠數落了布蘭。之後我們把你送到桑德堡醫生那裡，因為那地方比較近，他又是個不錯的傢伙，會好好照顧你。」

「安瑟知道你們送我去了那裡嗎？」

「該死，不知道。那是我們的主意。」

「因為桑德堡是個不錯的傢伙，會好好照顧我，也沒有收回扣。如果我提出告訴，這個醫生也不會應訊作證。況且，即使我這樣做了，在這可愛的小城也不太有勝訴的機會。」

「你要來硬的嗎？」海明威思量著問。

「我倒不想，」我說，「而且你有生以來頭一遭也不會，因為你的飯碗已經岌岌可危了。你剛才看局長的眼神也應該知道，我可不是毫無靠山就找上門的，這次不是。」

「好吧，」海明威說著朝窗外吐了口痰，「我一開始就沒打算要來硬的，只是例行的虛張聲勢罷了。還有什麼？」

「布蘭真的病了？」

海明威點點頭，不過扮出來的神色看起來並不是真的悲傷。「千真萬確。他前天肚子痛，結果他們還沒來得及把他的闌尾割掉，它就爆了。他還有一線生機，不過不樂觀。」

「我們當然不想就這樣失去他，」我說，「那樣的一個傢伙對任何警局來說都是人才。」

海明威品了品這話，然後把它啐到了車窗外。

「好吧，下一個問題。」他嘆著氣說。

「你剛才說了為何要把我送去桑德堡那裡，但沒說為什麼他要關我四十八小時，鎖起來又注射一大堆麻藥。」

海明威輕踩煞車把車停在路邊，一雙大手並排放在方向盤的下端，兩根大拇指輕輕地搓來搓去。

「我也不清楚。」他的聲音聽起來很遙遠。

「我身上有私家偵探的證件，」我說，「鑰匙、一些錢、兩張照片。如果他不認識你們，說不定他會以為我頭上挨一棍子只是障眼法，好讓我們進到他的房子裡打探一番。可是我認為他已經和你們熟到不會那樣猜想。所以我就糊塗了。」

「繼續糊塗下去，老兄，這樣比較安全。」

「原來如此，」我說，「但事情沒解決。」

「洛杉磯的執法部門是你這件事的靠山？」

「什麼事？」

「關於桑德堡的事。」

「也不盡然。」

「這回答模稜兩可。」

「我沒那麼重要，」我說，「洛杉磯警察，起碼三分之二的人員，可以隨時來這裡，只要他們願意。警長轄下的和地檢署的。我有個朋友在地方檢察官辦公室做事，我以前也在那裡幹過，他叫勃尼·歐斯，是調查組長。」

「你把這件事交給他了嗎？」
「不會，我已經一個月沒和他聯繫了。」
「想交給他嗎？」
「除非那妨礙到我手頭的案子。」
「私人工作？」
「是的。」
「好吧，你想知道什麼？」
「桑德堡真正是幹哪一行的？」
海明威雙手從方向盤上移開，往車窗外再啐了一口，「我們在的這條街真不賴，對吧？房子不賴、花園不賴，天氣也不賴。你肯定聽過一堆壞警察的事，有沒有？」
「偶爾聽過。」
「好吧，你認識幾個警察能住到這樣的漂亮街上，還有好看的草坪和花圃？我能想出四、五個，全是風紀組的，油水都給他們撈去了。像我這樣的警察，只能住在城區另一邊的小破房子。想看看我住的地方嗎？」
「這證明了什麼？」
「聽著，老兄，」大個子嚴肅地說，「你是抓到我的小辮子了，但作用不大。警察不是因為錢才變壞的，不總是如此，甚至也不經常。他們只是陷在體制裡，去哪裡做什麼都是奉命行事。還有，坐在拐角那間豪華辦公室裡穿著高檔西裝呼著酒氣，以為嚼幾顆豆蔻籽就可以讓自己吐氣如蘭的傢伙，他也不是發號施令的人。你明白嗎？」

「市長是個怎樣的人？」

「每個地方的市長又都是什麼樣的傢伙呢？政客罷了。你以為是他發號施令？呸。你知道我們這個國家哪裡有問題嗎，小子？」

「太多的凍結資金，我聽說。」

「一個人想要誠實守本分也不行，」海明威說，「這就是這個國家的問題。如果他這麼做，根本無法生存。你要麼同流合污，要麼就餓肚子。一堆混帳認為，我們需要的是九萬個聯邦調查局探員，拎著公事包，衣著整潔。呸。他們還不是和我們這裡一樣。你知道我的想法嗎？我覺得我們得把這個小小的世界推倒重來，現在來一次道德重整運動，這才有點意義。小子，道德重整，才有意義啊。」

「如果灣城是道德重整的實例，我得吃顆阿司匹靈。」我說。

「你可能太聰明了，」海明威輕聲說，「你也許不這麼認為，可是有可能。你可能聰明到腦子除了聰明之外裝不下其他東西了。我，只是個笨警察，只聽從命令。我有太太和兩個小孩，大人物要我做什麼我就做什麼。布蘭也許能告訴你一些事情，我呢，一無所知。」

「布蘭真的得了闌尾炎？他真不是因為自己太卑鄙所以朝自己肚子爆了一槍？」

「別這樣，」海明威抱怨道，雙手上上下下拍打著方向盤，「試著想點別人的好處。」

「布蘭的？」

「他也是人，就和我們一樣，」海明威說，「他有罪，但他也是人。」

「桑德堡是幹什麼勾當的？」

「好吧，我不是和你說了？也許我弄錯了，我以為你是可以聽進話的人。」

「你也不知道他是幹什麼的。」我說。

海明威掏出手帕擦了擦臉。「兄弟，我真不願承認，」他說，「不過你應該他媽的很清楚，要是我或布蘭知道桑德堡還有另一行，我們就不會把你丟給他，或者你也不可能從那裡走著出來了。當然，我說的是那種真正嚴重的違法行當，而不是摸著水晶球給老女人算命的那套小把戲。」

「我認為他們並沒有打算讓我自己走出來，」我說，「有一種叫做東莨菪鹼[25]的麻醉藥，俗稱誠實水，有時會用來讓人在不知情的狀況下說實話，不一定百分百有用，就像催眠術也會失靈一樣。但偶爾也會奏效。我認為我就是被灌了這種藥，好讓我說出所知道的事情。但桑德堡只有三種方式來獲悉我知道的可能會對他不利。安瑟可能告訴他了，或者巨鹿馬洛可能對他提過我去找了潔西・馥羅安，又或者他以為我被丟在那裡是警察設的一個局。」

海明威沮喪地看著我。「我跟不上你說的，」他說，「巨鹿馬洛又是該死的什麼人？」

「一個大塊頭，幾天前在中央大道殺了人，如果你讀過電傳的話，上面有他的名字，說不定你們已經有他的資料了。」

「那又怎樣？」

「桑德堡在藏匿他，我看到他了，就在我溜出去的當晚，他正躺在床上讀報紙。」

「你怎麼出來的？你不是被鎖起來了？」

「我用床裡的一根彈簧把看門人敲昏了。我很走運。」

「那個大塊頭發現你了嗎？」

「沒有。」

海明威踩一腳油門把車子駛離路邊，大大地咧開嘴笑了。「我們去收割，」他說，「這樣就說得通了，完全說得通了。桑德堡一直在藏匿罪犯，只要他們願意出錢。他那地方太理想了，而且可以賺大錢。」

他加足油門，轉過一個街角。

「見鬼，我還以為他在販賣大麻，」他厭惡地說，「背後有靠山。不過，見鬼，那實在不值一提，太小兒科了。」

「聽過數字賭博嗎？如果你只看一面的話，那也不過是小伎倆。」

海明威又猛地轉了個彎，然後搖搖他的大頭，「沒錯，還有彈珠賭博、賓果賭博和賭馬，但如果把這些加總起來，由一個傢伙來統籌操控，那可就非同小可了。」

「哪個傢伙？」

他又對我擺出一張木然的臉，嘴巴緊閉，我能看得出裡面的牙齒咬得死死的。我們正在德斯康索街向東駛去，即使在傍晚時分，街上仍非常安靜，快接近二十三街時，才略微熱鬧些。兩個男人正研究著一棵棕櫚樹，好像在琢磨如何把它移走。有輛車停在桑德堡醫生的房子附近，不過裡面沒人。半個街區外，有人正在查水表。

白天看這棟房子倒是賞心悅目。簇簇秋海棠在前窗下聚成一片淡色花海，團團三色堇明暗相接地圍在一棵白金合歡樹下。猩紅色的攀緣玫瑰正含苞待放地爬滿一座扇形籬架。還有一圃冬香豌豆，一隻青銅綠的蜂鳥正精巧地探進花心。整座房子看起來像是一對生活優渥、熱中園藝的老夫婦的居所。傍晚的陽光下，有一種刻意而陰森的寂靜。

海明威慢慢地駛過那房子，一絲緊繃、不易察覺的微笑牽動著嘴角，鼻翼張歙。他在下個街角轉彎，看看後視鏡，然後加足了油門。

駛過三個街區後，他又在路邊踩煞車停下，轉過頭死死盯住我。

「洛杉磯警察，」他說，「棕櫚樹旁邊的其中一個傢伙叫唐納利，我認識他。他們已經把這房子包圍了。所以你沒和城裡的朋友提這事嗎？」

「告訴過你了，沒有！」

「局長肯定會氣炸了，」海明威低吼著，「他們跑到這裡搞突襲，連招呼也不打一聲。」

我沒搭腔。

「他們抓到這個巨鹿馬洛沒？」

我搖搖頭，「據我所知還沒。」

「該死，你到底知道多少，兄弟？」他輕聲問道。

「還不夠多。安瑟和桑德堡之間有聯繫嗎？」
「這個我就不知道了。」
「誰在經營這座城市？」
沉默。
「我聽聞一個叫賴德・布魯奈的賭場老闆花了三萬美元選了個市長，我還聽聞他擁有貝韋迪俱樂部以及海上那兩艘賭博船。」
「也許吧。」海明威禮貌地說。
「哪裡能找到布魯奈？」
「問我幹嘛，小子？」
「如果你在這城裡的藏身處被人掀了，你會逃到哪裡？」
「墨西哥。」
我大笑。「好吧，你能幫我一個大忙嗎？」
「樂意至極。」
「載我回市中心吧。」
他啟動車子離開路邊，然後駕輕就熟地沿著一條林蔭道向海邊駛去。車行至市政府前，滑進警察專用停車位，我下了車。

「有時間來看看我，」海明威說，「說不定我已經被調去刷痰盂了。」

他伸出大手，「別見怪啦！」

「道德重整運動。」我說著和他握了手。

他笑了，嘴咧得老大。我正要轉身離開時，他叫住了我，小心翼翼地看了看四周，然後將嘴巴湊到我的耳邊。

「那些賭博船本應在市和州的管轄權之外，」他說，「在巴拿馬註冊的。換作是我……」他的聲音戛然而止，黯淡的雙眼透出憂慮。

「知道了，」我說，「我也這麼想。不知道為何如此大費周章要你來陪我，不過這也無濟於事，單憑一個人是做不到的。」

他點點頭，露出微笑。「道德重整運動。」他說。

34

我仰躺在一家海濱旅館的床上，等著天黑。房間極小，臨街，床硬得要命，床墊只比鋪在上面的棉質毯子略厚一點。我身下的一根彈簧斷了，抵著我的左背。我躺在那裡，任憑它戳著我。

紅色霓虹燈反射到天花板上映出一片刺眼的強光，等整個房間都變紅時，天也就夠黑得讓我出去了。旅館外那條被稱為「賽車跑道」的小巷裡，喇叭聲不絕於耳，房間窗外人行道上的腳步聲窸窸窣窣地滑來滑去。空氣裡摻著人來人往的低聲細語，夾雜著發餿的油炸氣味一陣陣地灌進生鏽的紗窗門。遠處一個隔著再遠也聽得到的聲音正喊著：「餓了嗎，各位，餓了嗎？香噴噴、熱騰騰的熱狗在此，快來嚐！」

天色又暗了些。我思索著，思緒在我腦海裡輕悄悄地緩慢移動，彷彿被虐待狂一雙惡毒的眼睛監視著。我想到一雙毫無生氣的眼睛望向一片無月的夜空，嘴角淌出一攤黑血；我想到齷齪的老太婆被人拽著頭撞向床柱，死在自己骯髒的床上；我想到一頭亮金髮的男子，心生恐懼卻又不知所懼為何，足夠敏感預料到有些不對勁，卻因太虛榮或太愚蠢而猜不出究竟哪裡不對勁；我想到可以占有的美麗女富翁；我想到苗條好奇的獨居好女孩，亦可以用一種迥然不同的方式為我占有；我想到警察，油滑卻絕非徹頭徹尾壞蛋的狠勇警察，像是海明威；肥嘟嘟、撈足了油水，說話聲音彷彿商會會長的警察，如韋克斯局長；瘦小、精明而冷酷的警察，如藍道；但無論他們怎樣聰明能幹，依舊無法放開手腳用乾淨的方式辦上一件乾淨的案子；我想到陰陽怪氣的老傢伙如老迪，他們早就自暴自棄；我想到印第安人、心理醫師還有麻藥醫生。

我想了太多事情，天色益發沉了。天花板上那片紅色的霓虹燈反射光逐漸蔓延開來。我從床上坐起來，雙腳著地，揉了揉後頸。

我站起來走去牆角的洗臉池旁，往臉上淋了些冷水。片刻之後，我感覺稍好了點，只一點點。我需要一杯酒，需要大筆的生命保險，我需要休個假，需要一個鄉下的家。但我只有一件外套、一頂帽子和一把槍。我把它們披掛上身，走出房間。

旅館沒有電梯，走廊上飄著臭味，樓梯扶手滿是污垢。我走下樓梯，將鑰匙丟在櫃台上說要退房。一個左眼皮生疣的職員點點頭，一個身穿破舊制服的墨西哥旅館侍者，從全加州最髒的橡膠植物後面走過來準備幫我提行李。我並沒有任何行李，身為墨西哥人的他還是替我打開了門，禮貌地朝我微笑。

外面狹窄的街道上一片熱火朝天，人行道上擠滿了肥肚腩。對街的賓果遊戲屋裡人聲嘈雜，幾個帶著女人的水手正從隔壁的照相館走出來，大概剛拍了幾張騎駱駝的照片。熱狗小攤販的叫賣聲像斧頭般破空而來。一輛藍色公車鳴著喇叭一路往街底電車用來掉頭的小小圓環開去。我也朝圓環走去。

走了一陣子，空氣中隱約飄來一股海水味，不濃，就好像只是在提醒人們這裡也曾經是片乾淨開闊的海灘，波浪拍岸，泡沫捲湧，海風輕拂，空氣中還能聞到熱油和冷汗以外的味道。

街邊的小公車沿著寬闊的水泥路緩緩駛來。我跳上車，一直搭到終點站下車，坐在一張長凳上。四周安靜而冰冷，一大團褐色水草幾乎裹上了我的腳踝。遠處那兩艘賭船已經點起燈。然後我又搭上下一班小型公車，直接坐回旅館附近。如果有人跟蹤我，他連挪動一下也免了。不過我想也不會有人，在這座如此乾淨的小城，犯罪案件堪稱鳳毛麟角，警察對跟蹤這種事應該不太在行。

黑色的碼頭微微泛光，一路延伸，隱沒在黑漆漆的夜色和大海中。空氣中仍可聞到油耗味，但海水味也已夾雜其中。熱狗小販還在大聲吆喝：

「餓了嗎，各位，餓了嗎？香噴噴、熱騰騰的熱狗，快來嚐！」

我看著他站在白色烤肉架前用一支長長的叉子撥弄著德國香腸。雖然還沒到旺季，他的生意卻很好，我得等上好一陣子才能單獨和他說上話。

「最遠的那艘船叫什麼名字？」我問，揚了揚鼻子示意。

「蒙提切羅號。」他穩穩地直直瞪我一眼。

「口袋有些錢的人能上那裡找樂子嗎？」

「什麼樣的樂子？」

我大笑，一臉不屑的表情。

「熱狗噢，」他吆喝著，「香噴噴、熱騰騰的熱狗，各位。」然後他壓低了聲調，「女人？」

「不是。我指的是一個好房間，舒服地吹吹海風，品品美酒佳餚，沒有人來煩我，就像度假那樣。」

他挪開了。「你說的話我一個字也聽不見。」他說，然後又開始吆喝。

他又做了幾筆生意，我不知道為何要在他身上浪費時間，他也就是有那樣一張臉。一對穿短褲的年輕情侶過來買了熱狗又晃走了，男孩摟著女孩，手臂擱在女孩的胸口，彼此咬食對方手裡的香腸。

小販一聲不響地朝我移了一碼，眼睛上下打量我。「此刻我應該吹一首《皮卡迪的玫瑰》，」他停頓了一下，「你得付點錢。」

「多少？」

「五十元，不能少。除非他們要找你做什麼。」

「這裡以前是座好城市，」我說，「一個清淨的小城。」

「我以為它現在也還是，」他拖著長腔說，「但你幹嘛找我？」

「我也不曉得，」我說著，扔了一張一美元鈔票在他的台子上。「放進儲蓄罐吧，」我說，「或者繼續吹《皮卡迪的玫瑰》。」

他彈彈那鈔票，先豎著對摺再橫著對摺，之後又摺了一次，然後把它放在台子上，中指抵著拇指指腹啪地一彈，摺疊起的一美元便輕輕擊中我的胸口，又無聲無息地落到地上。我俯身撿起錢，迅速轉過身，背後並沒有誰看起來像是警察。

我靠著台子又把錢放下來。「一般人不會把錢丟給我，」我說，「都是用遞的。這樣可以嗎？」

他拿起鈔票，展開鋪平，又用圍裙擦了擦，然後打開收銀機，把錢放進抽屜。

「大家都說錢不臭，」他說，「我有時會懷疑。」

我沒出聲。又有幾位顧客過來買了熱狗後離開了。夜晚很快就變涼了。

「要是我就不會試皇冠號，」小販說，「那是給乖乖小松鼠準備的，他們只抱著自己的松果。我覺得你看起來像個條子，不過那是你的打算。但願你水性還不錯。」

我離開他，心想為何第一眼就相中他。憑直覺。跟著直覺走，結果被叮。過不了多久，你一覺醒來，嘴裡含著滿滿的直覺，連點一杯咖啡，都得閉上眼睛，手指往菜單上一戳。憑直覺。

我在附近走了走，想看看身後有沒有跟著什麼人，然後開始四處尋覓沒有油煙味的餐廳，結果找到一家亮著紫色霓虹燈招牌、蘆葦簾後面是間雞尾酒吧的餐廳。一個紅褐色頭髮的可愛少年正俯在一架三角鋼琴上挑逗地撩撥著琴鍵，唱著慢了半拍的

《星空階梯》[26]。

我吞了一杯乾馬丁尼酒，然後快步穿過簾子回到用餐區。

一頓晚餐八十五分錢，吃起來就像被丟棄的郵包，為我上餐的那個侍者看起來會為了兩毛五揍我一頓，為了七毛五割斷我的喉嚨，為了一塊五把我裝進一桶水泥裡丟進大海餵魚，消費稅另計。

35

這趟二十五分錢的航程算長了。這輛水上計程艇是一艘老舊遊艇，重新刷過漆，四分之三的艇身裝設玻璃。它載著我們在已下錨的遊艇之間穿梭，繞過防波堤盡頭的消波塊。大浪不時無預警地撲襲而來，打得小艇像軟木塞般隨著浪頭彈跳。不過此刻夜幕尚未降臨，艇上還有足夠的空間讓人嘔吐。與我同乘的只有三對男女和開船的這

26 *Stairway to the Stars*, Ella Fitzgerald (1939).

個男人，他的長相慓悍，僅左臂稍沾座位，因為右臂口袋裡塞著一只黑色皮槍套。我們才駛離岸邊，那三對男女就開始在臉上互啄起來。

我回頭望著灣城的燈火，盡量忘掉那令人作嘔的晚餐。點點燈光逐漸聚攏，化成一條鑽石手鍊，展示在夜色的櫥窗裡。很快，光亮漸漸褪去，縮成淺橘色的柔和微芒，消失在海浪的邊緣。那是一排平滑緩和的長浪，沒有浪花，起伏的幅度恰到好處，讓我暗自慶幸晚餐不是就著威士忌下肚的。這時，計程艇沿著海浪滑上滑下，平穩中帶著一絲險惡，彷彿眼鏡蛇在起舞。空氣中滲著寒意，這種陰冷，水手們永遠無法將它從關節中驅走。紅色霓虹燈勾勒出的皇冠號輪廓在我們左側慢慢淡去，隱沒於掠過海面的灰色幽靈之間。然後，忽又重放光芒，耀眼得像顆新彈珠。

我們避開它，從遠處望它還挺不賴的。微弱的樂聲飄過水面，而飄過水面的樂聲想不美妙都難。皇冠號在海面漂浮著，四角都繫著錨索，平穩得像座碼頭，棧橋上燈火通明，就像是劇院的霓虹招牌。然後，這一切愈來愈遠，漸漸消失，而另一艘較老舊、規模較小的船悄悄閃出夜色，向我們靠近。它看上去平凡無奇，由一艘遠洋貨輪改造而成，船身鏽跡斑斑，覆滿浮垢，甲板以上的部分被截掉了，取而代之的是兩根粗矮桅桿，高度剛好夠放無線電天線。這艘蒙提切羅號也有燈光，音樂聲飄盪在潮濕黑暗的海面上。這時，那三對擁吻的男女暫停頸項間的吸吮交纏，對著這艘船咯咯笑了起來。

計程艇這時劃了道大轉彎，令乘客為之一驚地側傾艇身，然後緩緩地停靠在蒙提切羅號登船梯台旁的麻繩護舷旁。計程艇的引擎在霧中空轉，爆出砰砰的回火聲。一道探照燈光束懶洋洋地掃著海面，以船身為圓心畫著半徑五十碼的圓圈。

計程艇駕駛將小艇鉤住登船梯台，一個眼睛又黑又大、身穿釘著亮晃晃鈕釦藍色晚禮服的小子，嘴角掛著一絲邪氣的燦笑，伸手將女孩們拉上賭博船。我是最後一個。他隨意卻俐落地打量著我，讓我醒悟到他是幹什麼的。然後，他又隨意而俐落地撞了我肩上的槍套，我就更加確定了。

「不行，」他輕聲說，「不行。」

他的嗓音平靜沙啞，一個悍小子硬要裝斯文。他朝計程艇駕駛揚了揚下巴，駕駛隨即將一根短繩圈套在纜柱上，略微轉動方向盤，然後爬上登船梯台。他跨到我的身後。

「船上不能帶槍，小子，抱歉，不說廢話。」晚禮服假聲說道。

「我可以把它留下，這只是我著裝的配件。我是來找布魯奈談公事的。」

他似乎覺得我的話有些好笑。「沒聽過這人，」他微笑著說，「滾吧，小子。」

駕駛伸出手腕箍住我的右手臂。

「我要見布魯奈，」我說。我的聲音聽上去虛弱無力，像個老太婆。

「別爭了，」黑眼小子說，「我們現在既不在灣城，也不在加州，某種意義上說，甚至不在美國。快滾吧。」

「上艇，」駕駛在我身後低吼道，「算我欠你二十五分錢。走吧。」

我回到艇上，晚禮服看著我，臉上帶著平靜而圓滑的微笑。我望著這張臉，直到它不再微笑，不再是一張臉，不再是具體的什麼，而只是賭場燈光下的一團黑影。我望著那團黑影，心生渴望。回程的路似乎更長，我沒和駕駛講話，他也沒跟我講話。我在碼頭下艇時，他遞給我兩毛五分錢。

「等改天晚上我們回程還有位子退票的時候，你再來吧。」他疲憊地說。六、七個等著上船的乘客聽了他這話，都直直地瞪著我。我從他們身邊經過，走出浮台上小候船室的房門，朝著通向岸邊的矮台階走去。

一個紅髮大塊頭鑽工從欄杆上直起身子，不經意地撞了我一下。他穿著髒兮兮的球鞋、油膩的褲子，還有破舊的藍色水手衫，臉頰上有一道黑紋。

我停下腳步，他看上去塊頭實在太大，至少比我高出三吋，重多三十磅。可我正想要往誰的門牙上揍上一拳，哪怕結果只會讓我的手臂麻得像根木頭。

昏暗的燈光大半都被他遮在身後。「怎麼了，老兄？」他慢吞吞地說，「在船上碰釘子了？」

「去補補你的衣服吧，」我對他說，「你的肚子快頂出來了。」

「還有更慘的呢，」他說，「你的槍也快把薄外套撐破了。」

「關你什麼事！」

「老天，沒別的，只是好奇。無意冒犯，朋友。」

「好吧，那就他媽的滾開！別擋路！」

「當然，我只是在這裡歇歇。」

他露出一個遲緩疲憊的笑容。他的嗓音很溫和、輕柔，與那令人吃驚的體格並不相襯，這讓我想起另一個聲線溫和的大塊頭，我對他有莫名的好感。

「你的方法錯了，」他悵然地說，「叫我紅頭就好。」

「閃一邊去，紅頭。人都有犯錯的時候，我只不過是失手。」

他若有所思地左顧右盼了一番，把我堵進浮台遮雨棚的一角，多少算是隔開了眾人。

「你想上蒙提號？我能讓你上去，只要你給個理由。」

神情愉悅、衣著光鮮的人們經過我們上了計程艇，我等著他們過去。

「這理由要多少錢？」

「五十塊，如果在我的船上見了血，再加十塊。」

我抬腿想繞過他。

「二十五塊，」他柔和地說，「你要是和朋友一起回來，只要十五。」

「我沒朋友，」我說完走開了，他並不打算攔我。

我向右沿著水泥人行道走去，人行道上小型電車來來去去，像嬰兒車般緩慢挪動，微弱的喇叭聲連孕婦都不會嚇到。第一個碼頭旁邊有一間亮閃閃的賓果遊戲屋，裡面人聲鼎沸。我走進去，靠牆站在幾個玩家的身後，還有許多人也站在這裡候位。

我看著幾個數字在電動顯示板上亮起，聽著莊家一個個報出來，我試著想揪出有沒有賭場的槍手但沒找到，於是轉身準備離開。

一團巨大、藍色帶焦油味的氣味突然飄至我身邊，「手頭沒錢，還是捨不得花錢？」那個溫和的聲音傳進我的耳朵。

我又看看他。他有雙你從未親眼見過而只是在書中讀過的眼睛。紫羅蘭色的眼睛。近乎紫色，女孩的眼睛，一個可愛女孩的眼睛。他的皮膚也柔滑如絲，微微透紅，感覺永遠曬不黑，嬌嫩極了。他比海明威的個頭還大，而且年輕得多，比巨鹿馬洛小一號，但腳下看起來很敏捷。他的髮色是閃金的暗紅色。可是除了那雙眼睛，整張臉看起來就像個普通農夫，缺乏那種搶眼的帥氣。

「幹哪一行的？」他說，「私家偵探？」

「我幹嘛要告訴你？」我吼著。

「我猜就是這樣，」他說，「二十五塊太貴了？開銷不能報帳嗎？」

「不。」

他嘆了口氣。「反正我那也是餿主意，」他說，「他們會把你碎屍萬段。」

「這我倒不奇怪。你又是幹哪一行的？」

「這兒賺一塊錢，那兒賺一塊錢，我之前幹過警察，之後就垮了。」

「幹嘛告訴我？」

他有些吃驚，「這都是真的。」

「你肯定一向坦白。」

他淡淡一笑。

「知道布魯奈這個人？」

那個淡淡的笑容還掛在他的臉上，三聲「賓果」連接叫出，他們的效率倒是挺高。一個長著鷹勾鼻，臉頰蠟黃凹陷，身穿皺巴巴套裝的高個男人走到我們身邊，背靠著牆，但沒看我們。紅頭微微朝他探身，問道：「有什麼事需要告訴你嗎，老兄？」

鷹勾鼻的高個子咧嘴一笑走開了。紅頭也咧嘴笑著，他又靠回牆上，整棟房子跟著震了一下。
「我認識一個人能制住你。」我說。
「希望這種人多一點，」他神情嚴肅地說，「塊頭大很花錢，樣樣東西都不合尺寸，得花更多錢吃飯買衣服，睡覺時連腳都伸不直。事情是這樣的，你可能認為這不是一個談話的好地方，其實不然。誰是密探我都看得出來，而其他人只盯著那些號碼看，眼睛裡沒別的。我有艘船，而且知道一條祕密路線，嗯，我是說，我可以借一艘船。這條路盡頭有個沒點燈的碼頭。我知道蒙提號上有個運貨艙口，我能打開它，我時不時地會去卸個貨。甲板底下不會有太多人。」
「他們有探照燈和守衛員。」我說。
「沒問題。」
我掏出皮夾，抽出一張二十元和一張五元的鈔票，貼在肚子上摺成小片。那雙紫色眼睛假裝沒在看我。
「單程？」
「說好十五塊。」
「市價漲了。」
一隻沾滿焦油的手吞沒了鈔票，他靜靜地往外挪動，消失在門外冒著熱氣的黑暗之中。那個鷹勾鼻突然出現在我左邊，悄悄地說：

「我好像認識那個穿水手服的傢伙。你朋友？我以前應該見過他。」

我從牆上直起身，一言未發地從他身邊走開，出了門，然後左轉，看著一個高高的腦袋在我前面一百碼的地方穿過一盞又一盞的路燈。過了幾分鐘，我轉進兩家販賣亭中間，那個鷹勾鼻又出現了，垂眼踱步。我走到他身邊。

「晚安，」我說，「我可以用二十五分錢猜你的體重嗎？」我用身子頂住他，皺巴巴的衣服下面果然有把槍。

他面無表情地看著我，「要我逮捕你嗎，小子？我是被派來這一帶維持治安的。」

「剛才誰擾亂治安了？」

「我覺得你朋友很面熟。」

「應該的，他是個警察。」

「噢，見鬼了，」鷹勾鼻耐心地說，「怪不得。那晚安了。」

他轉身沿著原路踱回去，那個高腦袋現在消失了。其實我一點也不擔心，那小子沒什麼讓我好擔心的。

我繼續慢慢地走著。

36

遠離了路燈，遠離了人行道小公車的嘟嘟聲，遠離了煎肥油和爆米花氣味，遠離了孩童的尖叫聲和西洋景前的攬客聲，遠離了這一切，只剩下海洋的氣味和突然躍入眼簾的清晰海岸線，以及波浪拍岸濺起的米色泡沫。我幾乎是獨自一人了。嘈雜聲在身後褪去，熾熱狡詐的燈光變為單調微弱的閃爍，然後我看見一座無光的碼頭直直地伸向黑暗的大海中，應該就是這裡了。我轉身走向碼頭。

紅頭從碼頭前端的一個箱子上站起身，仰頭對我說：「對，你一直往前走到下海的台階那裡。我得先去把船開過來，熱一下引擎。」

「海濱警察剛剛盯上我了，在賓果遊戲屋的那個傢伙，我只好停下來跟他講幾句。」

「那是奧爾森，專抓扒手的，他很厲害，只不過偶爾會栽個贓來維持逮捕的光榮紀錄。這算很好了，是吧？」

「對灣城而言，恐怕是。動身吧，感覺起風了，我可不希望霧被吹散了，雖然不濃，但對我們大有幫助。」

「這霧還能撐一陣子，足夠躲過探照燈，」紅頭說，「注意甲板上有好幾挺機關槍。你去舷梯那邊，我馬上就來。」

他的身影沒入夜色，我走上漆黑的碼頭，兩腳在魚鱗般滑溜溜的木板上打滑。遠端有一道骯髒的低矮護欄，有對情侶依偎在角落裡。他們很快便走開了，男的還邊走邊罵。

我聽著海浪拍打木樁的聲響過了十分鐘，一隻夜晚出沒的飛鳥在黑暗中盤旋，翅膀的淡淡灰影橫掠過我的視野，然後消失了。一架飛機在雲端嗡鳴著。這時，遠處傳來發動機的轟響，那咆哮聲持續不斷，愈來愈近，像是有半打卡車同時發動。過了一會兒，聲音才漸漸減弱，接著突然完全無聲。

又過了幾分鐘，我回頭從舷梯處，小心翼翼地走下台階，活像隻踩在濕地板上的貓。伴隨著一記悶響，一個暗影閃出夜幕。一個聲音說：「一切就緒，上來吧。」

我爬上船，挨著他在擋板下面坐好。船平穩地劃開水面，排氣管此刻靜悄悄的，只聽到船體兩側噗噗的水流聲。又一次，灣城的燈火變得杳遠，在這片波瀾起伏的異域海浪外閃著夜光。又一次，皇冠號上的璀璨燈光滑向船體一側，那船就像站上伸展台上的模特兒一樣炫目自得。又一次，了不起的蒙提切羅號的舷窗衝破黑暗的太平洋海面，探照燈緩慢平穩地掃過船體四周，如同燈塔上的光束。

「我有點怕，」我突然說，「怕極了。」

紅頭減緩馬力，讓小船順著波浪上下起伏，彷彿海水在下方湧動而船卻保持在原地一樣。他轉臉緊盯著我。

「我害怕死亡和絕望，」我說，「害怕漆黑的海水、溺斃者的臉孔和眼窩空洞的骷髏頭。我害怕死去，害怕化為虛無，害怕找不到一個叫布魯奈的人。」

他咯咯笑了，「一開始你還真把我唬住了，你可真會為自己打氣。布魯奈可能在任何地方，可能在兩艘船的其中之一，可能在他的俱樂部裡，可能回去東部的雷諾市，趿著拖鞋待在家裡。你想聽的是這個嗎？」

「我想要找一個叫馬洛的傢伙，一個巨型壯漢，他因搶銀行在奧勒岡州立監獄服刑八年，不久前出獄。他就躲在灣城。」我把事情原委告訴他，包括一堆原本沒打算說的。這肯定是因為他的那雙眼睛。

他聽完後，沉思了一陣才慢吞吞地開了口。他的話語中好像裹著縷縷霧氣，像是黏在鬚上的水珠。或許那樣讓他的一席話聽起來更有智慧，或許不會。

「你說的話，有些有道理，」他說，「有些沒有。有些我不知道，有些我曉得。假設這個桑德堡專門窩藏人犯，私販大麻，派人打劫那些放蕩不羈的闊太太，他確實有可能跟市政府勾結，不過那也不意味著他們會了解他做的所有勾當，或者警局的每個條子都知曉他有後台。可能布蘭知道，但那個你叫海明威的不知道。布蘭的確是個壞蛋，另外那個傢伙只是個凶悍的警察，無所謂好壞、談不上奸詐或誠實，他渾身是膽，只是和我一樣蠢到以為幹警察是條謀生的正途。那個精神大師也沒弄清楚，他在灣城這個最理想的市場買了一整套保護傘，必要時就用了。你永遠不知道那樣的人打的是什麼主意，永遠也不會知道他有沒有良知，或是他害怕什麼。也許他也有人性，會偶爾愛上自己的顧客，那些闊太太比紙糊的娃娃還容易到手。所以，你被關在桑德堡處的那一晚，依我的直覺，布蘭知道一旦桑德堡發現你的身分就會害怕，他們跟桑德堡講的故事很可能就是他告訴你的那些，什麼他們發現你暈頭轉向地在外面遊蕩的說法；也知道桑德堡不知如何處置你，他會害怕，要麼放你走，要麼就敲昏你。這樣過上一陣子，布蘭就可以再上門，從他那裡撈一筆。就是這麼簡單。他們只是碰巧有個利用你的機會，於是他們就這麼辦了。布蘭說不定也知道馬洛的事，我不低估這個可能性。」

我邊聽邊看著探照燈緩慢地掃過海面，在船頭的右側遠方，計程艇來來去去。

「我知道這些傢伙是怎麼想的，」紅頭說，「警察的問題不在於他們蠢或壞或狠，而是他們以為當了警察就會比以前多些從未有過的東西。說不定曾經如此，但現在情況不同了。他們頭上騎滿了太多聰明腦袋。說到這裡，我們就談一下布魯奈吧。他不管這個城市，他一點也不在乎，他花了大筆鈔票選上市長，所以就沒人去找水上計程艇的麻煩了。如果有什麼他特別想要的東西，他們會雙手奉上。好比前一陣子，他的一個朋友，一個律師，因為酒駕肇事的重罪被抓，布魯奈幫他把罪名減輕為過失傷害，他們連警局紀錄都改了，這本身也是一項重罪。這下你該知道怎麼回事了吧。他的勾當是賭博，而現今所有的勾當都有關聯。所以說他也可能販賣大麻，或是把生意交給某個手下然後從中抽成。他可能認識桑德堡，也可能不認識。但他不會搶珠寶，想想那些傢伙為了八千塊費了多大工夫，懷疑布魯奈涉案會讓人笑掉大牙。」

「是啊，」我說，「還有一個人被殺了，記得嗎？」

「那也不是他幹的，更不會是他指使的。如果是布魯奈幹的，你不可能找得到屍體。你永遠無法知道一個人會把什麼東西縫進衣服裡，何必冒這個險？看看我為了賺你這二十五塊做了多少事情，布魯奈在不得不用錢的時候，他能辦到什麼呢？」

「他會教唆殺人嗎？」

紅頭思索了片刻，「也許吧，說不定還做過，但他不是個狠角色。他們這些黑幫是一種新型態。我們經常把他們想成老式綁匪或嗑藥的小流氓，大嘴巴的警察局長在廣播裡痛罵他們全是膽怯懦弱的鼠輩，說他們會殺女人及小孩，但一見到警察就會搖尾乞憐。他們應該清楚不該再向社會公眾兜售這一套了。這世上確實有怯懦的警察，他們也有怯懦的殺手，不過畢竟都是他媽的少數。至於那些像布魯奈的頂級人物，他們可不是靠殺人爬上位的，他們靠的是膽識和頭腦，而且他們也沒有警察的這種集體勇猛。不過最重要的是，他們是商人，一切所作所為都是為了錢，和所有商人一樣。有時某個傢伙實在礙事，好吧，幹掉。不過他們下手前會仔細斟酌，盤算周全的。見鬼，我為什麼在這裡跟你發表長篇大論？」

「布魯奈這樣的人不會藏匿馬洛，」我說，「在他連殺兩人之後。」

「對，除非有錢以外的其他因素。要回頭嗎？」

「不。」

紅頭轉動著方向盤上的雙手，船速加快了。「別以為我喜歡這幫敗類，」他說，「我恨透他們了。」

37

探照燈的光束在船身一百呎的附近掃來掃去，像一根蒙著霧氣的蒼白手指掠過海面，感覺多半是用來唬人的，尤其在夜晚的這個時間，任何想打這樣一艘賭博船主意的人，都需要很多幫手，而且需要拖到凌晨四點左右。那時賭客漸稀，只剩屈指可數的幾個還在努力扳回老本的輸家，船員們也都疲憊了。即便如此，這仍不是生財的好辦法。有人已經試過一次了。

一艘計程艇劃過一道弧線停在登船梯台旁，卸下乘客後又掉頭朝海岸駛去。紅頭把快艇停在探照燈的掃射範圍之外。要是他們一時心血來潮，把探照燈略微往上多照幾吋的話……，所幸沒有。探照燈無精打采地掃過，晦暗的海面反射著微光。快艇溜過探照燈的區域快速向船尾接近，它駛過兩條覆滿浮渣的粗大船纜，悄悄靠近沾滿油污的船身，矜持得像是旅館警衛不動聲色地把妓女請出大廳一樣。

兩扇大鐵門赫然出現在我們頭頂上方，看上去又高又重，感覺既搆不到也無力打開。快艇蹭在蒙提切羅號年代久遠的側壁上，海浪不疾不徐地拍打著腳下的底板。昏暗中，一團龐大的陰影突然在我身旁出現，一圈繩索向空中飛去，啪一聲拍在船上，套住，然後尾端落下來打在水面上。紅頭用船鉤把繩子撈出扯緊，然後將繩尾綁在引擎蓋罩上。霧濛濛的空氣讓一切都顯得很縹緲，潮濕的空氣冷冽得就像愛情的餘燼。

紅頭湊到我旁邊，呼出的氣息搔著我的耳朵，「這船太高了，一陣大風吹來繩子就拴不住了，不過我們還是得順著船板往上爬。」

「我真等不及了。」我發著抖說。

他把我的雙手按在方向盤上，調整到他想要的方位，拉下油門桿，要我把船穩住別動。船身旁邊有個弧形鐵梯用螺栓固定在船板上，上面的階梯大概跟抹了油的柱子一樣滑溜。

攀那道梯子恐怕和爬過辦公大樓的飛簷一樣刺激。紅頭用力將手在褲子上抹了一把，沾上些焦油，然後伸手抓住梯子。他一下就把自己拽了上去，無聲無息得連哼一聲都沒有。他的球鞋摳在金屬橫檔上，身子撐住外伸，幾乎呈一個直角，使自己得到更大的牽引力。

探照燈的光束現在已經遠離我們，水面上反射的光映得我的臉像信號彈般顯眼，不過什麼也沒發生。這時，我頭頂上方傳來鉸鍊沉重的悶響，一道隱隱的黃色光線洩了出來，旋即消失在霧中。運貨艙門的半邊輪廓出現在我面前，門一定沒從裡面被鎖上，我猜不透是為什麼。

傳來一聲低語，僅是聲響，並無語意。我撇下方向盤，開始往上爬。這真是我有生以來最艱難的旅程。終於，我氣喘如牛地站在一間溢著餿味的貨艙中，這裡到處堆放著箱子、木桶、繩纜和鏽鐵鍊，老鼠在黑暗的角落裡吱叫著。那道黃光是從遠處一扇窄門射出來的。

紅頭湊近我的耳朵，「我們從這裡直接走去鍋爐室，那裡有個備用蒸氣機，因為這種船不使用柴油。他們可能會留個傢伙看管下面。在甲板上工作的人可以多賺一倍的錢，荷官、監守員、侍者之類的，他們都是以和船有關的工作登記的。到了鍋爐室，我會指給你看一個沒有柵欄的通風口，它可以通往甲板，那裡是禁區，只要你還活著，到時就歸你獨享了。」

「你在船上肯定有親戚吧。」我說。

「還有比這更有趣的。你會快去快回吧？」

「我從甲板掉進海裡時應該會水花四濺，」我邊說邊掏出錢包，「我得多付些費用。拿去，萬一我遭遇不測，替我處理我的屍體。」

「你不再欠我了，老兄。」

「當作回程的費用吧，即使我可能用不著。快拿去，免得我哭出來弄濕你的襯衫。」

「需要上去幫你嗎？」

「我只需要一條三寸不爛之舌，可我嘴裡這條好像蜥蜴的鱗背。」

「把錢收好，」紅頭說，「你已經付過回程了。我覺得你有點害怕。」他抓住我的手，他的手強壯、堅實、溫暖略帶點黏糊。「我知道你害怕了。」他低聲說。

「我能克服，」我說，「總有辦法。」

他轉過身去，帶著一副奇怪表情，而在那樣的燈光下我並不能看透。我跟著他穿過一堆堆的箱子、桶子，跨過高高的鐵門檻，進入一條幽暗、散發著海船氣味的狹長通道。走出通道後，我們來到一個沾滿油的鐵架平台，然後順著一條很難抓握的鋼梯往下滑。燃油爐緩慢燃燒的嘶嘶聲充斥在空氣中，蓋過一切雜音。我們轉身，穿過各種沉默的鋼鐵，走向這嘶嘶聲。

在一個拐角附近，我們遇到一個又矮又髒的義大利佬，穿著紫色絲質襯衫，坐在一張鐵網辦公椅上，就著垂下的光禿禿燈泡，藉著一根黑黢黢的食指和一副說不定他祖父曾戴過的金屬邊框眼鏡，在那裡讀晚報。

紅頭無聲無息地走到他身後，輕柔地說：

「嗨，小矮子，小子們都好嗎？」

義大利佬張嘴倒抽一口氣，一隻手趕忙伸到紫襯衫敞口裡，紅頭一拳砸中他的下巴，將他制住，然後把他輕輕放倒在地，又把他的紫襯衫撕成長條。

「這可能會比剛才下巴那一拳還夠他受，」紅頭輕聲說，「因為在通風口裡爬梯時，下面動靜會很大，上面其實聽不到。」

紅頭俐落地把義大利佬綁牢，嘴裡塞上布條，又把他的眼鏡取下折好，放在安全的地方，然後走到那個沒有柵欄的通風口前。我抬起頭往上看，黑洞洞的，什麼也看不見。

「再見——」我說。

「也許你需要一點幫助。」

我像條淋濕的狗那樣甩甩頭，「我需要一整連的海軍陸戰隊員。但是眼下，我要麼獨自幹，要麼就不幹了。再見。」

「你要待多久？」他的聲音仍透著憂慮。

「一個小時以內。」

他盯著我，咬住嘴唇，然後點點頭。「有時人不得不這麼做，」他說，「有時間就到賓果遊戲屋來找我。」

他輕聲走開，邁了四步又回頭。「那個打開的運貨艙口，」他說，「對你可能有用。記住了。」他快步離去。

38

寒風灌進通風口，爬到頂部似乎遙遙無期，在裡面的三分鐘就像過了一個小時。

我小心翼翼地從喇叭形出口探出頭去，周圍有幾團帆布蓋住的小船模糊灰影，黑暗中傳來含糊的低語聲。探照燈的光束仍緩緩地四周巡轉，光源位於更高處，很可能是從某根短粗的桅桿頂端圍欄中射出的，那裡說不定還有一個守衛，手裡端著一挺衝鋒槍，或是一把白朗寧自動步槍。極具寒意的工作，冷酷中有一絲慰藉，遇到好心人留著貨艙門沒有上栓。

遠處傳來音樂聲，嘈雜得像是廉價收音機的低音喇叭。一盞桅頂燈懸在頭上，幾顆寒星透過層層霧氣俯瞰下來。

我爬出通風口，把點三八口徑的手槍從腋下拔出，用袖口遮住緊貼著肋骨攥在手裡。我輕輕走了三步，停下來仔細聆聽。毫無動靜。嘟嘟囔囔的低語聲沒有了，倒與我無關。我確認了聲音的位置，是在兩艘救生艇之間。黑夜與迷霧之中，幾道光線神祕地聚焦在一處，足夠照亮那挺架在高高三腳架上的黑沉沉機關槍，槍口越過護欄，直指下方。兩個男人站在它的附近，一動也不動，也沒有抽菸。片刻後他們又開始低語了，對我而言，那只是一連串聽不清的呢喃聲。

我聽了太久。另一個清晰的聲音冷不防在我背後響起。

「抱歉，按規定賭客不允許上甲板。」

我不疾不徐地轉過身，望向他的雙手，兩團霧似的並無傢伙。

我點點頭往側面跨步，好讓一艘救生艇的尾端擋住我們。那個人輕盈地跟著我，鞋子踩在濕漉漉的甲板上，悄然無聲。

「我應該迷路了。」我說。

「我想也是。」他的聲音很年輕，並不生硬，「但是艙梯底部有扇門，上面裝的是彈簧鎖，那是一把好鎖。以前那裡是一截露天扶梯，只圍了一條鐵鍊和銅牌告示，後來我們發現有些活潑的傢伙會從那裡跨過來。」

他講了很長一串，也許是在示好，也許是在等待，我無法確定是哪種情況。我說：「一定是有人忘記把門關上了。」

黑影點點頭，他比我矮。

「不過，你現在能了解我們的狀況了。如果真有人忘記關門，老闆一定會很不高興；如果不是那樣，我們會很想知道你是怎麼上來的。想必你明白我的意思。」

「很簡單，咱們下去和老闆談談。」

「你有同伴？」

「很棒的同伴。」

「你應該和他們待在一起。」

「你知道怎麼回事，你只是轉個頭，就有另一個傢伙請她喝酒了。」

他咯咯一笑，然後略微點了點下巴。

我俯身，一個蛙跳閃到一旁，一根包革鐵棒嗖一聲在安靜的空中呼嘯而過。這一帶的每根鐵棒似乎都會自動朝我揮來。高個子嘴裡咒罵著。

我說：「想當英雄就儘管來吧。」

我讓手槍的保險栓發出很大的聲音。

有時拙劣的表演也能震撼全場，高個子定住不動了，我看到鐵棒仍在他的手腕上舞動。剛剛跟我說話的人則不慌不忙地思考著。

「這玩意幫不了你，」他嚴肅地說，「你永遠也下不了這艘船。」

「我早就想過了，然後我還想過你們到底有多無所謂。」

又一幕蹩腳的演出。

「你想要什麼？」他輕聲問。

「我有把很吵的槍，」我說，「不過它不一定要發出聲響。我要和布魯奈談談。」

「他去聖地亞哥談生意了。」

「那我和他的副手談。」

「你這傢伙真難纏，」和善的那個說，「我們下去吧。進門前你得把傢伙收起來。」

「等我確定要進門時，自然會把槍收了。」

他輕笑了一下，「回去幹活吧，斯利，這事我來處理。」

他懶洋洋地移動到我前面，高個子則消失在黑暗中。

「跟我來吧。」

我們一前一後穿過甲板，走下包覆黃銅的濕滑台階，底下是一扇厚實的門。他開門又查看了門鎖，面露微笑，點點頭，替我撐住門。於是我把槍收好，邁步走了進去。

門在我們身後咔嚓鎖上，他說：

「寧靜的夜晚，至少到目前為止。」

一道鍍金拱門出現在我們面前，後面是間遊樂室，裡面的客人不算多，看起來和其他遊樂室並無二致。房間的一端有個小玻璃吧台和幾張高腳凳，中間有道下行樓梯，不時有音樂聲從那裡傳上來。我聽到輪盤轉動的聲音，莊家正和一個人單獨玩法羅牌，整個房間裡的人不超過六十個。法羅牌的賭桌上堆了一疊百元美鈔，夠開一家銀行的。玩家是個一頭花白髮的老先生，他禮貌地注視著莊家，面無表情。

兩個禮服男人安靜地穿過拱門踱步過來，一臉漫不經心，完全可以預料。那兩人漫步朝我們走來，和我一起的矮個子則等著他們穿過拱門。他們之後又走了幾步，把手探進口袋裡摸著，顯然是在找香菸。

「從現在開始，我們得有點秩序了，」矮個子說，「你不介意吧？」

「你就是布魯奈。」我驀然說。

他聳聳肩，「當然。」

「你看上去不怎麼凶悍。」我說。

「但願如此。」

兩個穿禮服的男人輕輕地左右包夾著我。

「進屋吧，」布魯奈說，「我們可以輕鬆談話。」

他開門，他們把我帶了進去。

這個房間既像船艙又不像船艙。兩盞黃銅燈在吊架上擺動，懸掛在一張很可能是塑膠而非木質的深色書桌上。最裡面放著紋木雙層床，下層是整理好的，上層則放了幾疊留聲機唱片封套。角落裡擺著一架大型的組合式留聲收音機，此外還有一張紅皮長沙發、一塊紅地毯、幾個菸灰缸架、一把放了香菸、醒酒器和幾只玻璃杯的小凳子，一個小酒吧在床對角線的角落。

「坐吧。」布魯奈說著繞到桌後。桌上有很多貌似與生意相關的文件，上面是一列列用簿記機完成的數字。他坐進一把高背老闆椅，微微前傾地打量我，然後又站起身，脫下大衣和領帶，扔在一邊。他再次坐下來，拿起一枝筆搔著耳垂。他露出貓般的微笑，而我是喜歡貓的。

他看起來不年輕也不老，不胖也不瘦，常待在海上及海邊的緣故，膚色看起來很健康。自然鬈的栗色頭髮，在海風下更加卷曲了。前額很窄，有副聰明相；眼珠泛黃，眼神隱隱透著一絲威懾感；雙手很漂亮，保養得當卻不算過分呵護。那身宴會服應該是午夜藍的，我猜如此，因為那顏色看起來實在深得發黑。他的珍珠在我看來太大了，不過這或許只是出於嫉妒。

他盯了我好久才開口道：「他有把槍。」

其中一個柔和的壯漢用什麼東西朝我的脊柱上一戳，當然不太可能是釣魚竿。他把我的槍搜去，又摸了摸有無其他傢伙。

「還有其他吩咐嗎？」一個聲音問。

布魯奈搖搖頭，「現在沒有。」

其中一個槍手把我的自動手槍滑過桌面，布魯奈放下筆，拿起一把拆信刀在吸墨紙上輕輕地轉著那把槍。

「那麼，」他輕聲說，目光越過我的肩膀，「現在還要我解釋該做什麼嗎？」

其中一個傢伙立刻出去，關上門，另一個則原地不動，好像不存在一樣。接下來好一陣安謐，偶爾傳來遠處的嗡嗡低語聲和深沉的音樂聲，還有船底某處難以察覺的震顫。

「來一杯？」

「謝謝。」

那隻大猩猩在小酒吧調了兩杯酒，調酒時並沒刻意擋住杯子，然後他在桌子兩旁的黑色玻璃小推車上各擺了一杯酒。

「抽菸嗎？」

「謝謝。」

「埃及菸可以嗎？」

「當然。」

我們點燃香菸，喝著酒。品著像是上好的威士忌。大猩猩沒加入。

「我想要……」我開口道。

「對不起，那不怎麼重要，對吧？」

又是貓咪般的輕柔微笑和慵懶半閉的黃色眼睛。

門開了，另一個槍手回來了，跟他一起的還有那個穿晚禮服、嘴角掛著邪氣的守衛。他瞄了我一眼，臉色陡然變得煞白。

「我沒放他上來。」他擰著半邊嘴角快速說道。

「他帶了把槍，」布魯奈說著，用拆信刀捅了捅槍，「這把槍。他還差點把這傢伙頂在我背上，在甲板上。」
「不是我放他上來的，老闆。」晚禮服仍是急促地說。
布魯奈略微抬起黃色眼睛，微笑地看著我，「如何？」
「扔出去，」我說，「找個地方教訓一頓。」
「計程艇的司機可以作證！」晚禮服吼道。
「五點半以後你離開過登船梯台嗎？」
「一分鐘都沒離開過，老闆。」
「一秒鐘都沒離開過，老闆。」
「這回答不算數，一個大帝國可能在一分鐘內垮台。」
「但他可以被搞定。」我說著，大笑起來。
晚禮服男子像拳擊手般一個滑步閃到我面前，拳頭像快鞭一樣揮來，眼看就要擊中我的太陽穴。只聽見砰一聲悶響，他的拳頭隨即軟在了半空。整個人往一旁跌去，雙手掙扎地抓住桌角，最後仰面地滾到地上。換我看別人挨悶棍的感覺真不錯。
布魯奈仍朝我微笑著。
「希望你沒讓他蒙冤，」布魯奈說，「但我們還沒解決通往艙梯門的問題。」
「門意外地沒有關上。」

「能想個別的理由嗎？」

「這麼多人在場，我想不出來。」

「我跟你單獨談。」布魯奈說，沒看其他人只是看著我。

那猩猩抬著晚禮服的腋窩，拖著他穿過房間，另一個傢伙替他開門，他們一起離開，門關上了。

「一個私家偵探，想和一個叫巨鹿馬洛的人談談。」

「好吧，」布魯奈說，「你是誰？想要什麼？」

「證明給我看。」

我照他的話做了，他隔著桌子把我的皮夾丟回來，飽經風吹日曬的嘴唇仍舊微笑著，只是開始有些做作了。

「我在調查一樁謀殺案，」我說，「死者名叫馬瑞歐，上週四晚上在靠近你那家貝韋迪俱樂部的斷崖上被殺了。這樁謀殺案剛好又與另一樁謀殺案相關聯，死者是一個女人，兇手是馬洛，有前科的銀行搶匪，一個十足凶悍的傢伙。」

他點點頭，「我還沒問你這些和我有什麼關係，我想你等一下會談到。你是怎麼上船的？」

「跟你說過了。」

「那不是事實，」他溫和地說，「你的名字是馬羅？你說的不是事實，馬羅。你心知肚明，登船梯台的那小子沒有撒謊，我挑手下是極為審慎的。」

「你在灣城占有一席之地，」我說，「我不知道有多大，但足夠你隨心所欲。一個叫桑德堡的傢伙在灣城經營一處藏匿罪犯的窩點，他在那裡販賣大麻、策畫搶劫還窩藏通緝犯。可想而知，沒有後台，他是不可能做這些事的。事實上我認為，沒有你的幫助，他是辦不到的。馬洛就藏在他那裡，後來離開了。馬洛身高差不多七呎，很難找到藏身處，我覺得一艘賭博船對他來說倒是很理想。」

「你未免想得太簡單了，」布魯奈輕聲說，「就算我要藏他，又何必冒險把他放在這裡？」他啜了口酒，「畢竟我幹的是另一門生意，能讓水上計程艇安穩載客已經夠難了。這世上有很多地方可以讓罪犯藏身，只要他有錢。你還有其他更好的說法嗎？」

「有，但還是讓它們見鬼去吧。」

「我幫不到你。所以，你是怎麼上船的？」

「我不想說。」

「恐怕我得逼著你說了，馬羅，」他的牙齒在黃銅船燈下閃出一道寒光，「畢竟，這事我辦得到。」

「如果我告訴你，你可以傳話給馬洛嗎？」

「什麼話？」

我伸手到桌上拿起皮夾，從裡面抽出一張名片翻過來，然後把皮夾收好，拿起鉛筆在名片背面寫了五個字，再把它推過桌面。布魯奈拿起來讀了一遍。「這話對我而言毫無意義。」他說。

「對馬洛有意義。」

他身子往後一靠，盯著我，「我看不懂你。你豁出性命到這裡來就是為了給我一張名片，讓我轉交給某個我根本不認識的兇手。這一點道理都沒有。」

「如果你不認識他就確實沒道理。」

「你為什麼不把槍留在岸上，按常規方式上船？」

「第一次是忘了，然後我知道那個穿晚禮服的硬小子再也不會讓我上船了。後來我遇到一個傢伙會走另一條路。」

他的黃色眼睛閃出光芒，微笑著不語。

「那傢伙不是壞人，不過他一直在海灘一帶探聽消息。你的船上有個裝卸艙口裡面沒有上栓，還有一道沒有柵欄的通風口，那裡有個人，從那裡爬上甲板得先把他敲昏。你最好查查船員名單，布魯奈。」

他輕輕蠕動嘴唇，上下摩擦著，再次低頭看了看名片，「這艘船上沒有叫馬洛的人，」他說，「不過如果關於裝卸艙口的說法屬實，我就答應你。」

「你自己過去看看。」

他仍舊看著那張名片，「只要我有辦法能傳話給馬洛，我一定做到。真不知道我為何要費這個工夫。」

「去看看那個裝卸艙口吧。」

他動也不動地坐了半晌，然後往前一探身，把槍從桌子對面推給我。

「我所做的事，」他沉吟道，彷彿此刻正獨身一人，「管這個城，票選市長，收買警察，販賣大麻，窩藏罪犯，搶劫老女人的珠寶。我可真有時間啊。」他短促地大笑了幾聲，「真有時間啊。」

我拿起槍，塞回腋下。

布魯奈站起來。「我不保證任何事，」他說，並鎮定地看著我，「但我相信你。」

「當然。」

「你冒了好大的險就為了聽我說這個？」

「對。」

「好吧，」他做了一個無意義的手勢，然後把手伸過桌子。

「來和一個笨蛋握握手吧。」他輕聲說。

我和他握了手。他的手小而有力，還有點發燙。

「你不願意告訴我怎麼發現這個運貨艙口的？」

「我不能說，總之告訴我的人不是壞人。」

「我可以讓你說出來，」他說，隨即又搖搖頭，「不過還是算了，我信你一次，就再信你一次。坐下再喝一杯吧。」

他按下電鈴，後面的門開了，之前的那位溫和槍手走了進來。

「待在這裡。如果他想喝的話，再給他杯酒。不要動粗。」

那枚魚雷坐了下來，冷靜地對我微笑。布魯奈快步走出辦公室。我抽了一支菸，喝了一杯酒，魚雷又調了一杯給我。我把第二杯也喝掉了，又抽了一支菸。

布魯奈回來了，在角落洗過手，然後坐回到桌後。他朝那魚雷點了一下頭，魚雷便默默地走了出去。

黃眼睛研究著我。「你贏了，馬羅。我的船員名單上有一百六十四個人。好吧，」他聳聳肩，「你可以搭計程艇回去，沒人會找你麻煩。至於你的口信，我有一些渠道，我會讓他們傳話。晚安，也許我該謝謝你，謝謝你的實話。」

「晚安。」我說，然後起身離開。

登船梯台上換了個新人，我搭了另一艘計程艇回到岸上，之後走去賓果遊戲屋，鑽進人群靠在牆上。

幾分鐘後，紅頭走過來，挨著我靠在牆上。

「順利，嗯？」紅頭在報賓果數字的叫喊聲中輕聲說。

「多虧你，他信了，而且看起來很擔心。」

紅頭左右張望了一下，又看了看賭桌。他打了個呵欠，從牆上直起身，鷹勾鼻又進來了。紅頭湊過去對他說，「好嗎，奧爾森？」然後推開他走了，險些把他撞個四腳朝天。

奧爾森氣惱地瞪著他的背影，調整了頭上的帽子，朝地上惡狠狠地啐了口痰。

奧爾森一走，我便離開那裡，往停車場我停車的地方走去。

我徑直開回好萊塢，停好車子，回到公寓。

我脫掉鞋，穿著襪子在地板上走動，感覺著腳趾，它們不時地還有些麻木感。

然後，我在放下來的折疊床床沿坐下，試圖估算時間，可完全是白費力氣。也許要花幾個小時或幾天才能找到馬洛。也許永遠找不到了，直到他被警察抓住。如果他們真找得到他——倘若他還活著。

39

大約十點鐘，我撥打了灣城葛萊兒家的電話。原以為太晚了，恐怕找不到她，可並非如此，我跟女傭及管家糾纏了好一陣子，最後終於聽到話筒彼端她的聲音。聽起來輕鬆愉悅，像是可隨時外出享受夜晚的狀態。

「我答應過你會打電話，」我說，「現在有點晚，可是我的事情太多了。」

「又想失約？」她的語氣冷淡下來。

「也許不是，你的司機這麼晚還要工作嗎？」

「早晚全聽我吩咐。」

「能順道來接我一下嗎？我剛好可以把自己塞進禮服裡。」

「你真好，」她拖著長腔說，「我真的應該去嗎？」安瑟把她的語調訓練得很出色——如果之前真有什麼問題的話。

「我讓你看我的銅版畫。」

「就一幅銅版畫？」

「我這只是一間單身公寓。」

「我聽說過這種玩意，」她又拖起長腔，然後連語氣都變了，「別把自己裝得那麼高高在上。你有副迷人的身材，先生，任何時候都別讓其他人對此表達異議。再跟我說一遍你的地址。」

我把地址和房間號碼告訴她。「大廳的門是鎖上的，」我說，「不過我會下去把門栓打開。」

「這樣很好，」她說，「我就不用帶上撬棍了。」

她掛上電話，把我留在一種奇異的感覺中，彷彿剛才在跟一個不存在的人說話似的。

我下樓到大廳，打開門栓，然後回來洗澡，換上睡衣，躺到床上。我大概可以睡上一個星期。然而，我又把自己拖下床，打開房門的鎖，我剛才忘了，然後步履艱難地走到小廚房，拿出兩個酒杯和一瓶專門用來進行高級引誘的威士忌。

我再次躺回床上。「祈禱吧，」我高聲說，「現在能做的只有祈禱了。」

我閉上眼睛。房間的四壁似乎像船艙一樣晃動，靜止的空氣像是瀰漫著霧氣，夾雜著海風。我嗅到廢棄貨艙的惡臭，聞到引擎機油的味道，看到一個紫襯衫義大利佬在光禿禿的燈泡下戴著他祖父的眼鏡讀報。我開始爬，在一個通風管道裡不停地往上爬。我爬上了喜馬拉雅山，踏在峰頂時，一群拿著機關槍的傢伙把我團團圍住。我和一個個頭矮小卻不知為何很有人情味的黃眼男人談話，他是個混黑道的，也可能更糟糕。我想到那個紅髮巨人和他那雙紫色眼睛，他大概是我碰過的人裡面最好的那個。

我停止思考。閉上眼，光線在我眼皮後移動，我迷失在空間裡。我是一個鑲著金邊的傻瓜，剛從一場徒勞中歷險歸來。我是一個百元大鈔炸藥包，爆炸時卻無聲無息得像是當鋪老闆盯著一元手表的表情。我是一隻粉紅腦袋的甲蟲，正沿著市政府大樓的側壁往上爬。

我睡著了。

我醒得很緩慢，很不情願，瞪著反射在天花板上的燈光。房間裡有什麼東西在輕輕地移動著。

那移動很鬼祟、安靜卻又沉重。我傾聽著，然後慢慢轉頭，視線落在巨鹿馬洛身上。房間裡有些陰影，他就在陰影中移動著，悄無聲息地像我上次見到他時一樣，手上的槍閃著黑亮的光澤。他的帽子被推到腦後，壓著一頭黑色鬈髮。他用力嗅聞著，好像獵犬一般。

他發現我睜開了眼睛，便輕緩地走來床邊，俯視著我。

「我收到你的字條了，」他說，「來時沒人跟蹤。我在外面沒看到條子，如果這是個圈套，咱倆一起上路。」

我在床上略微翻了個身，他迅速把手伸到枕頭下摸了摸。他的臉孔還是那麼寬闊而蒼白，深陷的雙眼仍是那麼溫和。今晚，他穿著一件大衣，衣服緊緊地綳在身上，一邊的肩頭已經綻線，可能是穿的時候扯破了。這件衣服應該是最大號的，但對巨鹿馬洛而言還是不夠大。

「我正期待你會過來，」我說，「沒有警察知道這件事，我只想見你。」

「繼續講。」他說道。

他挪到旁邊的一張桌子前，放下槍，扯掉大衣，坐進我那張最舒服的安樂椅。椅子吱嘎作響，但沒有垮掉。他緩緩地往後靠，調整槍枝，把它挪近他的右手位置，然後從口袋裡撈出一包香菸，抖出一根，直接叼進嘴巴。一根火柴在拇指指甲上劃燃，一股嗆人的菸味飄散在整個房間裡。

「你沒生病或怎樣吧？」他說。

「只是在休息，今天夠累了。」

「門沒鎖。在等人？」

「一位女士。」

他若有所思地凝視著我。

「也許她不會來了，」我說，「要是來了，我會拖住她。」

「什麼女士？」

「噢，就是個女士，如果她來了，我會讓她走的。我寧願跟你說話。」

他那若隱若現的微笑幾乎沒能牽動嘴角，他笨拙地吸了一口菸，好像菸太小，他的手指沒辦法自如地捏住它。

「你為什麼會認為我在蒙提號上？」他問。

「一個灣城警察。這說來話長，而且有太多猜測的成分。」

「灣城警察在找我？」

「你在乎嗎？」

他又露出那絲極淡的微笑，稍微搖了搖腦袋。

「你殺了一個女人，」我說，「潔西・馥羅安，那是個錯誤。」

他想了想，然後點點頭。「我不想提那件事。」他靜靜地說。

「但那讓你陷入窘境了，」我說，「我不怕你，你不是一個殺手，你並沒打算殺掉她。另外一件案子，中央大道的那個，你或許能從中脫身，但抓著一個女人的腦袋往床柱上撞，撞到腦漿糊了滿臉，這你可就跑不了了。」

「你可真敢冒險啊，老兄。」他輕聲說。

「以我最近受到的待遇，」我說，「實在也沒什麼好怕的了。你不想殺她，是吧？」

他的眼神不安了起來，頭一歪，擺出一副傾聽狀。
「你得開始學著控制自己的力道。」我說。
「太遲了。」他說。
「你想讓她告訴你一些事情，」我說，「你抓住她的脖子搖她，等你把她的頭往床柱上撞時她早就死了。」
他直勾勾地瞪著我。
「我知道你想讓她說什麼。」我說。
「繼續。」
「發現她的屍體時，還有一個警察和我一起，我必須撇清關係。」
「撇清多少？」
「完全撇清，」我說，「但不包括今晚。」
他瞪著我。「好吧，你怎麼知道我在蒙提號上？」他剛才問過我了，但他似乎忘了。
「我不知道，但最簡單的逃跑方式就是走水路。憑藉他們在灣城的勢力，你完全可以躲到一艘賭博船上，之後你就可以徹底脫身，透過某些幫助。」
「賴德．布魯奈是個好人，」他茫然地說，「我這麼聽說的，我從來沒跟他說過話。」

「他把我的話傳給你了。」

「見鬼，起碼有一打消息靈通人士可以幫他傳話，老兄。我們什麼時候去辦你名片上說的那件事？直覺告訴我你講的是真話，否則我也不會跑到這裡來以身犯險。咱們去哪兒？」

他掐滅了香菸看著我。影子在牆上聳現，巨人的影子。他個頭太大了，簡直像是幻像。

「你怎麼知道是我殺了潔西・馥羅安？」他陡然問道。

「她脖子上的手指印間距，還有你想從她那裡探尋消息、力氣大到可以無意間把人殺死的這些事實。」

「警察把我當成嫌犯了嗎？」

「我不清楚。」

「我想從她那裡知道些什麼？」

「你以為她可能知道薇瑪在哪裡。」

他沉默地點點頭，繼續盯著我看。

「不過她不知道，」我說，「薇瑪比她聰明多了。」

一陣輕輕的敲門聲響起。

馬洛將身子向前微探，微笑著抓起槍。有人在轉動門把。馬洛慢慢地站起身，彎下身子屈膝傾聽，然後他把目光從門上移開，扭頭看著我。

我在床上坐起身，雙腳落地站起來。馬洛靜靜地看著我，一動也不動。我走到門邊。

「誰？」我嘴巴貼在門板上問道。

是她的聲音沒錯，「開門，傻子，我是溫莎女公爵。」

「稍等。」

我回頭看看馬洛，他皺眉。我走到他身邊，用極低沉的聲音說：「沒別的門出去，你去床後的更衣室躲一下，我會把她打發走的。」

他聽著，思考著，表情不可捉摸。他現在是一個毫無退路的人，一個從來不知畏懼為何物的人，那副巨大的身軀甚至天生就沒有畏懼二字。他終於點點頭，抓起帽子和大衣，靜悄悄地繞到床後，進入更衣室。門關上了，但還留了一道縫。

我環顧四周，查看還有沒有他留下的痕跡。只有一個菸蒂，但那可能是任何人的。我走到房門邊把門打開。馬洛進來時又把門栓鎖上了。

她似笑非笑地站在那裡，穿著那件向我提過的白色狐皮高領披風，綠寶石的耳墜從兩耳垂下，幾乎埋在白色的柔軟皮毛裡。她的手指勾著一只小巧的晚宴包，柔柔地蜷曲著。

她看到我的瞬間，笑容從臉上褪去。她上下打量著我，目光十分冰冷。

「原來如此，」她陰著臉說，「睡衣和睡袍，向我展示他心愛的小銅版畫。我真是個傻瓜。」

我站到一旁，扶著門，「不是這樣的，我正要換衣服時來了個警察，他剛走。」

「藍道？」

我點點頭。謊話就是謊話，點頭也算撒謊，不過這樣比較簡單。她遲疑了半晌，然後從我身邊走過，皮毛披風揚起一陣香水味。

我關上門。她慢悠悠地穿過房間，茫然地盯著牆壁，然後突然轉身。

「讓我們先把話說清楚，」她說，「我不是那種隨便的女人，我也不想要那種小房間的一夜浪漫。我生命中的某段時期經歷過太多這樣的事情。現在我喜歡有格調的方式。」

「你離開前願意喝一杯嗎？」我依然靠在門上，和她隔著一個房間。

「我要離開了嗎？」

「你給我的感覺是你不喜歡這裡。」

「我只是想表明立場，我必須要稍微粗俗一點地表明。我不是那種人盡可夫的淫蕩女人，男人可以得到我，但不能只是伸伸手而已。是的，我願意喝一杯。」

我走去小廚房，用微微發顫的手調了兩杯酒。我端著酒回來，遞了一杯給她。更衣室裡什麼動靜也沒有，甚至連呼吸聲都聽不到。

她接過酒杯，嚐了一口，看著對面的牆。「我不喜歡男人穿著睡衣迎接我，」她說，「這很怪。我喜歡你，我非常喜歡你。我可以裝作沒這回事，我經常如此。」

我點點頭，喝著酒。

「大多數男人只是骯髒的禽獸，」她說，「如果你問我的話，其實這就是個骯髒的世界。」

「有錢可以改善。」

「沒錢的時候，你會這麼以為，事實上它只會製造新的問題，」她古怪地微笑著，「之後你就會忘記原來的問題有多麻煩。」

她從包包裡掏出一個金菸盒，我走去用火柴替她點燃。她淡淡地吐出一團煙，半閉著眼看著它。

「坐到我身邊來。」她突然說。

「我們先聊聊。」

「聊什麼？噢，我的翡翠項鍊嗎？」

「聊謀殺。」

她的表情絲毫未變，又吐出一團煙，這次比較小心、比較緩慢。「這是個令人厭惡的話題，非得聊嗎？」

我聳聳肩。

「林賽·馬瑞歐不是聖人，」她說，「但我仍然不想談這事。」

她冷冷地看了我良久，然後把手伸進打開的晚宴包，翻出一條手帕。

「在我看來，他也不是什麼珠寶搶匪的眼線，」我說，「警察假裝相信這個推測，反正他們經常假裝。我甚至不覺得他是個勒索犯，實質上來講。很有趣，是吧？」

「是嗎？」她的聲音此刻冷若冰霜。

「好吧，也不一定，」我表示認同後，喝光了杯中的酒，「你能來我可真高興，葛萊兒太太。但我們之間似乎有點小誤會。比如，我甚至不認為馬瑞歐是被幫派分子殺死的，也不認為他去那個峽谷是為了贖回翡翠項鍊，更不認為有什麼翡翠項鍊被搶了。我認為，他去那個峽谷就是赴一場死亡之約，雖然他以為是去協助執行謀殺的。不過，馬瑞歐實在是一個很蹩腳的謀殺者。」

她略微前傾，笑容變得有些僵硬。剎那間，她的美麗消失了，雖然面容並無實際改變，但她看起來像是百年前危險、二十年前大膽，如今只能算好萊塢二流角色的女人。

她一言不發，只是用右手輕敲著皮包的搭扣。

「一個非常蹩腳的謀殺者，」我說，「就像莎士比亞《查理三世》那一幕裡的第二個兇手，那傢伙還存有一丁點良知，但仍想得到那筆錢，最後他完全沒殺人，因為下不了決心。這種謀殺者非常危險，他們必須被除掉。有時用包革鐵棍就可以。」

她微笑著，「那他是要去殺誰呢，依你所見？」

「我。」

「那真讓人難以置信，有人會這麼恨你。而且，你還說我的翡翠項鍊從沒被搶走過，這些你都有證據嗎？」

「我沒說有證據，我說我認為如此。」

「那為什麼要像傻瓜一樣談這些呢？」

「證據，」我說，「永遠只是相對的東西，它只是各種可能性達到的壓倒性平衡，而且要取決於你如何理解它。想謀殺我的動機微乎其微，僅僅因為我，同時還有個剛出獄的前科犯巨鹿馬洛，在追查一個之前在中央大道廉價餐館賣唱的歌手。或許我在幫他找她。顯然，找到她並非不可能，否則就不值得對馬瑞歐謊稱說我必須死而且得盡快死了。當然，如果不這麼說，馬瑞歐也不會相信。但相較之下，殺馬瑞歐的動機就強多了。而他，無論是出於虛榮、愛情、貪婪或是三者的混合，都沒有預料到。他很害怕，不是為他自己，他害怕的是他即將參與其中的暴力，以及因牽涉在內而被定罪的可能。可是另一方面，他又得為自己的飯票搏上一搏。於是，他決定冒這個險。」

我停住，她點點頭說：「非常有趣，如果有誰能聽得懂的話……」

「確實有個人能聽懂。」我說。

我們四目相對，她的右手又伸進包裡，我很清楚那手裡拿到了什麼，不過畢竟還沒掏出來。每場比賽都需要時間。

「玩笑到此為止，」我說，「我們單獨在這裡，誰說了什麼都不會對對方構成威脅，我們相互抵銷。一個貧民窟出身的女孩後來成為千萬富翁的太太，她努力往上爬的時候，一個卑鄙的老女人認出了她，很可能是聽出她在電台唱歌的聲音，然後又跑去找她，因此這個老女人的嘴必須被堵住，但她太容易就被打發了，因此她所知一定很少。不過那個安置了她、每個月付錢給她、擁有她房子信託契約、一旦她不老實就會丟她進臭水溝的人，是無所不知的，他的價碼可就高了，可是也沒關係，只要其他人不知道就行。沒料想，有一天一個叫巨鹿馬洛的狠角色從監獄出來了，並開始四處尋找他的小甜心，因為這大塊頭像傻瓜一樣愛過她，到現在也還愛著她。這就讓整件事情有趣了起來，一種悲劇性的有趣。這時，有個私家偵探也攪和進來。於是，這條關係鍊裡最薄弱的一環，馬瑞歐，就不再是奢侈品了，他變成一種威脅。他們會找到他，然後把他拆下來。他就是那種傢伙，溫度一高就會變軟。所以他在變軟之前被殺了。用一根棍子。是你。」

她只是把手從包裡拿出來，手裡握著一把槍。她只是用槍指著我，面帶微笑。而我什麼也沒做。

但不只是那樣。巨鹿馬洛從更衣室走出來，毛茸茸的巨掌握著那把柯爾特點四五口徑手槍，就像握著一件小玩具。

他完全沒看我，他看著柳雯・洛克里奇・葛萊兒太太。他身子往前一探，嘴角一咧，輕柔地對她說：

「我就說我認得這聲音，」他說，「這個聲音我聽了足有八年，靠我的記憶。不過，我還是比較喜歡你的紅頭髮。好嗎？寶貝，好久不見了。」

她掉轉槍口。

「滾開，你這狗娘養的。」她說。

他猛然停住，把槍垂在身側。他離她還有幾呎遠，呼吸變得粗重。

「我從來沒想過，」他靜靜地說，「這個念頭剛才突然冒出來，是你把我出賣給警察的。是你，小薇瑪。」

我抛出一個枕頭，但太慢了，她朝他的肚子開了五槍，子彈發出的聲音不比手指套進手套更響。

緊接著，她將槍口對著我開槍，不過沒有子彈了。她俯衝向馬洛掉在地板上的槍。第二個枕頭我沒有失手，趁她還來不及把枕頭從臉上拿開，我迅速繞過床去把她撞開。我撿起那支柯爾特手槍，握著它又順著床沿繞回來。

巨鹿馬洛還站著，但身體開始搖晃。他的嘴角鬆弛，雙手在身上胡亂摸著。他膝蓋一軟，側身倒在床上，面部朝下，粗重的喘息聲充滿了整個房間。

在她行動前我拿到電話，她的眼睛一片死灰，彷彿半結冰的水。她衝向門口，我也沒試圖阻攔。她離開時門大開著，我打過電話之後走去把門關好。我把馬洛的頭稍微轉動了一下，免得他窒息。他還活著，不過腹部連挨五槍，即使是巨鹿馬洛也撐不了多久。

我回到電話旁，撥通了藍道家的電話。「馬洛，」我說，「在我的公寓裡，被葛萊兒太太在肚子上射了五槍。我已通知醫院了。她逃了。」

「所以你得聰明點。」他只說了這一句便掛斷了電話。

我回到床邊，馬洛正跪在地上想要站起來，手裡緊緊抓著一大團床單。他臉上汗水橫流，眼皮緩緩顫動，耳垂已經發黑。

救護車趕到時，他仍跪在那裡掙扎著想站起來。他們出動了四個人才把他抬上擔架。

「他還有一線生機，如果子彈是點二五口徑，」急救人員出發前一刻對我說，「一切取決於子彈打中什麼部位，不過尚有希望。」

「他不會想要那個希望的。」我說。

他的確不要，當晚他就死了。

40

「你應該辦一場晚宴，」安・瑞爾丹隔著她的黃褐色地毯望著我說，「閃著微光的銀器和水晶餐具，雪白明亮的亞麻桌布，如果現在辦晚宴的地方還用亞麻桌布的話。還有燭光，女人戴著她們最好的珠寶，男人打著白色領結，侍者小心地來回穿梭，手裡拿著用餐巾裹住的葡萄酒。警察們穿著租來的晚宴服，看上去渾身不自在，不過見鬼了，又有誰會舒服呢。嫌犯們掛著脆弱的微笑，雙手不安分地移來動去。而你，就坐在長桌的尾端，講述著這一切，帶著你那迷人的笑容，用像菲洛・凡斯[27]那樣用裝模作樣的英國口音，徐徐道出。」

「對，」我說，「不過你要機靈的時候可不可以讓我拿點什麼呢？」

她走去廚房，攪了一陣冰塊，拿著兩個高腳杯回來重新坐下。

「你那些女友的酒水帳單恐怕很驚人。」她說著，小啜了一口。

「然後管家突然昏倒了，」我說，「只不過管家並非兇手，他只是覺得這樣比較可愛。」

我灌下一大口酒。「不是那種故事，」我說，「既不巧妙也不機智，只是充滿了黑暗與血腥。」

「這麼說，她逃掉了？」

我點點頭，「到目前為止，她沒回過家。肯定有個小小的藏身處可以讓她喬裝的，畢竟她過得是擔驚受怕的日子，跟水手一樣。她是單獨來見我的，沒有司機。她

27 菲洛・凡斯（Philo Vance），美國小說家范・達因（Van Dine）作品中的名偵探。

開了一輛小車，幾個街區之外她就棄車逃跑了。」

「他們會抓到她的……如果他們真盡力的話。」

「別這麼說，地方檢察官韋德是個正直的人，我之前在他手下做過事。不過假設他們抓到她，然後呢？他們要面對的是兩千萬美元和一張迷人的臉蛋，還有大律師李·法羅或雷奈坎普。要證明她殺了馬瑞歐幾乎不可能，他們手上掌握的東西，頂多是一個較強的動機和她的身世，如果他們能查出她身世的話。她很可能連紀錄都沒有，不然她也不敢這麼幹。」

「馬洛呢？如果你早點把他的事情告訴我，我可能早就猜到她是誰了。順便問，你是怎麼知道的？這兩張照片上的女人根本不是同一人。」

「是的，我懷疑連馥羅安那老女人也不知道照片被掉過包。我把薇瑪的照片，那張寫了薇瑪·魏蘭多簽名的，晃到她面前時，她看上去有些吃驚。但她也有可能知道，她只是先把照片藏起來，打算之後再賣給我，她知道那不會惹麻煩，只不過是一張馬瑞歐掉包過的其他女孩的照片。」

「那只是猜測罷了。」

「只能如此。同樣，馬瑞歐打電話給我，扯了一通珠寶贖金的謊話，必定是因為我去找了馥羅安太太打聽薇瑪的消息。馬瑞歐之所以被殺，也絕對是因為他是整條鎖鍊裡最薄弱的環節。馥羅安太太甚至不知道薇瑪已經成為了柳雯・洛克里奇・葛萊兒太太，她不可能知道，她很廉價就被收買了。葛萊兒說他們是跑到歐洲結婚，用的是她的真名。不過他不願說何時何地，不願透露她的真名，也不願說她此刻的下落。我想他是真的不知道，不過警察不相信。

「他為什麼不說呢？」安・瑞爾丹雙手交疊，托住下巴，用她帶著陰影的眼睛盯著我。

「他太愛她了，不在乎她坐在誰的大腿上。」

「但願她坐在你的大腿上時感覺不賴。」安・瑞爾丹尖酸地說。

「她是在玩我，她有點怕我。她不想殺我，因為殺掉警察這類人會帶來很多麻煩，不過她最終可能還是會下手。如果馬洛沒替她省去麻煩的話，她也會向潔西・馥羅安下手。」

「我敢打賭，被迷人的金髮女郎玩弄一定很過癮，」安・瑞爾丹說，「即便要冒點險，我想，做這種事通常有點冒險。」

我沒搭腔。

「我猜他們對她殺馬洛這件事也無可奈何，因為他手中有槍。」

「是的，她的影響力太大了。」

那雙閃著金斑的眼睛嚴肅地凝視著我，「你覺得她原本就有意要殺死馬洛嗎？」

「她怕他，」我說，「她八年前出賣了他，他似乎也知道，但他不會傷害她。他太愛她了。是的，我認為她計畫好除掉任何構成威脅的人，因為她想要守護的東西太多了，不過這種事不可能無休止地做下去。在我家時，她還朝我開槍，只不過子彈剛好用完了。她原本應該在斷崖那裡就把我和馬瑞歐一起幹掉的。」

「他愛她，」安輕聲說，「我是說馬洛，他不在乎她六年沒寫過信，甚至八年來從未探過監，他也不在乎她為了領賞而出賣他。他所做的是出獄後第一時間買幾件像樣的衣服，然後開始四處尋找她的下落。可她卻朝他的肚子連開了五槍作為問候。他親手殺了兩個人，都是因為愛她。這是個怎樣的世界啊！」

我喝完杯裡的酒，又擺出還沒喝夠的表情，她沒理我，繼續說：

「她跟葛萊兒坦白了身世，不過他並不在意，他跑到歐洲娶了她，讓她用另一個名字，然後賣掉他的電台以切斷可能知曉她背景的任何關係。他給了她所有用錢能買到的東西，而她呢，又給了他什麼？」

「這很難說，」我搖搖酒杯底部的冰塊，但她還是沒任何動作，「我猜她給了他一種驕傲。這麼一個垂垂老矣的男人，居然還可以娶到一位年輕貌美、風情萬種的太太。總之他愛她。見鬼，我們聊這個幹嘛？這種事太司空見慣了。她無論做什麼、和誰調情或有著怎樣的身世，都無所謂，他就是愛她。」

「和巨鹿馬洛一樣。」安平靜地說。

「咱們去海邊兜兜風。」

「你還沒跟我講布魯奈的事情，還有大麻菸裡的卡片，還有安瑟，還有桑德堡醫生，還有你是用什麼小線索把所有關聯起來而破案的？」

「我曾經給過馥羅安太太一張名片，她把濕酒杯放在上面。之後，這張名片出現在馬瑞歐的口袋裡，印著玻璃杯的水漬。馬瑞歐不是個邋遢的人。這在某種程度上算是線索。一旦你起疑，就很容易找到各種關聯，比如馬瑞歐擁有馥羅安太太的房屋信託契約，只是為了讓她老老實實的。至於安瑟，他就是個壞蛋，他們在紐約一家旅館逮到他，說他是國際詐騙犯，蘇格蘭場有他的指紋紀錄，巴黎也有。至於他們怎麼能在昨天或者前天短時間內就查到這些資料的，我就不曉得了，這幫傢伙一旦動起真格來，辦事效率其實挺高的。我認為藍道早就釐清這些情況，他只是擔心被我攪局。不過，安瑟和這幾樁謀殺案都沒有關係，和桑德堡也沒關係。他們還沒找到桑德堡，他們認為他也有前科，但要找到他才能確認。至於布魯奈，你不可能拿那種人怎麼樣的，他們會讓他在大陪審團前出庭，他也會依據憲法賦予的權利一個字也不說，他根本不會為自己的名譽而操心。不過灣城進行了一次還不賴的大整頓，警察局長被開除了，半數警探被降職為巡警，還有一位很好的夥伴叫紅頭·諾加德的，幫我上蒙提切羅號的那位，也已經復職。市長負責這次整頓，危機持續下去的話，每個小時他都得換條褲子。」

「你一定得這麼形容嗎？」

「莎士比亞的風格。咱們出去兜風吧，再喝一杯就走。」

「你喝我的吧，」安·瑞爾丹站起身把她一口都沒碰的酒遞給我。她端著酒杯站在我面前，雙眼圓睜，有一絲膽怯。

「你真了不起，」她說，「那麼勇敢、那麼堅定，收取的報酬又那麼少。人人都用棍子敲你腦袋、掐你脖子、揍你下巴、灌你嗎啡，但你無畏無懼，看準機會還擊，直到他們都被擊垮。你怎麼那麼酷？」

「繼續，」我低吼道，「儘管說吧。」

安·瑞爾丹思忖著說：「我想要一個吻，你這個混蛋！」

41

警方花了三個月才找到薇瑪，他們不相信葛萊兒不知道她的下落，也不相信他沒協助她逃跑，所以全國的警察和新聞記者把用錢可以藏身的地方翻了個底朝天，但她根本沒有被錢藏起來。他們找到她時，才明白她的藏身方式是如此簡單。

一天晚上，一位巴爾的摩警探無意間晃進一家夜總會，他有著罕見如粉色斑馬的驚人記憶力。他聽著樂隊的演奏，看著那位黑髮深眉的漂亮女歌手，她唱歌的樣子像是發自真心，臉上的某種表情撥動了他的心弦，而這根弦就這樣顫動了下去。

他回到總局拿出通緝檔案逐張查閱，當他找到他要的那份時，盯著看了許久。然後他扶正頭上的草帽，回到夜總會，找到經理談了談。他們來到後台更衣室，經理敲了其中的一扇門。門沒鎖，警探把經理推到一邊，自己走進屋內反鎖上門。

他必定聞到了大麻味，因為她正在抽，但他沒留意。她正坐在三面鏡前研究著自己的髮根和眉毛，沒有染過色的眉毛。警探穿過房間，微笑著把那份通緝令遞到她手上。

她必定和警探在總部時一樣，盯著通緝令上的照片看了許久。這段時間她想了很多。警探坐下來，翹起腿，點燃一根香菸。他眼力雖好，但他專業過頭了。他不夠了解女人。

終於她大笑了一聲，說：「警官，你挺聰明，我還以為我的聲音更容易被記起，曾經有個朋友就是這樣認出我的，只不過是在收音機上聽到而已。但我已經和這個樂隊合唱了一個月，每週上兩次廣播，居然都沒人認出來。」

「我沒聽過你的聲音。」警探仍然微笑著說。

她說：「我看我們無法達成交易了，你懂的，這件事上我們可以做很多，如果處理得當。」

「和我免談，」警探說，「抱歉。」

「那我們走吧，」她說著站起身，抓起手提包，從衣架上取下大衣。她拿著大衣向他走去讓他幫忙穿上。他站起來，像紳士一樣替她展開大衣。

她轉身，從手提包裡拔出一把槍，隔著警探手上的大衣，朝他射了三槍。

他們破門而入時，槍裡還有兩發子彈。沒等他們衝過半間房，她就連射了兩槍，不過第二槍肯定只是反射動作。他們在她倒地前抱住了她，但她的頭已經像團抹布般塌了下去。

「警探活到了第二天，」藍道向我講述著事情經過，「這些是他死前說的，我們才得以了解內情。我不明白他為何如此大意，除非他當時在認真考慮她提出的交易之類的，那樣會讓他心不在焉。當然，我並不願這樣揣度。」

我說很可能就是這麼回事。

「她直接射穿了自己的心臟，兩次，」藍道說，「我曾聽專家在證人席上說過那根本不可能，可我本人卻一直懷疑。還有一些事情你知道嗎？」

「什麼？」

「她朝那個警探開槍實在太傻了，我們不可能定她的罪，就憑她的長相、她的錢還有高價律師可能替她編造的受害者故事，可憐的小女孩從廉價酒館一路向上爬，終於成為有錢人的太太，可是過去認識她的禿鷹們不肯放過她，諸如此類的。見鬼，雷奈坎普可以找上六、七個滑稽的老太太在法庭上哭哭啼啼一番，承認她們多年來一直在勒索她，講一個你無法追究而陪審團又買帳的故事。她起初很聰明，隻身逃亡，不把葛萊兒牽涉進來，但在被抓到之後，更聰明的作法其實是回家。」

「噢，你現在相信她沒要葛萊兒幫忙了。」我說。

他點點頭。我說：「你認為她這麼做有什麼特別原因嗎？」

他瞪著我，「我都信，你儘管說。」

「她是個殺人犯，」我說，「但馬洛也是，而他絕不是十惡不赦的大壞蛋。或許那個巴爾的摩警探並不像紀錄上說的那麼乾淨，或許她看到了一個機會，不是逃走的機會，她那時早已厭倦了東躲西藏，而是給她一生中唯一讓她喘口氣的那個男人一個喘口氣的機會。」

藍道目瞪口呆，眼睛裡盡是狐疑。

「天啊，那她用不著去殺掉一個警察啊。」他說。

「我不是說她是個聖人或甚至還算個好女孩什麼的，從來都不是。若非被逼入絕境，她是不會自殺的。但她所做的事以及採用的手段，讓她免於回來面對審判。仔細想想，這樣的一場審判，誰會被傷害得最深？誰最難以承受？無論贏輸或是打平，又是誰會為這場表演付出最昂貴的代價？是一個愛得不太明智，但全心全意的老人。」

藍道犀利地說：「這只是太感傷的想法。」

「確實，我說這番話時也覺得。可能這一切都只是個錯誤罷了。再見，我那隻粉紅小甲蟲回來過嗎？」

他聽得一頭霧水。

我搭電梯下了樓，踏在市政府大樓前的台階上。這天的天氣涼爽清朗，你可以望得很遠——卻不及薇瑪去的地方那麼遠。

〈經典推理小說家雷蒙・錢德勒 ②〉

再見，吾愛

作　　者——雷蒙・錢德勒（Raymond Thornton Chandler）
譯　　者——卞莉
責任編輯——王曉瑩

發 行 人——蘇拾平
總 編 輯——蘇拾平
編 輯 部——王曉瑩、曾志傑
行 銷 部——黃羿潔
業 務 部——王綬晨、邱紹溢、劉文雅
出　　版——本事出版
發　　行——大雁出版基地
新北市新店區北新路三段 207-3 號 5 樓
電話：(02) 8913-1005　傳真：(02) 8913-1056
E-mail：andbooks@andbooks.com.tw
劃撥帳號—— 19983379　戶名：大雁文化事業股份有限公司

美術設計——許晉維
內頁排版——陳瑜安工作室
印　　刷——上晴彩色印刷製版有限公司
● 2024 年 05 月初版
定價 520 元

ISBN 978-626-7074-90-9

國家圖書館出版品預行編目資料

〈經典推理小說家雷蒙・錢德勒 ②〉再見，吾愛
雷蒙・錢德勒（Raymond Thornton Chandler）／著　卞莉／譯
---. 初版. 一 新北市；本事出版：大雁出版基地發行，2024 年 05 月
面　；　公分. –
譯自：Farewell, My Lovely

ISBN 978-626-7074-90-9（平裝）

874.57　　113002294